姜漢椿
姜漢森 注譯

新譯李清照集

三民書局 印行

國家圖書館出版品預行編目資料

新譯李清照集／姜漢椿,姜漢森注譯.——初版六刷.
——臺北市：三民，2021
面；　公分.——(古籍今注新譯叢書)

ISBN 978-957-14-4607-3（平裝）

845.21　　97001138

古籍今注新譯叢書

新譯李清照集

注譯者　姜漢椿　姜漢森
發行人　劉振強
出版者　三民書局股份有限公司
地址　臺北市復興北路386號(復北門市)
　　　臺北市重慶南路一段61號(重南門市)
電話　(02)25006600
網址　三民網路書店 https://www.sanmin.com.tw

出版日期　初版一刷 2008年2月
　　　　　初版六刷 2021年4月
書籍編號　S032880
ISBN　978-957-14-4607-3

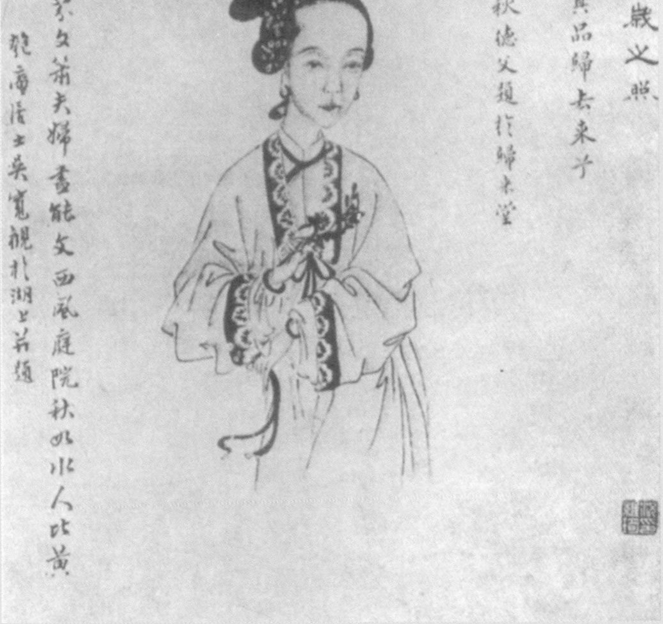

李清照像。此為李清照在世時之寫生，彌足珍貴，頗能讓人想見其神韻。右上「易安居士三十一歲之照」一行隸書與「清麗其詞　端莊其品　歸去來兮　真堪偕隱」四句楷書為其丈夫趙明誠(字德父)所題，從中亦可見其夫婦感情之篤與生活之雅。

姜壎「臨王繹李清照小像圖」。宋以後陸續有許多畫家為李清照傳神寫照，可見其人其詞受文人喜好重視之一斑。此幅最具代表。王繹為元末著名肖像畫家，姜壎則為清代詩人與畫家，擅長仕女畫，此為其傳世名作。

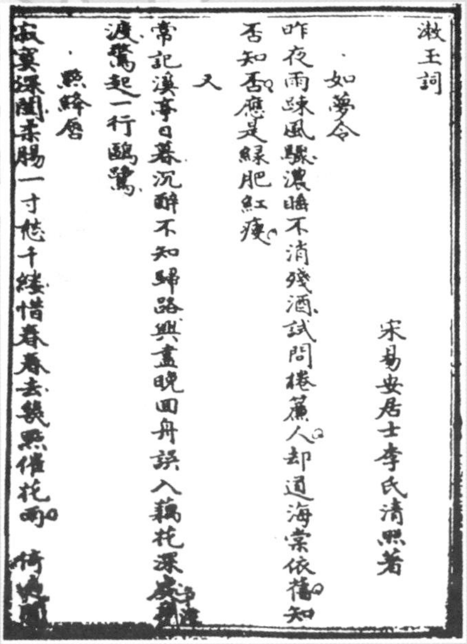

漱玉詞

宋易安居士李氏清照著

如夢令

昨夜雨疎風驟。濃睡不消殘酒。試問捲簾人。却道海棠依舊。知否知否。應是綠肥紅瘦。

又

常記溪亭日暮。沉醉不知歸路。興盡晚回舟。誤入藕花深處。爭渡爭渡。驚起一行鷗鷺。

點絳唇

寂寞深閨。柔腸一寸愁千縷。惜春春去。幾點催花雨。倚遍闌

明毛晉汲古閣本《漱玉詞》書影。

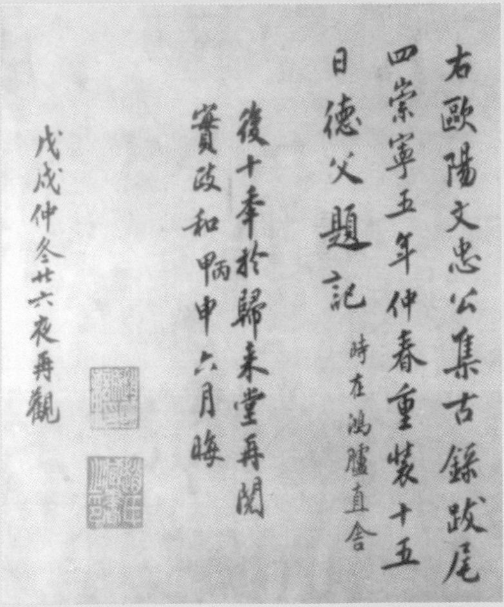

右歐陽文忠公集古錄跋尾

四崇寧五年仲春重裝十五

日德父題記 時在鴻臚直舍

後十季於歸來堂再閱

實政和甲午六月晦

戊戌仲冬廿六夜再觀

趙明誠為所蒐集的《歐陽文忠公集》所作的跋尾題記。蒐集整理善本金石古錄是李清照夫婦的共同愛好，從此題記後所書「後十季於歸來堂再閱」、「戊戌仲冬廿六夜再觀」等字，可以側見他們喜好、投入之情。

位於山東濟南趵突泉公園內的「李清照紀念堂」正門與堂前「漱玉泉」(上)以及堂內擺設(下)。後人因李清照的《漱玉詞》而認定其故居就在這漱玉泉畔。紀念堂始建於1959年，1999年曾進行大規模重修。

刊印古籍今注新譯叢書緣起

劉振強

人類歷史發展，每至偏執一端，往而不返的關頭，總有一股新興的反本運動繼起，要求回顧過往的源頭，從中汲取新生的創造力量。孔子所謂的述而不作，溫故知新，以及西方文藝復興所強調的再生精神，都體現了創造源頭這股日新不竭的力量。古典之所以重要，古籍之所以不可不讀，正在這層尋本與啟示的意義上。處於現代世界而倡言讀古書，並不是迷信傳統，更不是故步自封；而是當我們愈懂得聆聽來自根源的聲音，我們就愈懂得如何向歷史追問，也就愈能夠清醒正對當世的苦厄。要擴大心量，冥契古今心靈，會通宇宙精神，不能不由學會讀古書這一層根本的工夫做起。

基於這樣的想法，本局自草創以來，即懷著注譯傳統重要典籍的理想，由第一部的四書做起，希望藉由文字障礙的掃除，幫助有心的讀者，打開禁錮於古老話語中的豐沛寶藏。我們工作的原則是「兼取諸家，直注明解」。一方面熔鑄眾說，擇善而從；一方面也力求明白可喻，達到學術普及化的要求。叢書自陸續出刊以來，頗受各界的喜愛，使我們得到很大的鼓勵，也有信心繼續推廣這項工作。隨著海峽兩岸的交流，我們注譯的成員，也由臺灣各大學的教授，擴及大陸各有專長的學者。陣容的充實，使我們有更多的資源，整理更多樣化的古籍。兼採經、史、子、集四部的要典，重拾對通才器識的重視，將是我們進一步工作的目標。

古籍的注譯，固然是一件繁難的工作，但其實也只是整個工作的開端而已，最後的完成與意義的賦予，全賴讀者的閱讀與自得自證。我們期望這項工作能有助於為世界文化的未來匯流，注入一股源頭活水；也希望各界博雅君子不吝指正，讓我們的步伐能夠更堅穩地走下去。

新譯李清照集　目次

二、詩

三、文

導讀

一、李清照生平概述

李清照是我國北宋時期的著名作家，在我國文學史上占有獨特地位。

李清照（西元一〇八四～約一一五六年），號易安居士，濟南（今屬山東）人。她出生於一個有濃厚詩書氣息的家庭，父親李格非，擅長古文，官至禮部員外郎，母親是狀元王拱辰的孫女，也有很高的文學修養，因而，李清照自小就受到深厚的文學薰陶，對她後來的創作產生了重要的影響。

李清照的一生，前期生活安逸優裕，但婚後不久，經歷了第一次重大變故：徽宗崇寧元年（西元一一〇二年），蔡京為相，假借再行新法，排斥元祐人士，將他們列入「黨人」，當時黨禍牽連甚廣，遭罷黜的朝士達三百餘人，李清照之父李格非亦在其中。其後不幾年，趙家亦發生變故，趙明誠、李清照夫婦的生活發生很大變化。而到了北宋末年，李清照又經歷了「靖康之難」，徽欽二帝被擄，宋室倉皇南渡，建立了偏安江南的南宋朝廷，這兩大事變，深刻改變了李清照的生活及創作。

徽宗建中靖國元年（西元一一〇一年），李清照十八歲，在汴京和太學生趙明誠結婚。其晚年所著〈金石錄後序〉云：「時先君作禮部員外郎，丞相時作吏部侍郎，侯年二十一，在太學作學生。」當時，李、趙二家看似相安無事，但實際上在元祐黨爭中，李格非和趙明誠的父親趙挺之是格格不入的。李格非名列元祐黨籍，而趙挺之則附權相蔡京排斥元祐諸人。李清照上詩趙挺之，有「何況人間父子情」之句以救父，又有「炙手可熱心可寒」之句，斥責趙挺之依附蔡京。到了崇寧五年（西元一一〇六年），趙挺之為蔡京構陷被罷官，趙明誠被捕送制獄，大觀元年（西元一一〇七年），趙挺之卒，趙明誠等因「皆無事實」（《宋宰輔年錄》十二）出獄，明誠夫婦於當年返回青州故里，開始了「屏居鄉里十年」的時期。

趙明誠、李清照夫婦志趣相投，熱中於書畫碑帖、金石文物的收藏。當年在汴京，趙明誠為太學生時，「每朔望謁告出，質衣取半千錢，步入相國寺，市碑文果實歸，相對展玩咀嚼，自謂葛天氏之民也。後二年，出仕宦，便有飯蔬衣練，窮遐方絕域，盡天下古文奇字之志，日就月將，漸益堆積」（〈金石錄後序〉）。對於「亡詩、逸史，魯壁、汲冢所未見之書，遂盡力傳寫」，「後或見古今名人書畫、三代奇器，亦復脫衣市易」（同上）。回鄉後，他們仍孜孜以求，繼續其蒐集。後來，在徽宗宣和三年和靖康元年，趙明誠先後知萊州、淄州，他們更是「竭其俸入，以事鉛槧，每獲一書，即同共校勘，整集籤題。得書畫彝鼎，亦摩玩舒卷，指摘疵病」（同上）。在長期的蒐集、整理中，李清照與趙明誠一起完成了飽含心血的三十卷《金石錄》。然而，靖康之難，金人南下，趙明誠夫婦南渡，除隨身攜帶的字畫、器物外，多年來的收藏化為灰燼。此後，李清照又遭遇了一連串重大打擊：建炎二年（西元一一二八年），趙明誠「起知建康府」，至次年三月罷。五月，知湖州，赴任途中感疾，當年八月病逝。其年冬，金兵南侵，李清照將隨身攜帶的金石書畫託人送往洪州趙明誠妹夫李擢處。十二月，金人陷洪州，送往洪州的字畫器物「散為雲煙」。趙明誠死後，李清照無所依靠，曾一度改嫁張汝舟，不料所嫁非人，於紹興二年（西元一一三二年）與張分道揚鑣，而李清照隨身所帶的器物圖書，幾年之間，因種種原因散失殆盡。此後，李清照在淒苦寂寞中，走完了人生的餘途。

二、作品簡介

李清照是我國文學史上為數不多的傑出的女作家。李清照的文學素養和性格，主要是受父親李格非的影響。李格非曾以文章受知於蘇軾，且為人正直，李清照不但繼承了父親的文學稟賦，而且也繼承了其父耿介忠直的性格和憂國憂時的情懷。

李清照生活在「女子無才便是德」、女子要恪守「三從四德」的傳統社會，然而，她卻以其出眾的天賦，堅毅的性格，為自己闖出了一條攀登文學高峰的道路。李清照通過手中的筆，表達自己的內心情感，表達自己的政治態度，表達自己的學術見解，並形成了自己的創作風格，這都是極為難能可貴的。

李清照詩詞文俱佳，對金石也有研究，然而其突出成就，主要體現在她的詞作中。李清照的許多詞，至今仍廣為傳誦，並對南宋詞壇以至明清詞，都有不可低估的影響。本書對李清照的作品，每篇均有注釋、語譯及賞析，因而這裡僅對李清照的詞、詩和文作一簡要介紹。

㈠詞

李清照在中國文學史上奠定其不朽地位的正是她的詞作。

詞，是宋代最有代表性，並取得巨大成就的文學樣式。詞從產生到成熟，經歷了漫長的歲月。詞的興起，可以追溯到隋代。此後，經唐五代的培育發展，到了宋代形成了波瀾壯闊的洪流，掀開了我國文學史上新的一頁。

北宋初年，基本上沿襲了五代以來以小令為主的輕豔詞風。到了歐陽修、晏殊之時，雖然他們的詞內容仍較單薄，因襲成分較重，但詞風卻發生了明顯的變化，他們的詞基本上沒有超出南唐五代的婉約詞風，但卻寫得從容自在，清麗明快，有一種雍容秀雅之氣，對宋詞的發展，產生了很大的影響。

稍後的柳永，是宋代詞史上具有舉足輕重地位的人物。柳永是詞史上第一個專門從事詞創作的作家，他對宋詞最大的貢獻是創作了大量的慢詞，極大地擴大了詞的容量，豐富了詞的表現力，並對此後宋詞的興盛，起了推波助瀾的作用，對秦觀、周邦彥等人的影響也是顯而易見的。因而李清照說「逮至本朝，禮樂文武大備，又涵養百餘年，始有柳屯田永者，變舊聲作新聲，出樂章集，大得聲於世」（〈詞論〉）。柳詞長於鋪敘，不避俚俗，善用白描手法，其創造性的藝術實踐，對後世有著廣泛而深刻的影響。繼柳永之後對宋代詞壇產生重大影響的是蘇東坡。蘇軾詞以縱橫開闔的如椽巨筆，以黃鐘大呂的巨響，衝破了「詞為豔科」的藩籬，開創了豪放一派，大大地擴展了宋詞的領域，成為宋代詞壇上最富朝氣和最有積極意義的一個流派。以蘇軾為中心的元祐詞林，堪稱北宋詞壇的鼎盛時期，一時名家如黃庭堅、秦觀、晁補之、賀鑄等，都集合在蘇軾的旗下。蘇軾開創的豪放詞派，直接影響了南宋以辛棄疾為代表的豪放派詞人。

蘇軾之後，出現了以周邦彥為代表的格律詞派。周邦彥詞風致醇雅，格律精嚴，是婉約派的集大成者，也是宋代格律派的創始人，並對南宋以姜夔為代表的風雅詞派具有很大影響。

李清照的詞，其風格、內容，當屬婉約派。李清照詞清新、俊逸，語言質樸，多用口語，充滿了生活氣息。她的詞風以宋室南渡為分水嶺，可分為兩個不同的時期，其前期詞明快妍麗，多寫閨情相思和自然風光，內容相對褊狹；後期詞多寫國破家亡之後的離亂生活，內容大為拓寬，詞風發生了很大變化，顯得蒼涼沉鬱，而雄傑之氣也時有流露。試舉數例，來看她的詞的特點。

蹴罷秋千，起來慵整纖纖手。露濃花瘦，薄汗沾衣透。　見客入來，襪剗金釵溜。和羞走。倚門回首，卻把青梅嗅。（〈點絳脣〉）

此詞寫得嫵媚動人，寫出了少女蹴罷秋千後見有客來含羞而走的情態，將少女的神態、心理描摹得細緻入微，有如聞其聲、如見其人之感，正顯現了李清照詞輕盈飄逸的特點。

昨夜雨疏風驟，濃睡不消殘酒。試問捲簾人，卻道海棠依舊。知否？知否？應是綠肥紅瘦。（〈如夢令〉）

這首小令，手法曲折，活潑，富於變化，而且，在遣詞造句上也別出機杼，「綠肥紅瘦」，不言「多」、「少」，而言「肥」、「瘦」，正是匠心之所在，讀後不禁令人遐思無限。

紅藕香殘玉簟秋。輕解羅裳，獨上蘭舟。雲中誰寄錦書來？雁字回時，月滿西樓。　花自飄零水自流。一種相思，兩處閑愁。此情無計可消除，纔下眉頭，卻上心頭。（〈一剪梅〉）

文字委婉動人，用典了無痕跡，感情細膩溫柔，這是對無計排遣的對丈夫思念的剖白，絲毫沒有矯揉造作的掩飾，顯得清新而又動人。

薄霧濃雰愁永晝，瑞腦銷金獸。時節又重陽，寶枕紗廚，半夜涼初透。　東籬把酒黃昏後，有暗香盈袖。莫道不銷魂，簾捲西風，人比黃花瘦。〈醉花陰〉

重陽佳節，空房獨守，思念遠方的丈夫，倍感寂寞。詞人出奇制勝，將無影無蹤的愁，與秋日的黃花相比，令人可感可見，不由得對詞人產生幾分相憐相惜的情愫。

這幾首李清照前期的詞，大都抒寫閨情，情致動人，感情真摯，體現出婉約派詞人的當行本色。但面對山河破碎、家破人亡、風雨飄搖的時勢，詞人的詞風也隨之發生了變化，她後期的作品也染上了一層淒苦的色彩。

風住塵香花已盡，日晚倦梳頭。物是人非事事休。欲語淚先流。　聞說雙溪春尚好，也擬泛輕舟。只恐雙溪舴艋舟，載不動、許多愁。〈武陵春〉

暮春時節，風吹花落，一片狼藉，正反映了詞人避亂金華的悲苦心情。詞人欲排遣心中的愁緒，然而，當她盪舟雙溪，卻發現「只恐雙溪舴艋舟，載不動、許多愁」。要問詞人愁有幾許，一條船都無法承載，可見詞人憂愁之深。而這愁，既有嘆悲苦遭遇之愁，更多的，卻是傷時憂國之愁，一個「愁」字，一語雙關，體現了詞人駕馭文字的能力。

尋尋覓覓，冷冷清清，悽悽慘慘戚戚。乍暖還寒時候，最難將息。三杯兩盞淡酒，怎敵他、晚來風急？雁過也，正傷心，卻是舊時相識。　滿地黃花堆積，憔悴損，如今有誰堪摘？守著窗兒，獨自怎生得黑。梧桐更兼細雨，到黃昏、點點滴滴。這次第，怎一個愁字了得。

（〈聲聲慢〉）

這首被廣為傳誦的詞，堪稱是李清照詞的代表作。詞中熔鑄了積聚於詞人心中的憂時傷懷的情感，如奔湧的洪流，不可阻遏，噴薄而出。開篇以十四個疊字喝起，形成了一股強大的震撼力，被稱作千古奇句。而詞中的愁緒，將國破家亡、身世變遷等一生的遭遇和痛苦都濃縮在感物傷懷之中。此詞以廣闊的意境，深微的痛楚，動人的情致，千百年來，打動了無數的讀者。

如果說李清照前期詞以清新俊逸的詞風為主，那麼，她後期的詞，就免不了傷感離亂、哀婉淒絕的情調。

李清照的詞，以婉約見長。然而，在她的詞中，也有剛健的一面。試看下面一首詞：

天接雲濤連曉霧，星河欲渡千帆舞。彷彿夢魂歸帝所，聞天語，殷勤問我歸何處？　我報路長嗟日暮，學詩漫有驚人句。九萬里風鵬正舉。風休住，蓬舟吹取三山去。（〈漁家傲〉）

這首詞，表現出開闊的氣度和豐富的想像力。想像的翅膀把詞人帶到了天都玉府，「星河欲渡千帆舞」，這奇特的景象，可謂神來之筆，充滿了奇情壯彩，是李詞中的佳作。

李清照強調詞的婉約派傳統，反對以詩為詞的傾向，但她注重向民間學習，大量採用口語，擅長白描，注重煉句立意，情致委婉，自成一格，被稱為「易安體」。李清照的詞千百年來為廣大讀者所喜愛，顯示出了頑強的生命力。

(二)詩

李清照的詩留存至今的極少，僅有十多首。而她的詩以其獨特的視角、敏銳的意識，讓我們從中能感知其出眾的才華。

〈浯溪中興頌詩和張文潛〉詩二首，最能反映出李清照對元祐以來北宋政壇的認識。崇寧元年，李格非、張文潛等人被黜謫，李清照在第一首的結尾云：「夏為殷鑒當深戒，簡策汗青今具在。君不見當時張說最多機，雖生已被姚崇賣。」在詩中，李清照不僅警告宋徽宗要留心，以免重蹈唐明皇的覆轍，並預言趙挺之終將為蔡京所賣。後來，趙挺之果為蔡京構陷獲罪，而距崇寧黨爭不過短短的二十年，宋室也終遭靖康之變而覆亡，從詩中，可看出李清照的識見。

從李清照的詩中，我們還能看出她在不同時期的特殊心境。作於徽宗宣和三年（西元一一一二一年）的〈感懷〉詩中，「寒窗敗几無書史，公路可憐合至此」、「靜中我乃得至交，烏有先生子虛子」之句，抒寫了趙明誠謫居十年後起知萊州，隻身初到任上時的窘困境況和李清照的孤寂心情；作於高宗紹興初年的〈偶成〉云：「十五年前花月底，相從曾賦賞花詩。今看花月渾相似，安得情懷似昔時？」既道出了當年青州閒居時的生活情況，又流露出對趙明誠深切真摯的懷念之情；〈上樞密韓公工部尚書胡公〉詩，寫韓肖胄、胡松年出使金國，詩中表達了對故土的眷戀之情及祝願宋臣使金成功，表現了李清照對國事的關心；而〈夜發嚴灘〉、〈題八詠樓〉詩，則借古人之事，發出了江山難守的慨嘆。

在李清照的詩中，〈烏江〉（一作〈夏日絕句〉）極負盛名。「生當作人傑，死亦為鬼雄。至今思項羽，不肯過江東。」寥寥二十字，卻包含了極大的歷史容量，同時也給讀者留下了巨大的想像空間。在李清照看來，叱咤風雲的項羽，雖然最終兵敗垓下，自刎烏江，卻生不失為人傑，死亦堪稱鬼雄，她借對項羽的讚嘆，以譏刺南宋朝廷無人及對金人一味妥協投降的無恥行徑。此詩無疑是李清照詩的代表作，後人給予極高的評價。

(三)文

與李清照的詩一樣，其所存之文亦不多，包括殘文，僅十篇。在這些文章中，最有價值的當數〈金石錄後序〉及〈詞論〉。

有關李清照生平事跡的材料很少，因此，〈金石錄後序〉除了從中了解趙明誠、李清照夫婦搜集金石碑刻及其散失的經過，更成為探尋李清照一生的重要資料。在此文中，李清照敘述了她歸趙氏後，夫婦志同道合，節衣縮食，廣為搜集金石、碑刻、書畫、鐘鼎彝器等的經過、艱辛與樂趣，多年的搜集、整理，使他們的收藏極為豐富，趙明誠因此撰寫了《金石錄》三十卷。然而，隨著形勢的劇變及北宋的覆亡，他們苦心經營多年的心血積累，在戰火紛飛、顛沛流離中喪失殆盡。面對趙明誠的《金石錄》，李清照睹物思人，不覺悲從中來，她在《後序》中寫道：「今日忽閱此書，如見故人。……今手澤如新，而墓木已拱，悲夫！」流露出其內心的極度痛惜之情。

在李清照的文章中，《投翰林學士綦崈禮啟》少為人提及，但此文卻反映了李清照一段鮮為人知的不幸經歷。趙明誠病故後，李清照曾有一段短暫的改嫁張汝舟的時期。在這篇文章中，多少透露出李清照當時的一些情況：「信彼如簧之說，惑茲似錦之言」，由於輕信張汝舟的花言巧語，李清照改嫁給他，但婚後的生活並不幸福，張汝舟對李清照橫加欺凌，「遂肆侵凌，日加毆擊」，給李清照造成了極大傷害，在百般無奈的情況下，李清照只得「被桎梏而置對，同凶醜以陳詞」，最終結束了與張汝舟的不幸婚姻。這一段不堪回首的經歷，對晚年的李清照來說，不啻是一場災難，因而她發出了「責全責智，已難逃萬世之譏；敗德敗名，何以見中朝之士」的喟嘆。雖然有人對此事提出「辯誣」，說此文曾被人竄改過，目的在藉以打擊李清照，實則她並無改嫁之事；但所言多屬臆測，不足為據（參見徐培均《李清照集箋注・年表》）。

作於宋徽宗時的《詞論》，是李清照文中的代表性之作。在這篇文章中，李清照對北宋的著名詞家，一一作了評論。李清照以為柳永「變舊聲，作新聲」，因而「大得聲於世」，但她卻認為柳詞「雖協音律，而詞語塵下」。對於張先、宋郊宋祁兄弟、沈唐、元絳、晁端禮諸人之詞，以為「雖時有妙語，而破碎何足名家」。至於晏殊、歐陽修、蘇軾諸人，在李清照看來，他們「學際天人」，才如大海，但只以餘力作詞，因而他們的詞只是「句讀不葺之詩」，「又往往不協音律」。而王安石、曾鞏，李清照認為他們「文章似西漢」，極為出色，但其詞卻「人必絕倒，不可讀也」。只是到了晏幾道、賀鑄、秦觀、黃庭堅諸人出，始能知詞之妙，但又各有不足。李清照評詞，用我們的眼光來看，她更多的是注重詞的音律、用韻，她對北宋詞人的評價或許有些偏頗甚或偏激，但從另一方面看，則又顯出了她對詞人的挑剔和眼界之高。而她的詞「別是一家」之說，說明她對詞有自己的認識和感悟，也能見出她獨到的見解。

三、李清照集版本源流

李清照的文學成就極高，其作品在宋代就已廣泛流傳。李清照的著作，據宋晁公武《郡齋讀書志》記載，有《李易安集》十二卷；宋陳振孫《直齋書錄解題》著錄，有《漱玉詞》一卷，又云別本五卷；宋黃升《花庵唐宋名賢絕妙詞選》稱《漱玉詞》三卷；《宋史・藝文志》著錄為《易安居士文集》七卷，又《易安詞》六卷，由此可知，李清照的著作，在宋代流傳為兩個版本，一是包括詩、詞、文、賦的十二卷集，現已不傳；一是詞集《漱玉詞》，然而，現今流傳的《漱玉詞》，歷經七百年滄桑，早已不是宋代的原書了。

現存的李清照作品，均為明、清以來學者從歷代選本和筆記中纂輯而成的。現存最早的輯本，是明崇禎三年（西元一六三〇年）常熟毛晉汲古閣刊的《詩詞雜俎》中的《漱玉詞》一卷，自稱據洪武三年（西元一三七〇年）鈔本所刻，收詞僅十七首。後來，毛晉另有鈔本《漱玉詞》一卷，係《汲古閣未刻詞》之一種，共收四十九首，遠遠多出《詩詞雜俎》本，是收錄李清照詞最多的鈔本，但卻罕為人知。清代《四庫全書》著錄《漱玉詞》，用毛晉刻本十七首，無所增刪。近代以來，王半塘、趙萬里、唐圭璋、李文裿諸人所輯之李清照詞，以宋曾慥《樂府雅詞》所錄李清照詞二十三首為基礎，再旁搜宋以來的選本總集、說部輯集而成。王半塘本《漱玉詞》收錄五十首，補遺七首；趙萬里本《漱玉詞》收錄四十三首，附錄十七首；唐圭璋輯《全宋詞》，收錄四十四首，附錄二十一首；李文裿本《漱玉詞》則存錄七十七首。此外，尚有胡雲翼、張壽林、李芳春諸輯本。以上各種版本，雖廣搜博徵，然大都甄別不謹，有不少疏漏之處。

一九四九年以後，特別是上世紀七八十年代以後，出版過多種李清照的集子。筆者以為，其中一九七九年出版的王仲聞先生的《李清照集校註》、一九八一年出版的黃墨谷先生的《重輯李清照集》較佳，而尤以二〇〇二年出版的徐培均先生的《李清照集箋注》為最善。《李清照集箋注》本在對前人所輯各種版本的研究的基礎上，又得到了日本友人所贈的東京大倉文化財團所藏知聖道齋鈔《汲古閣未刻詞》本《漱玉詞》複印件及今藏日本東京靜嘉堂文庫的清代汪玢輯、勞權手校、道光二十年刊的《漱玉詞彙鈔》。《汲古閣未刻詞》本《漱玉詞》收詞四十九首，較毛晉刻本的十七首多出三十二首；汪玢輯、勞權手校的《漱玉詞彙鈔》收錄四十四首，也遠多於毛晉刻本。此外，徐先生又參閱上海圖書館藏清沈瑾鈔《漱玉詞》，對前人的各種版本進行排比、對勘、糾繆、去誤，可稱為至今收錄李清照作品的最為完備的本子。

我們即以此為基礎，對李清照的作品作了簡明的注釋，加上新譯及鑑賞文字。作品的繫年，基本上依照徐著的考訂，並據以進行詮釋和賞析，以供讀者參考。限於學識，書中肯定會有疏漏、錯誤之處，祈請讀者指正。

姜漢椿

二〇〇七年十二月於上海

一、詞

點絳唇❶

蹴罷秋千❷，起來慵❸整纖纖❹手。露濃花瘦，薄汗沾❺衣透。見客入來，襪剗❻金釵溜❼。和羞走。倚門回首，卻把青梅嗅。

【注釋】❶點絳唇　此詞別作蘇軾詞，又作無名氏詞，又誤作周邦彥詞。然據詞意，當為李清照作。❷蹴罷秋千　此詞用唐韓偓〈偶見〉詩意：「秋千打困解羅裙，指點醍醐索一尊。見客入來和笑走，手搓梅子映中門。」蹴，踏。蹴秋千，猶言盪秋千。❸慵　懶散；懶惰。❹纖纖　形容女子雙手柔細貌。❺沾　他本作「輕」。此據日本知聖道齋鈔《汲古閣未刻詞》本《漱玉詞》。❻襪剗　只穿著襪子走路。❼溜　滑落。

【語譯】盪完秋千後，起來懶得整理纖細的雙手。園中露水正濃，越發顯得花兒清瘦，因為出了一點汗，羅衣都溼透了。　忽然瞥見有客人進來，慌忙中，只穿著襪子，頭上的金釵也滑落了，帶著一臉嬌羞急忙避走。走到門邊，又停下來回頭偷偷觀看，卻假裝對著青梅輕嗅。

【賞析】此詞為李清照年少時所作。

詞的上片，詞人以細膩的筆觸刻畫嬌美少女。少女盪完秋千，「起來慵整纖纖手」，一番運動後，連手都懶得再動一下，頗能體現少女的身分。「露濃花瘦」，點明時間是在晚春的清晨。在花帶露水的園中，因盪秋千時用力，出了一身薄汗，額上滲出晶瑩的汗珠，輕柔的羅衣也被汗水溼透。詞中雖無盪秋千的描寫，但從「薄汗沾衣透」中，反映出少女盪秋千時的矯健身姿和歡樂心情。

下片刻畫乍見來客的種種情態。盪完秋千正在休息的少女，突然間見園中來了陌生人，使她感到驚詫，連衣著也未及整理，急忙迴避。你看她只穿著襪子，髮髻鬆散，金釵滑落，懷著既驚且喜的心情和一臉嬌羞，快步離去。詞中並未正面描寫來客，但從少女的反應中可以看出，那人一定是一位風度翩翩的俊美少年。一個「羞」字，將她此時的內心情感和外在動作恰到好處地表現出來。「倚門回首，卻把青梅嗅」進一步將少女怕見又想見的微妙心理刻畫得淋漓盡致：已經到了門口，卻又忍不住倚門回望，更用「嗅青梅」的舉止掩飾自己欲罷不能的心理。

此詞節奏明快、輕鬆，層次分明又曲折多變，細緻入微地刻畫出少女驚詫、惶遽、含羞、好奇以及愛戀的心理活動。

鷓鴣天 桂❶

暗淡輕黃體性柔❷，情疏跡遠只香留❸。何須淺碧輕❹紅色，自是花中第一流。

梅定妒，菊應羞。畫欄開處❺冠中秋❻。騷人❼可煞❽無情思，何事當年不見收？

【注　釋】❶桂　一作「桂花」。❷暗淡句　描寫桂花，兼及體性。桂樹花白者為銀桂，黃者為金桂，紅者為丹桂。暗淡，指桂花不以明亮炫目的光澤和穠豔嬌媚的顏色取悅於人。體性柔，本性溫雅柔和。❸情疏句　謂桂花情懷疏淡，幽香飄自遠處，像一位高潔之士，令人敬佩。❹輕　一本作「深」。❺畫欄開處　用唐李賀〈金銅仙人辭漢歌〉中「畫欄桂樹懸秋香」句意。❻冠中秋　中秋時節花中之冠。❼騷人　指戰國時詩人屈原。屈原作〈離騷〉，故稱他為「騷人」。❽可煞　猶云「可是」。疑問詞。

【語　譯】花色淺淡輕黃的桂花本性溫雅柔和，情懷疏淡，遠跡山林，只將芳香常留人間。不需要藉著淺碧輕紅的色澤去爭奇鬥豔，桂花原本就是花中的第一流。　梅花一定會妒忌，菊花也只能掩面含羞。中秋時節，在雕繪的欄干旁開放的桂花勝過群芳。屈原當年作〈離騷〉可是缺少情思，不然因何桂花未被收入詩中？

【賞　析】這是李清照的一首詠物詞，當為早年的作品。

「暗淡輕黃體性柔，情疏跡遠只香留。」上片前兩句神形兼備，寫出了桂花的獨特風韻。上句重在寫桂花的顏色，兼及體性，下句重在詠懷，突出花香濃郁幽遠。桂花沒有豔麗的容顏，但卻以疏淡的情懷和令人陶醉的芳香受到人們的喜愛。「何須淺碧輕紅色，自是花中第一流。」作者由詠物轉入議論。那些以紅花綠葉取勝的名貴之花，在李清照眼中也自尋常；而桂花那疏淡的情懷和獨特的韻致卻尤為可貴，並將其譽為花中「第一流」。

「梅定妒，菊應羞。畫欄開處冠中秋。」梅花以其傲霜鬥雪的高潔形象，成為歷代騷人墨客歌詠、讚頌的對象，李清照也酷愛梅花，曾有多首詞作詠梅，但她認為在「暗淡輕黃體性柔」的桂花面前，梅花也生出了妒忌之意；而被人讚譽為品性高尚的「花之隱逸者」（周敦頤語）的菊花，面對「情疏跡遠只香留」的桂花，只能掩面含羞。因而詞人盛讚中秋時節盛開的桂花為花中之冠。「騷人可煞無情思，何事當年不見收？」詞人在此宕開一筆，藉評論古人來讚美桂花。戰國時詩人屈原的〈離騷〉，在詩中描述了大量的名花異卉以自況，以香草美人比喻君子的修身美德。但在屈原的筆下，卻未見桂花名列其間，李清照對此很不以為然，她以為屈原缺少情思，竟然將「畫欄開處冠中秋」的桂花忘了，不能不說是〈離騷〉的缺憾，以此來反襯桂花的與眾不同。

李清照的這首詠桂花詞，以議論入詞，又託物抒懷，表現出詞人超塵脫俗的審美觀及對桂花由衷的讚美。

浣溪沙❶

莫許❷杯深琥珀濃❸，未成沉醉意先融❹。疏鐘已應晚來風。

瑞腦❺香消魂夢斷，辟寒金❻小髻鬟鬆。醒時空對燭花紅❼。

【注釋】❶浣溪沙　此詞當為早年作品。❷許　當作「訴」。「許」、「訴」形似而誤。「訴」有推辭之意。唐韋莊〈菩薩蠻〉詞有「莫訴金杯滿」句，李詞或本此。❸琥珀濃　言酒濃。琥珀，喻酒色。唐李白〈客中作〉：「蘭陵美酒鬱金香，玉椀盛來琥珀光。」❹融　和樂；恬適。❺瑞腦　香料名，即龍腦，今稱冰片。唐段成式《酉陽雜俎》前集卷一八〈廣動植〉之三〈木篇〉：「龍腦，香樹，出婆利國，婆利呼為固不婆律。亦出波斯國。樹高八九丈，大可六七圍，葉圓而背白，無花實。其樹有肥有瘦，瘦者婆律膏香。一日瘦者出龍腦香，肥者出婆律膏也。在木心中，斷其樹劈取之，膏於樹端流出，斫樹作坎而承之。」❻辟寒金　一種髮飾。晉王嘉《拾遺記》卷七：「昆明國貢嗽金鳥，形如雀而色黃，羽毛柔密，常吐金屑如粟，鑄之可以為器。此鳥畏霜雪，乃起小屋處之，名曰辟寒臺。宮人爭以鳥吐之金用飾釵珮，謂之辟寒金。」❼醒時句　南唐李煜〈玉樓春〉：「歸時休放燭花紅。」此處換用三字，但情景不同。

【語　譯】不要因杯深酒濃推辭飲酒，還未沉醉已先自感到其樂融融。遠處寺院疏落的鐘聲正應和著晚間陣陣的微風。　瑞腦的香氣消散令人魂夢阻斷，塗金的髮簪細小使髻鬟鬆散。酒醒時分，只能獨自一人與暗紅的燭火相望。

【賞　析】借酒澆愁，是古人詩詞中常見的題材。這首詞，就是李清照早期的這類作品。

「莫許盃深琥珀濃，未成沉醉意先融。」詞的前兩句，描寫了飲酒的情景：不要因為杯深酒濃而停下你的酒杯，酒意酣暢，尚未過量時，你會感到那其樂融融的陶醉。表面的灑脫，並不能掩蓋詞人內心的孤寂之感：「疏鐘已應晚來風」。飲酒時無人相伴，只有遠處寺院晚鐘聲聲，在應和著天際的微風。而這疏鐘晚風，正描述了詞人在傍晚時分飲酒，但卻閨中獨自一人，無人訴說的落寞。

如果說上片是寫飲酒，那麼下片進一層寫「借酒消愁愁更愁」的心境。「瑞腦香消魂夢斷，辟寒金小髻鬟鬆。」這兩句細緻入微地寫出了詞人輾轉反側，無法入眠的心緒：龍腦香燃盡，而魂夢阻斷，翻來覆去難以入睡，連原先整齊的髮髻也都散開。後來，詞人或許在朦朧中入睡，但一覺醒來，發現自己獨自面對燭花正紅的孤燈，越發心神不寧。「醒時空對燭花紅」就反映了詞人醉也不成，夢也不成，不知如何排遣心中愁悶的心情。

這首詞委婉而細膩地描寫了一個因深閨寂寞而無法排遣心中愁緒的少女形象，細細讀來，詞中淡淡的憂傷情緒，令人產生許多聯想。

漁家傲❶

雪裡已知春信至，寒梅點綴瓊枝❷膩❸。香臉半開❹嬌旖旎❺。當庭際，玉人浴出❻新妝洗。

造化❼可能偏有意，故教明月玲瓏❽地。共賞金樽沉綠蟻❾，莫辭醉，此花不與群花比。

【注釋】❶漁家傲　宋代汴京、洛陽間人們多於庭院種植臘梅，此詞詠梅，似當作於汴京，為早年之作。❷瓊枝　形容梅枝如玉。❸膩　滑澤；細膩。宋范成大《范村梅譜》謂臘梅「色酷似蜜脾」，故曰「膩」。❹香臉半開　指梅花含苞欲放。❺嬌旖旎　嫵媚嬌豔。《花間集》魏承班〈玉樓春〉：「豔色韶顏嬌旖旎。」❻玉人浴出　用唐白居易〈長恨歌〉中形容楊貴妃浴罷句意：「春寒賜浴華清池，溫泉水滑洗凝脂，侍兒扶起嬌無力。」此形容臘梅嬌弱嫵媚之態。❼造化　指大自然。❽玲瓏　晶瑩明亮。唐李白〈玉階怨〉：「卻下水晶簾，玲瓏望秋月。」❾綠蟻　古時指酒面上之碎沫，亦借指酒。唐白居易〈問劉十九〉：「綠蟻新醅酒，紅泥小火爐。」

【語譯】從瑞雪中得知春天即將到來，此刻寒梅綻放，點綴得梅枝妖嬈細膩。梅花半開，嫵媚嬌豔，分外旖旎。開在庭院中，梅花猶如剛出浴、著新妝的美人一般。大自然或許對它特別偏愛，故而此刻教玲瓏明月清輝照耀大地。共賞梅花，同飲杯中斟滿的美酒，開懷暢飲，切莫以酒醉推辭，群花哪能與此花相比呢！

【賞析】李清照愛梅，在她的詞中，寫梅的有五首，這是其中的一首。

臘梅鬥霜傲雪，梅花綻放，預示春天將至，寒梅點點，將遒勁的梅樹枝妝點得更為潤澤。幽香四溢的梅花，含苞欲放，更顯得嫵媚嬌豔。庭院中綻放的梅花樹，猶如出浴的美人，清麗動人。詞人在上片中用女性特有的細膩筆觸，描繪出梅花綽約的身姿。

下片轉入感懷。梅花的嬌豔、幽香，或許是大自然對它的偏愛，晴朗的月夜也對梅花格外有意，明月的清輝遍灑大地，大地也顯得玲瓏剔透。詞人在這裡巧妙地借用了李白的詩句「卻下水晶簾，玲瓏望秋月」，別有一番意味。在如此優美的夜晚，賞花飲酒，詞人自然地發出了「莫辭醉，此花不與群花比」的感嘆。

陳祖美以為「此首亦當作於詞人出嫁前夕。其時她正豆蔻年華……其自矜自得之意，溢於言表，以梅自況之意甚明。」（《中華詩苑英華》）細讀這首詞，可以看出詞人對梅花由衷的喜愛，且從詞中也流露出詞人的少女情懷。

減字木蘭花❶

賣花擔上❷，買得一枝春❸欲放。淚染輕勻，猶帶彤霞❹曉露痕。

怕郎猜道，奴面不如花面好。雲鬢❺斜簪❻，徒要教郎比並❼看。

【注釋】❶減字木蘭花　此詞曾有爭議，以為非李清照作。但多數認為是李清照詞，反映的是她於徽宗建中靖國元年（西元一一〇一年）新婚時的生活。❷賣花擔上　宋代在春季有挑擔賣花的風俗。宋孟元老《東京夢華錄》卷七：「是月季春，萬花爛熳，牡丹芍藥，種種上市。賣花者以馬頭竹籃鋪排，歌叫之聲，清奇可聽。」❸一枝春　即一枝花。南朝宋陸凱〈贈范曄詩〉：「折花逢驛使，寄與隴頭人。江南無所有，聊贈一枝春。」❹彤霞　紅色的朝霞。❺雲鬢　形容女子濃黑而柔美的鬢髮。❻簪　插；戴。南朝宋鮑照〈代白紵舞歌詞〉之四：「命逢福世丁溢恩，簪金藉綺昇曲筵。」❼比並　唐宋時俗語，猶相比。敦煌詞〈蘇幕遮〉：「莫把潘安，才貌相比並。」

【語譯】晚春三月在賣花擔上，買得一枝含苞欲放的鮮花。就像用清淚均勻地洗染過一般，如紅霞般豔麗的花瓣上還帶著曉露的痕跡。　生怕郎君說道，奴家的面容不如鮮花那樣嬌好。在濃黑柔美的秀髮上將鮮花斜插，只是要郎君將鮮花與奴家相比誰更好看。

【賞析】這是一首洋溢著青春氣息的詞作，從一個側面反映了詞人新婚後的歡快、愉悅心情。

詞的上片寫買花。宋朝都市春天常有賣花擔子，串街走巷，叫賣各色春花，將春的生機帶給千家萬戶。宋代蔣捷的〈昭君怨〉詞云：「擔子挑春雖小，白白紅紅都好。賣過巷東家，巷西家。簾外一聲聲叫，窗裡丫鬟入報。問道買梅花，買杏花？」「賣花擔上，買得一枝春欲放」，正反映了當時這一習俗。你看那一枝含苞欲放的鮮花，生意盎然。「春欲放」三字，表現出詞人對花的喜愛，也寫出了春光明媚的季節，給人一派生氣勃勃的印象。「淚染輕勻，猶帶彤霞曉露痕」，將鮮花擬人化。那帶著晶瑩晨露的鮮花，如含淚的美人，越發顯得嬌媚，讓人憐愛。

下片寫戴花。詞人從內心的感受著筆，活靈活現地寫出了一個新婚不久的少婦那自矜、自得而又頗帶幾分嫉妒的心理。「怕郎猜道，奴面不如花面好」，本來，詞人對自己的容貌是非常自信的，但與「猶帶彤霞曉露痕」的鮮花相比，又有些不自信，生怕新郎嫌她不及鮮花美豔。「雲鬢斜簪，徒要教郎比並看」，經過一番精心打扮，她將鮮花斜插在鬢間，緩緩走來，要新郎作個評判：究竟是花美還是我美？她相信，愛她的丈夫一定會說她比花美。寥寥幾句，真切地刻畫出一個秀美而略帶嬌嗔的少婦形象。

這首詞，通過買花、賞花、戴花、比花，生動刻畫了詞人天真、充滿生命活力的形象和愛美、自信的性格。用語生動活潑，富有濃郁的生活氣息。

浣溪沙❶ 閨情

繡面❷芙蓉❸一笑開，斜飛❹寶鴨❺襯香腮。眼波❻纔動被人猜。

一面風情深有韻❼，半牋❽嬌恨寄幽懷。月移花影約重來❾。

【注釋】❶浣溪沙　此詞亦當作於徽宗建中靖國元年（西元一一〇一年）新婚後不久。亦有疑此詞非李清照作。《全宋詞》作李詞，是。❷繡面　一本作「繡幕」。❸芙蓉　荷花。此喻少女面龐。唐白居易〈長恨歌〉：「芙蓉如面柳如眉。」❹斜飛　一本作「斜偎」。❺寶鴨　鴨形香爐。《潛確類書》：「金猊寶鼎鴨金梟，皆焚香器也。」斜飛寶鴨，謂爐中裊裊升起的香煙。❻眼波　流動的眼光。唐杜牧〈宣州留贈〉詩：「為報眼波須穩當，五陵遊宕莫知聞。」❼韻　美麗；標致。宋周煇《清波雜志》卷六：「蓋時以婦人有標致者為韻。」❽牋　用於書寫的精美的紙張，也泛指書信。此指表達思念之情的短信。❾月移句　唐元稹《鶯鶯傳》鶯鶯寄張生〈明月三五夜〉詩：「待月西廂下，迎風戶半開。拂牆花影動，疑是玉人來。」此用其意。

【語譯】綻開的笑臉，像刺繡的芙蓉花一樣嬌美，面對鴨形香爐中裊裊升起的煙靄手托香腮。眼波才動卻已引起他人的猜想。

一臉風情萬種深有韻致，一封書信嬌嗔怨愁寄去我的幽思心懷。月移花影之時盼你歸來。

【賞析】此詞大致與〈減字木蘭花〉（賣花擔上）作於同一時期，即新婚後不久。

詞的上片以敘述為主。「繡面芙蓉一笑開，斜飛寶鴨襯香腮」，十足一個官宦人家生活優裕的少婦形象。你看她面如芙蓉，靚麗照人，臉上還帶著盈盈笑意，坐在鴨形香爐邊，對著裊裊升起的煙靄，手托香腮，似在沉思。沉思中，左顧右盼，卻「眼波纔動被人猜」。這一句寫得形象、生動，且讓人浮想聯翩。眼波顧盼，本就顯出少婦的天真活潑而帶著機靈，但她眼波才轉，卻已令他人猜測。猜測什麼呢？給人留下了廣闊的想像空間，她或許在思念丈夫，或想起平日的夫妻恩愛……字裡行間，多少透露出詞人略帶羞澀的情態。

下片由敘述轉入心理描寫。「一面風情深有韻，半牋嬌恨寄幽懷」，自己雖有風情萬種，有姣好的容貌、高雅的韻致，但內心的孤寂卻無法排遣。李清照和趙明誠結婚時，趙明誠還是太學生，在太學讀書，不能天天回家，這自然會引起李清照對丈夫的思念。「半牋嬌恨寄幽懷」一句，寫新婚少婦對丈夫的嬌嗔，丈夫不在身邊的惆悵和對郎君的深深思念，只能通過這「半牋」寄託自己的幽幽情懷，使人領略到詞人內心複雜而頗為無奈的心情。然而，詞人突發奇想，「月移花影約重來」，期盼郎君在月色清明、花影婆娑的夜晚突然歸來，帶給自己一份驚喜，頗具浪漫色彩。

這首詞虛實結合、情景相生，逼真地刻畫出一個新婚少婦思念離家求學的丈夫的心態。

如夢令[1]

昨夜雨疏風驟，濃睡不消殘酒。試問捲簾人[2]，卻道海棠依舊。知否？知否？應是綠肥紅瘦。

【注釋】❶如夢令　此詞作於南渡前。詞寫惜春之情，化用唐韓偓〈懶起〉（一作〈閨意〉）詩的末四句「昨夜三更雨，今朝一陣寒。海棠花在否？側臥捲簾看」之意境。❷捲簾人　指捲簾的侍女。

【語譯】昨夜，雨點稀疏，風勢急驟，我一夜沉睡，也未能完全消除酒意。醒來後，問正在捲簾的侍兒，外面情況如何？侍兒竟說道天氣晴好，海棠花兒依舊。你知道嗎？你知道嗎？經過一夜風吹雨打，理應是綠葉肥大，花兒消瘦。

【賞析】這首〈如夢令〉，是李清照詞中膾炙人口、傳誦不絕的名篇。

這首詞篇幅短小，但卻內藏曲折，富有機趣，有著鮮明的特點。

詞僅短短七句，但卻敘述了事情的完整始末。首先寫夜晚酒醉，以濃睡殘酒引起全篇。詞人因何酒醉？是思念丈夫，還是別有深意？這些都不得而知，然而詞人透過惜花傷春來表達內心的情懷。一夜急風疏雨，令因沉醉而濃睡中的詞人始終未能感覺到，寫出了「沉醉」以後的「濃睡」之深。而「試問捲簾人」，則是一巧妙的轉折：詞人已醒，但酒意卻尚未完全消退，而天已明亮，於是向侍兒發問。從問中，可以看出詞人已發覺天氣的變化，她急著想知道經過一夜的風吹雨打，庭院中有些什麼變化，特別是她喜愛的海棠花。但詞人問什麼卻並未直接寫出。而那侍兒「海棠依舊」的漫不經心的回答，不僅交代了詞人所問，同時，這一問一答，是此詞的又一轉折。經一夜的風吹雨打，花兒零落，怎麼可能還是「海棠依舊」呢？這一問一答，使人想起了唐杜牧〈清明〉詩中「借問酒家何處有？牧童遙指杏花村」的意境來。「知否？知否？應是綠肥紅瘦」，是詞人告訴侍兒，她的回答不對，而且，也寫出了一個無情的事實：花兒經不起風雨的摧殘！由此，讀者不難領悟到詞人在詞中流露出的對歲月流逝，青春年華不再的慨嘆。

清代黃蓼園《蓼園詞選》評李清照此詞云：「短幅中藏無數曲折，自是聖於詞者。」在這首小令中曲徑通幽，層層轉折，令人有峰回路轉之感，讀來意趣無窮。同時，此詞語言質樸，明白如話，然而在平淡中自出機杼，「綠肥紅瘦」是何等傳神、形象的描寫，不能不令人佩服詞人駕馭文字的本領。

怨王孫❶

帝里❷春晚，重門深院。草綠階前，暮天雁斷。樓上遠信誰傳？恨綿綿❸。

多情自是多沾惹❹，難拚捨❺。又是寒食❻也。秋千❼巷陌人靜，皎月初斜，浸梨花❽。

【注釋】❶怨王孫　此詞大致作於徽宗崇寧二年（西元一一〇三年），時趙明誠已出仕。❷帝里　京城，此指汴京。時李清照獨居汴京。❸恨綿綿　唐白居易〈長恨歌〉：「天長地久有時盡，此恨綿綿無絕期。」❹沾惹　宋時口語。意為招惹、招引。❺拚捨　拋棄。❻寒食　節日名。在清明前一日或二日。相傳春秋時晉文公負其功臣介之推，介之推憤而隱於綿山。文公悔悟，燒山逼令出仕，之推抱樹焚死。人們同情介之推的遭遇，相約於其忌日禁火冷食，以為悼念。以後相沿成俗，謂之寒食。❼秋千　古人有在清明節盪秋千的習俗，因而清明節又稱「秋千節」。❽皎月二句　謂月光如水，浸透梨花。宋謝逸〈南歌子〉：「簾外一眉新月，浸梨花。」

【語　譯】京城已是晚春時節，獨自置身在重門緊閉的深宅大院，石階前的春草已是一片綠油油，暮色蒼茫的天際，看不見大雁的蹤跡。高樓上閨中人欲寄遠方遊子的書信誰來傳遞？思想起來，心中悵恨綿綿。

多情自是多招惹煩惱愁緒，欲不思念卻又難以割捨。又到了寒食節的時分，家中卻只有我獨自一人。只見庭院中的秋千兀自矗立著，閭里巷陌人聲寂靜，唯有那初昇的皎潔明月，月光如水，浸透園中的梨花。

【賞　析】趙明誠出仕，李清照獨守空閨，適逢清明節，見人踏青遊春，心中孤寂、惆悵之感油然而生。此詞表現的就是詞人當時的心情。

上片「帝里春晚，重門深院」，點出地點、時間。京師十分繁華，但詞人卻獨處小樓，這樣的環境使她感到苦悶，並由此帶出她的懷人心情。「草綠階前，暮天雁斷」，二句意象鮮明。春草是思念遊子的象徵，如《楚辭・招隱士》：「王孫游兮不歸，春草生兮萋萋。」見到階前的萋萋綠草，她不禁聯想到遠方的丈夫。而雁則是傳遞書信的使者，「暮天雁斷」，道出了遊子離家不歸，音訊杳然，詞人悵望暮雲，無限惆悵。「樓上遠信誰傳？恨綿綿。」她的一片深情又將託付給何人傳遞呢？真是此恨綿綿，難以斷絕。

「多情自是多沾惹，難拚捨」，詞人被綿綿情思牽纏，難以拋棄。恰逢清明時節，人們紛紛遊春踏青，因而街巷中分外寂靜，「又是寒食也」，更勾引起詞人懷念遠方親人的思緒。待到「皎月初斜，浸梨花」，入夜人靜月明，別是一番景致。清人王士禛《花草蒙拾》評此句云：「皎月、梨花，本是平平，得一『浸』字，妙絕千古。」的確點出了其中的妙處。一個「浸」字，寫出月華如水，梨花如雪，一片晶瑩澄澈，而閨中人的「至情」，在這寧靜的氣氛中更顯得深摯而又給人無限遐思的空間。

一剪梅❶

紅藕❷香殘玉簟❸秋。輕解羅裳❹，獨上蘭舟❺。雲中誰寄錦書❻來？雁字❼回時，月滿西樓❽。

花自飄零水自流❾。一種相思，兩處閑愁。此情無計可消除，纔下眉頭，卻上心頭❿。

【注釋】❶一剪梅　此詞作於趙明誠「負笈遠遊」，即外出尋訪碑刻時。❷紅藕　此指荷花。❸玉簟　指坐臥鋪墊用的席子。❹羅裳　羅布製的衣服。❺蘭舟　船之美稱。❻錦書　《晉書・列女傳・竇滔妻蘇氏》：「竇滔妻蘇氏，始平人也，名蕙，字若蘭。善屬文。滔，苻堅時為秦州刺史，被徙流沙。蘇氏思之，織錦為迴文旋圖詩以贈滔，宛轉循環以讀之，詞甚悽惋，凡八百四十字。」後世多指夫婦、情侶間的書信為「錦書」、「錦字」。

❼雁字　雁群常在天空列成「一」字或「人」字隊形，因稱「雁字」。古時有鴻雁傳書的說法，見《漢書・蘇武

傳》。❽月滿西樓　喻望遠懷人之情。有的本子無「西」字。❾花自句　喻指時光消逝，造化無情。語本唐崔塗〈春夕〉詩「水流花謝兩無情」、南唐李煜〈浪淘沙〉詞「流水落花春去也」句意。❿此情三句　意為這樣的心情沒有辦法可以消除，剛舒展了眉頭，卻又湧上了心頭。語本宋范仲淹〈御街行〉詞「都來此事，眉間心上，無計相迴避」之意。

【語　譯】紅色蓮花香氣變得殘弱，光澤如玉的竹席透露著秋天的涼意。輕輕解去夏衣，換上秋裳，獨自走上華美的小船。是誰託付雲中的鴻雁傳信而來呢？雁群飛回時，只有月光照滿西樓。花兀自飄落，水兀自流。一樣的相思，卻在兩處各自愁悶。這種愁緒用各種方法也無法消除，才剛剛舒展了皺著的眉頭，卻又湧上心頭。

【賞　析】此詞也作於趙明誠離家遠遊之時。

詞以「紅藕香殘玉簟秋」領起全篇。此句設色清麗，意象含蓄卻又飽滿。「紅藕香殘」寫戶外之景，「玉簟秋」寫室內之物，荷花已殘，枕席生涼，既刻畫出天氣及四周景色，烘托出詞人的情懷，也使全詞帶上傷感的色彩。「輕解羅裳，獨上蘭舟」，寫泛舟。但「獨上」兩字，暗示出詞人寂寞的心境：丈夫遠遊，水中盪舟也只能獨自一人。「雲中誰寄錦書來？雁字回時，月滿西樓」，詞人盼望得到丈夫的家書，但上西樓，望雲中，卻令人失望。詞中連用迴文織錦、鴻雁傳書兩典，進一層寫出對丈夫的思念，但卻不露痕跡，而詞人那望斷天涯的情思，給人留下極為深刻的印象。

「花自飄零水自流」一句，承上啟下，它既是即景，又兼比興，詞人觸景生情，透露出「無可奈何花落去」的無奈。「一種相思，兩處閑愁」，在寫自己的相思之苦、閒愁之深的同時，由自身推及對方，詞人相信遠方的丈夫也和自己一樣，在孤寂中思念家中的妻子，映襯出夫婦相愛之深。「此情無計可消除，纔下眉頭，卻上心頭」三句，歷來是傳誦的名句。這幾句用口語寫出，但卻滿含深情且頗為含蓄。清人王士禛在《花草蒙拾》中說，這三句從宋范仲淹〈御街行〉「都來此事，眉間心上，無計相迴避」中化出，然李清照卻翻出新意，尤其是「纔下眉頭，卻上心頭」兩句，結構工整，表現巧妙，具有很強的穿透力，引起讀者的共鳴。

這首詞文字質樸典雅，語意飄逸，創造出一種低迴婉轉、意在言外的意境，令人回味無窮。

玉樓春❶　紅梅

紅酥肯放瓊瑤碎❷，探著南枝❸開遍未？不知醞藉幾多時❹，但見包藏無限意。

道人❺憔悴春窗底，悶拍❻闌干愁不倚。要來❼小看❽便來休❾，未必明朝風不起。

【注釋】❶玉樓春　此詞大致作於徽宗崇寧三年（西元一一〇四年），李清照居汴京。時元祐黨人已被黜。❷紅酥句　形容紅梅的顏色、質地。紅酥，胭脂類化妝品。瓊瑤，美玉。有的本子作「瓊苞」。❸南枝　南枝向陽，梅花先開。宋朱翌《猗覺寮雜記》卷上：「梅用南枝事，共知〈青瑣〉〈紅梅〉詩云：『南枝向暖北枝寒。』……則南北枝事，其來遠矣。」❹醞藉幾多時　醞藉，猶醞釀。《漢書・薛廣德傳》：「廣德為人溫雅有蘊藉。」

注引〔顏〕師古曰：「醖，言如醖釀也。藉，有所薦藉也。」此謂梅花自含苞至開已醖釀多時。時，有的本子作「香」。❺道人　知人。張相《詩詞曲語辭匯釋》卷四：「道，猶知也，覺也。」此處以擬人手法，謂梅花知人憔悴。❻閑拍　有的本子作「悶損」，有的本子作「閑損」。「閑拍」，義較勝。❼要來　邀來。要，通「邀」。晉陶淵明〈桃花源記〉：「便要還家，設酒殺雞作食。」❽小看　有的本子作「小酌」。❾休　句末語助詞，猶「罷」、「了」。此句謂邀人賞梅。

【語　譯】那綻放的紅梅猶如凝脂，也如碎裂的美玉。向陽的南枝上，仍掛滿含苞欲放的花蕾。沁香宜人的梅花開放，不知要醖釀多少時日，而那尚未開放的花苞，也飽含著無限的情意。　開在窗下的梅花，似也能體察到主人的憔悴，閒來無事，用梅枝拍打欄干，愁苦而不願倚憑。面對盛開的梅花，邀請友人前來賞梅，並告訴友人，賞梅要及時，一旦風起，吹落梅花，就無花可賞了。

【賞　析】梅花歷來為人們喜愛，詠梅之作頗多，但堪稱上乘之作的不多見。李清照這首詞便是被人稱道的佳作。清人朱彝尊《靜志居詩話》卷一八云：「詠物詩最難工，而梅尤不易……朱希真詞『橫枝清瘦只如無，但空裡，疏花數點』，李易安詞『要來小酌便來休，未必明朝風不起』，皆得此花之神。」綜觀此詞，上片詠梅，下片賞梅，可謂一氣呵成。

詞人在詠梅時，將紅梅比作凝脂般的美玉，將婀娜多姿的梅花刻畫得高貴而美麗。開放的梅花，經風霜，傲嚴寒，展現其獨特的韻致，連那含苞欲放的花蕾也包藏無限情意。下片賞梅，詞人用擬人手法，賦予梅花以靈性。「道人憔悴春窗底，閑拍闌干愁不倚」二句，人花雙寫，手法高妙。你看那開在窗下的梅花，似也能體察主人的心境，用梅枝拍打欄干，但卻不願倚憑，像有無限憂愁。詞人由此轉入眼前，對應邀前來賞梅的友人說，賞梅要及時，一旦錯過賞梅時機，便無梅可賞了。

詞人在寫此詞時，心中是相當愁苦的。當時，重定黨籍，李清照的父親李格非名列「元祐黨人碑」中，詞人藉詠梅抒發內心因受黨爭株連、朝不保夕的身世之嘆，「道人憔悴春窗底」、「未必明朝風不起」，或許多少透露出她當時的心緒。

慶清朝❶

禁幄❷低張，雕欄❸巧護，就中獨占殘春。容華❹淡佇❺，綽約❻俱見天真❼。待得群花過後，一番風露曉妝新❽。妖嬈態❾，妬風笑月❿，長殢⓫東君⓬。

東城邊⓭，南陌上，正日烘池館，競走香輪。綺筵散日，誰人可繼芳塵？更好明光宮裡⓮，幾枝先向日邊⓯勻。金尊⓰倒，拚了畫燭⓱，不管黃昏。

【注　釋】❶慶清朝　此詞調名有作〈慶清朝慢〉，但據《欽定詞譜》，當作〈慶清朝〉。此詞上片詠芍藥，下片寫郊遊盛況，一派承平氣象，當作於汴京。《東京夢華錄・卷七・清明節》曰：「都城人出郊……四野如市，往往就芳樹之下，或園囿之間，羅列杯盤，互相勸酬。都城之歌兒舞女，遍滿園亭，抵暮而歸。」此闋下片所寫正與此相似。❷禁幄　張設在禁苑中的帷幄；也指密張之帷幄。❸雕欄　有的本子作「彤欄」。❹容華　容貌。《文苑英華》卷二〇四崔湜〈婕伃怨〉詩：「容華尚春日，嬌色已秋風。」❺淡泞　一作「淡佇」。素淡也。宋柳永〈木蘭花〉：「天然淡佇好精神，洗盡嚴妝方見媚。」宋王觀《揚州芍藥譜》中，有「素妝殘」一種。❻綽約　一作「淖約」。柔弱美好貌。《莊子・逍遙遊》：「藐姑射之山，有神人居焉。肌膚若冰雪，淖約如處子。」❼天真　天然純真。❽曉妝新　芍藥之一種。《揚州芍藥譜》有記述。❾妖嬈態　《揚州芍藥譜》中有積嬌紅、醉西施、醉嬌紅等品種。❿妬風笑月　《揚州芍藥譜》有妒嬌紅、怨春紅、妒鵝黃、合歡芳等品種，此指上述諸品種芍藥。⓫殢　戀也。《詩詞曲語辭匯釋》卷五：「殢字為糾纏不清之義。」⓬東君　春神。⓭東城邊　指城外遊覽之處。⓮明光宮裡　一本作「明光宮殿」。明光宮，漢代宮名，借指汴京宋宮。⓯日邊　借指帝王左右。⓰金尊　金杯。尊，通「樽」。酒杯。⓱畫燭　有畫飾的蠟燭。

【語　譯】密密張設的帷幄，玉砌雕欄的圍護，芍藥獨占將逝的暮春。花容嫵媚淡素，風姿綽約盡現天然純真。待到群花開後，芍藥經一番風露洗滌如曉妝更新。那柔美妖嬈之態，能令清風生妒明月自愧不如，像要長久留住春神一般。　汴京東門城邊，南郊各處道路上，正朗日高照池榭臺館，競相馳走著華車香輪。華麗豐盛的筵宴散時，有什麼花可繼芍藥的芳踪？看那明光宮裡面，有幾種芍藥已先向日邊展枝搖曳。休理金樽已倒，拚了畫燭燃盡，不管他日已黃昏。

【賞　析】這首詞描繪了一幅春天的圖景。上片寫禁苑中令人陶醉的芍藥怒放的美景：正當暮春時節，皇家禁苑中，處處雕欄畫棟，帷幕高掛；亭臺舞榭，掩映綠樹叢中。百花開後，經過一番風露的精心妝扮，那盛開的芍藥，花容清麗素淡，春風輕拂，花枝微微搖擺，格外天真嫵媚，更顯出一派柔美嬌嬈之態。芍藥花彷彿是春的使者，流連其中，更覺春意盎然。如此美好的春光，連清風明月也生出妒意，真的想挽留住春天的腳步，讓它在人間長住。

下片則描寫都門郊遊熱鬧非凡的盛況，反映汴京當時的繁華和承平氣象，也反映出詞人愉悅的心情。皇家園林的景色固然優美，而民間也自有另一番賞春的樂趣。你看那汴京城的東城門外，南郊的道路邊，正湧動著滾滾人潮，無論是官宦人家還是平民百姓，紛紛出城踏青郊遊。各遊玩處人頭攢動，裝飾華美的香車寶馬競相馳走，處處可見人們邀三五知己，在綠樹陰下細斟慢酌；那富貴人家更擺下豐盛的筵席，賞春宴飲，直至太陽西下，日已黃昏，仍遊興不減。詞人不禁生發出秉燭夜遊、及時行樂的想望。

品讀此詞，不僅能令人品味春的氣息，欣賞春的美景，更令人產生對春的遐想。是的，只要是熱愛生活的人，面對充滿生機的春色，誰能不發出由衷的讚嘆呢！

行香子❶

草際鳴蛩，驚落梧桐，正人間天上愁濃。雲階月色❷，關鎖千重。
縱浮槎來，浮槎去，不相逢❸。星橋鵲駕❹，經年纔見，想離情別
恨難窮。牽牛織女❺，莫是離中？甚❻霎兒晴，霎兒雨，霎兒風。

【注　釋】❶行香子　此詞大致作於徽宗崇寧年間。期間趙、李兩家頗多變故，李清照當時心緒不寧，此詞是詞人內心情感的反映。❷雲階月色　唐杜牧〈七夕〉詩：「雲階月地一相遇，未抵經年別恨多。」❸縱浮槎來三句　意為乘浮槎來去，卻未能相遇。浮槎，木筏。晉張華《博物志》卷三：「舊說云：天河與海通。近世有人居海渚者，年年八月有浮槎，去來不失期。人有奇志，立飛閣於槎上，多齎糧乘槎而去。十餘日中，猶觀星月日辰。自後芒芒忽忽，亦不覺晝夜。去十餘日，奄至一處，有城郭狀，屋舍甚嚴。遙望宮中，多織婦。見一丈夫，牽牛渚次飲之。牽牛人乃驚問曰：『何由至此？』此人具說來意，並問此是何處。答曰：『君還至蜀郡，訪嚴君平，則知之。』竟不上岸。因還如期，後至蜀，問，君平曰：『某年月日，有客星犯牽牛宿。』計年月，正此人到天河時也。」❹星橋鵲駕　舊傳農曆七月七日烏鵲架橋，牛郎織女渡銀河相會。星橋，亦名鵲橋。駕，通架。❺牽牛織女　南朝梁吳均《續齊諧記》：「桂陽成武丁有仙道，常在人間，忽謂其弟曰：『七月七日，織女當渡河，諸仙悉還宮，吾向已被召，不得停，與爾別矣。』弟問曰：『織女何事渡河？去當何還？』答曰：『織女暫詣牽牛。吾後三年當還。』明日，失武丁。至今云，織女嫁牽牛。」❻甚　《詩詞曲語辭匯釋》卷二：「甚，猶是也，正也，真也。」此處作「正」解。

【語　譯】草叢裡傳來蟋蟀的鳴叫聲，驚落了梧桐葉，此時正是人間和天上愁緒最濃的時刻。以雲為階，以月為地，兩處關鎖千重，難於往來。即使乘可達天庭的木筏來去，但卻不能相逢。星橋由無數喜鵲搭架，需要經過整整一年才能見一面，想來離情別恨難以窮盡。牽牛和織女，莫非正在離別中？故而此刻會一會兒晴，一會兒雨，一會兒風。

【賞　析】牛郎織女每年七月七日鵲橋相會，是在我國民間長期流傳的神話傳說，充滿了浪漫情調，歌頌了牛郎織女的堅貞愛情。而李清照此詞，卻是藉著描寫這一傳說，來反映自己內心淒清孤寂的感受。

「草際鳴蛩，驚落梧桐」，時序已是秋天。草際鳴蛩，落葉梧桐，夜深人靜，聽來分外清晰。詞人內心的孤獨感如層層漣漪，不斷泛起，不由得發出了「正人間天上愁濃」的喟嘆。遙望銀河，「雲階月色，關鎖千重」，縱然是乘著可以直通天上的「浮槎」，也無法與心中日夜思念的人相會。時值七月七日的月夜，傳說中牛郎織女鵲橋相會的情景，浮現在眼前。那一年一度的相會，才相見卻又要分別，「想離情別恨難窮」，正如變化無常的天氣，「霎兒晴，霎兒雨，霎兒風」，此時的牛郎織女，或許正在離別之中，他們內心十分痛苦，但又是那樣的無可奈何。

這首詞，結合兩個神話傳說，用細膩的筆觸來敘寫離愁別恨，將天上的別恨同人間的離情融會一體，那豐富的意象，纏綿的情感，充溢在詞中，讓人讀來「別有一番滋味在心中」。

南歌子

天上星河❶轉，人間簾幕垂。涼生枕簟❷淚痕滋。起解羅衣，聊問夜何其❸？

翠貼蓮蓬小，金銷藕葉稀❹。舊時天氣舊時衣，只有情懷、不似舊家❺時。

【注釋】❶星河　即銀河；天河。❷枕簟　枕席。❸夜何其　語出《詩・小雅・庭燎》：「夜如何其？夜未央。」其，語助詞。❹翠貼蓮蓬小二句 「翠貼」、「金銷」皆倒裝。是貼翠和銷金兩種工藝，即以翠羽貼成蓮蓬樣，以金線嵌繡蓮葉紋。此兩句描繪衣上所繡之花。❺舊家 從前；舊時。

【語譯】天上銀河轉動，人間簾幕低垂，閨中人難以入睡。躺在冰涼的枕席上，不覺暗自垂淚。起身脫下羅衣，自問現在是夜裡的幾更天了？披上那有貼翠蓮蓬、銷金藕葉的繡衣，感慨不禁油然而生，面對和舊時一樣的秋涼天氣，一樣的衣服，只有那悠悠情懷，不再像從前一般。

【賞析】此詞大致作於宋徽宗大觀元年（西元一一〇七年）退居青州時。據《宋史・趙挺之傳》及《宋宰輔年錄》，崇寧四年（西元一一〇五年）三月，右僕射兼中書侍郎趙挺之為尚書，六月戊子，趙挺之罷右僕射，崇寧五年復任。大觀元年三月丁酉，趙挺之罷右僕射，癸丑，卒於京師。七月，追奪所贈司徒，落觀文殿大學士。於是，趙明誠全家徙居青州。此詞即反映了李清照當時的心境。

「天上星河轉，人間簾幕垂」，詞以對句起筆，描寫了詞人落寞的心緒：隨著時間的流動，閨中人卻徹夜無眠。「涼生枕簟」，不但點出了時令，更襯托出詞人淒苦之情，可謂一語雙關。面對秋夜天氣，想到時局的變化，家道的中落，不覺悲從中來，淚溼枕席。原本和衣而臥的詞人，欲解衣而睡，卻又覺夜已深，天欲曉，別又生出一番感慨，於是起身披上昔日華美的衣裳，站立窗前，想起了悠悠往事，發出了「舊時天氣舊時衣，只有情懷、不似舊家時」的概嘆。讀者似乎能聽見詞人長長的嘆息聲，流露出「無可奈何花落去」的情懷。

多麗❶ 詠白菊

小樓寒，夜長簾幕低垂。恨蕭蕭，無情風雨，夜來揉損瓊肌❷。也不似、貴妃醉臉❸，也不似、孫壽愁眉❹。韓令偷香❺，徐娘傅粉❻，莫將比擬未新奇❼。細看取，屈平❽陶令❾，風韻正相宜。微風起，清芬醞藉，不減荼蘼❿。

漸秋闌⓫、雪清玉瘦，向人無限依依。似愁凝、漢皋解佩⓬；似淚灑、紈扇題詩⓭。明月⓮清風，濃煙暗雨，天教憔悴度芳姿。縱愛惜，不知從此，留得幾多時？人情好，何須更憶，澤畔東籬⓯？

【注釋】❶多麗　此詞大致作於大觀元年（西元一一〇七年），李清照與趙明誠此時屏居青州鄉里。❷瓊肌　肌膚如美玉。此喻指白菊。❸貴妃醉臉　唐李浚《松窗雜錄》：「會春暮，內殿賞牡丹花。上（玄宗）頗好詩，因問修己曰：『今京邑傳唱牡丹花詩，誰為首出？』修己對曰：『臣嘗聞公卿間多吟賞中書舍人李正封詩曰：「天香夜染衣，國色朝酣酒。」』上聞之，嗟賞移時。楊妃方恃恩寵，上笑謂賢妃曰：『妝鏡臺前，宜飲以一紫金盞酒，則正封之詩見矣。』」言楊貴妃稍飲酒，臉微紅，有國色天香之美。❹孫壽愁眉　指孫壽善於作態以取媚於人。孫壽，東漢梁冀妻。《後漢書・梁冀傳》：「妻孫壽，色美而善為妖態，作愁眉、啼妝、墮馬髻、折腰步、齲齒笑，以為媚惑。」唐李賢注引《風俗通》：「愁眉者，細而曲折。」❺韓令偷香　指韓壽身有奇香。《世說新語・惑溺》：「韓壽美姿容，賈充辟以為掾。每聚會，賈女於青瑣中看，見壽，說之，恆懷存想，發於吟詠……壽聞之心動，遂請婢潛修音問，及期往宿。壽蹻捷絕人，踰牆而入，家中莫知。自是充覺女盛自拂拭，說暢有異於常。後會諸吏，聞壽有奇香之氣，是外國所貢，一著人則歷月不歇。充計武帝惟賜己及陳騫，餘家無此香，疑壽與女通……乃托言有盜，令人修牆。使反曰：『其餘無異，唯東北角如有人迹，而牆高非人所踰。』充乃取女左右婢考問，即以狀對。充祕之，以女妻壽。」案：韓壽應稱韓掾，此因詞的平仄所限，又為避免與前句「孫壽」重複，故稱「韓令」。❻徐娘傅粉　指徐娘藉傅粉打扮。《南史・梁元帝徐妃傳》：「（徐妃）諱昭佩，東海郯人也……帝左右暨季江有姿容，又與淫通。季江每嘆曰：『柏直狗雖老，猶能獵，蕭溧陽馬雖老，猶駿；徐娘雖老，猶尚多情。』」傅粉乃何晏事，此移用於徐娘。《世說新語・容止》：「何平叔（晏）美姿儀，面至白。魏明帝疑其傅粉，正夏月，與熱湯餅，既噉，大汗出。以朱衣自拭，色轉皎然。」❼莫將句　意指韓壽和徐娘雖俊美多情，但都需假借外飾，且兩人私行不檢，與白菊清芬潔白之出自天然，不能相比。❽屈平　屈原，名平。心志高潔，不同流合汙。其〈離騷〉云：「朝飲木蘭之墜露兮，夕餐秋菊之落英。」❾陶令　陶潛，字淵明，曾為彭澤令，因不肯「為五斗米折腰向鄉里小兒」，掛冠歸耕。其〈飲酒〉詩之五云：「采菊東籬下，悠然見南山。」李清照因而有「風韻正相宜」之語。❿荼蘼　一作「酴醿」。初夏開花，色白，有香氣。蘇軾〈荼蘼花菩薩泉〉詩：「荼蘼不爭春，寂寞開最晚。」讚美其不與人爭之性格。⓫秋闌　秋將盡。⓬漢皋解佩　喻所愛逝去之速。《韓詩內傳》：「鄭交甫遵彼漢皋臺下，遇二女，與言曰：『願請子之珮。』二女與交甫，交甫受而懷之，超然而去。十步循探之，即亡矣。迴顧二女，亦即亡矣。」漢皋，山名，在今湖北襄陽西北。⓭紈扇題詩　感嘆事物隨時序之變化。漢班昭，成帝時入宮，被立為婕妤。後趙飛燕得寵，頗嬌妒，班昭退居東宮，嘗作〈怨歌行〉云：「新裂齊紈素，皎潔如霜雪。裁為合歡扇，團團似明月。出入君懷袖，動搖微風發。常恐秋節至，涼風奪炎熱。棄捐篋笥中，恩情中道絕。」⓮明月　一本作「朗月」。⓯澤畔東籬　澤畔，借指屈原。其〈漁父〉云：「屈原既放，遊於江潭，行吟澤畔，顏色憔悴。」東籬，借指陶淵明。見注❾。

【語　譯】長夜裡，雖然放下了簾幕，小樓上依舊寒氣逼人。可恨那蕭蕭颯颯的無情風雨，在夜裡摧殘著如玉的白菊。看那白菊，不似楊貴妃的微紅醉臉，也不似孫壽的嬌柔愁眉。韓令偷香，徐娘傅粉，他們的行徑都不能拿來與白菊相比。細細看取，那屈原和陶令，孤傲高潔的品性正與白菊相宜。微風吹起，白菊的清香蘊藉，絲毫不亞於淡雅的荼蘼。　秋天將盡，白菊愈發顯得雪清玉瘦，似向人流露出它無限依戀的惜別情懷。你看它似憂愁凝聚，在漢皋解佩；似淚灑，於紈扇題詩。有時是明月清風，有時是濃霧秋雨，老天讓白菊在日益憔悴中度盡芳姿。我縱然愛惜，但不知從此還能將它留下多少時候？唉！世人如果都曉得愛護、欣賞，又何須再去追憶、強調屈原和陶淵明的愛菊呢？

【賞　析】菊花，以其高潔的品性，歷來為人們喜愛，李清照此詞，就是讚頌菊花的。

整首詞，都圍繞白菊著筆，寫白菊，其實也是寫她自己。詞的上片藉人物來詠菊。作者連用楊貴妃、孫壽、韓掾、徐妃的典故，突出菊花的高潔和不媚俗態；又以屈原、陶淵明的人品來比擬菊花的品性，暨表達她對菊花和屈、陶二人的讚賞，也突顯自己不同流俗的性情襟抱。下片寫憐菊，也是用擬人、移情的手法，將白菊的情態和精神，表露無遺。「雪清玉瘦」、「漢皋紈扇」、「明月清風」、「濃煙暗雨」的描寫，傳神而貼切。「縱愛惜，不知從此，留得幾多時」，三句多少帶有傷感的情緒，憐花亦自憐，李清照自己也擔心承受不住外在的打擊。「人情好，何須更憶，澤畔東籬」，則以反詰語作結，對照篇首「樓寒夜長」、「無情風雨」的描寫，不難看出她心中多少有點憤激和不平之情。

讀李清照此詞，要聯繫當時的環境。此詞大致作於大觀元年。徽宗崇寧年間，「元祐黨籍」事起，李清照的父親李格非入黨籍，這對李清照來講，無疑是一大打擊。崇寧五年，趙明誠的父親趙挺之罷相，不久去世，趙明誠、李清照夫婦又遭受一次重大打擊。詞中「風雨揉損瓊肌」，抑或暗喻政治風波對趙家的打擊。「不似貴妃」、「不似孫壽」、「韓令偷香」、「徐娘傅粉」等，則喻指不屑取媚當時的權貴蔡京等人。我們如果了解當時特定的政治環境，那麼，對李清照寫此詞時的心境，就不難理解了。

如夢令❶

常❷記溪亭❸日暮，沉醉不知歸路。興盡晚回舟，誤入藕花深處❹。

爭渡❺，爭渡，驚起一灘❻鷗鷺。

【注　釋】❶如夢令　此詞大致作於徽宗大觀元年至大觀二年間（西元一一〇七～一一〇八年）。其時李格非可能居住在濟南，李清照因省親而泛舟濟南西湖。❷常　即「嘗」。曾經。❸溪亭　山東濟南名泉，在濟南城西。西湖也在城西。❹藕花深處　藕花，荷花。蘇轍熙寧間任齊州掌書記時，有〈西湖二詠〉，中有「藕梢菱蔓不容網」之句，可見湖上藕花甚密。❺爭渡　今人多釋為「怎渡」，誤。前人多用「爭渡」。如北周庾信〈春賦〉：「開上林而競入，擁河橋而爭渡。」唐孟浩然〈夜歸鹿門山歌〉：「山寺鐘鳴晝已昏，漁梁渡頭爭渡喧。」而李清照亦因天晚欲速歸，故用力「爭渡」，因而驚起鷗鷺。❻灘　一本作「行」。

【語　譯】曾記得那年遊覽溪亭到夕陽西下時，遊興仍高而開懷暢飲，酒醉得居然不知回家之路。等到天晚興盡想駕著小舟回去時，卻誤入了茂密的荷花叢裡。用力划呀划，急著歸去，不料驚起了夜宿水邊的鷗鷺。

【賞　析】〈如夢令〉是小令，是李清照的一首洋溢著生活情趣的作品。

「常記溪亭日暮，沉醉不知歸路」，「常」同「嘗」，是曾經的意思，由此告訴讀者，詞人這是在記述她的一次出遊。「溪亭日暮」，日已西斜而不欲回家，可見遊興之高。「沉醉」二字，不僅見出遊興之高，更見出溪亭醉飲，且樂而忘返，甚至連回家的路也認不真切，顯示了女詞人倜儻豪放的性格。「興盡晚回舟，誤入藕花深處」，「興盡」是用晉朝王徽之雪夜訪戴逵的典故。《世說新語・任誕》載，王徽之在一個大雪之夜突然想起好友戴逵，於是就從山陰家中乘小舟去剡地拜訪他。天亮才到他家，可是不進戴門王徽之就返回了，別人都百思不得其解。王徽之說：「乘興而來，興盡而返，我又何必見戴逵呢？」詞中，李清照是說自己遊玩得十分盡興，趁著月色回去，但卻誤入了繁密的荷花深處。結果「爭渡，爭渡，驚起一灘鷗鷺」，船上人奮力划槳，船槳擊水，驚起了眠宿在水邊的一群鷗鷺。

這首詞，作者純用白描手法，語言質樸自然，形象生動逼真，畫面清新優美，充滿了生活氣息，表現出詞人灑脫曠放、熱愛生活的情懷。

青玉案❶

一年春事都來❷幾，早過了，三之二❸。綠暗紅嫣渾可事❹。綠楊庭院，暖風簾幕，有箇人❺憔悴。

買花載酒長安市❻，爭似家山❼見桃李？不枉東風吹客淚。相思難表，夢魂無據，唯有歸來是。

【注　釋】❶青玉案　此詞或作無名氏詞，或作歐陽脩詞。《草堂詩餘》作李清照詞。今依此。當作於大觀二年（西元一一〇八年）二、三月間。時趙明誠、李清照夫婦已回至青州。❷都來　算來。張相《詩詞曲語辭匯釋》卷三：「都來，統統也，不過也，算來也……范仲淹〈御街行〉詞：『都來此事，眉間心上，無計相迴避。』王闓運《絕妙好詞》注云：『都來，即算來也。』」❸三之二　三分之二。宋時方言。此謂清明節後。❹可事　小事；尋常之事。宋時方言。《詩詞曲語辭匯釋》卷一：「可，輕易之辭……又小事則逕曰可事。《南宋六十家》薛嵎〈買山范灣自營藏地〉詩：『十萬買山渾可事，放教身世骨猶香。』」❺箇人　《詩詞曲語辭匯釋》卷三：「箇，指點辭，猶這也、那也。周邦彥〈瑞龍吟〉詞：『暗凝佇。因記箇人癡小，乍窺門戶。』」此處係李清照自注。❻買花句　此句指當年在汴京（開封）的生活。長安，借指北宋首都汴京。❼家山　家鄉。此指青州。

【語　譯】一年算來能有多少的春意呢？早就過了三分之二。暗綠的葉子，嫣紅的花朵，都是尋常的事情。但院子內綠楊深處，溫煦的春風吹拂低垂的簾幕，其中有個憔悴的人兒。　在長安市上買花買酒，又哪裡比得上在家鄉觀賞桃花李花呢？我不會責怪東風吹灑離人的淚水。想望的心情難以表達，作夢又無從捉摸，相信只有回到家鄉最好。

【賞　析】此詞創作時，趙明誠、李清照夫婦退居青州鄉里。從詞的內容看，表達的是羈旅思歸、惜春傷懷的情緒。

「一年春事都來幾，早過了，三之二」，春色匆匆逝去。「綠暗紅嫣渾可事。綠楊庭院，暖風簾幕，有箇人憔悴」，已過了「草色遙看近卻無」的早春時節，在綠楊庭院中，暖風吹拂低垂的簾幕，只見一個傷春落寞之人，顯得分外憔悴。春深景物繁茂，最能動人情思，而稍嫌低沉的描寫，頗有時光易逝之嘆。

下片則全為表現思歸的情感。「買花載酒長安市，爭似家山見桃李」，以長安借指北宋京城汴京，帝京雖然繁華，但怎比家鄉的桃李？「不枉東風吹客淚」，東風吹落了客居他鄉的遊子的熱淚，正說明思鄉之情切。「相思難表，夢魂無據，唯有歸來是」，家鄉的一切，夢牽魂繞，唯有回到家鄉，才是最正確的選擇。

此詞寫得平易樸實，感情真摯，而清人黃蘇《蓼園詞選》云：「按此詞不過有不得已心事，而托之思婦耳。」對照當時趙明誠、李清照兩家的處境，李清照或許有不便明言之處，這一說法大概是不無道理的。

新荷葉❶

薄露初零，長宵共、永晝分停❷。遶水樓臺，高聳萬丈蓬瀛❸。芝蘭❹為壽，相輝映，簪笏❺盈庭。花柔玉淨，捧觴別有娉婷❻。

鶴瘦松青，精神與、秋月爭明❼。德行文章，素馳日下聲名❽。東山高蹈，雖卿相、不足為榮。安石須起，要蘇天下蒼生❾。

【注釋】❶新荷葉　此詞作於徽宗大觀二年（西元一一〇八年），係為晁補之之壽誕而作。時晁補之閒居金鄉。青州、金鄉同屬今山東，二地相隔不遠，晁補之與李格非交情深厚，當晁補之之生日，李清照寫了此詞祝賀。❷薄露初零二句　指生日在秋分。時當農曆八月十四日或十五日。《春秋繁露》卷一二〈陰陽出入上下〉：「至於中秋之月，陽在正西，陰在正東，謂之秋分。秋分者，陰陽相半也，故晝夜均而寒暑平。」此日日光正射赤道上，南北兩半球晝夜均分，故曰「長宵共、永晝分停」。分停，又稱「停分」，意為平分。❸遶水樓臺二句　寫晁補之所居之處環境優美。蓬瀛，本指海上仙島，此喻晁補之住處的超塵脫俗。❹芝蘭　喻佳子弟。《世說新語・言語》：「謝太傅（安）問諸子侄：『子弟亦何預人事，而正欲使其佳？』諸人莫有言者，車騎（謝玄）答曰：『譬如芝蘭玉樹，欲使其生於階庭耳。』」❺簪笏　古代臣子上朝，執笏（手版）簪筆，以備書事。因而借指官宦。❻娉婷　姿態美好。此指侍女。❼秋月爭明　喻指晁補之風神清朗，而又兼切時令。❽德行文章二句　稱譽壽主德行文章素負盛名。日下，指京師，此指汴京。宋張耒〈晁无咎墓誌銘〉：「今端明蘇公軾通判杭州……公謁見蘇公，出〈七述〉，公讀之嘆曰：『吾可以閣筆矣！』……由此，公名藉甚於士大夫間。」又謂神宗稱其文曰：「是深於經，可革浮薄。」「於是名重一時。」晁補之元祐間供職祕書省，與黃庭堅、秦觀、張耒為蘇門四學士。❾東山高蹈四句　用東晉謝安故事。《世說新語・排調》：「謝公在東山，朝命屢降而不動。後出為桓宣武司馬，將發新亭，朝士咸出瞻送。高靈……戲曰：『卿屢違朝旨，高臥東山，諸人每相與言，安石不肯出，將如蒼生何？今亦蒼生將如卿何？』」東山，在今浙江上虞西南，謝安曾在此隱居。

【語譯】薄薄的霧水剛開始降下，此日正是夜晚與白晝等長的秋分時候。置身於被水環繞、高聳入雲的亭臺樓閣之內，宛如到了傳說中的海上仙島。前來祝壽的嘉賓充滿了庭院，其中有壽星出類拔萃的子弟和達官貴人，他們彼此間相互輝映。如花柔媚、似玉晶瑩，雙手捧觴的侍女，穿梭於席間，風姿綽約。

先生的身體如鶴之清瞿矍鑠、像松之耐寒長青；精力元氣清朗，和秋月競比光明。先生的品德學問獨領風騷，名噪京城。謝安隱居東山，卻馳譽朝野，雖為王侯卿相，誰比得上他！先生應該像謝安一樣出仕，解救天下百姓。

【賞析】晁補之與李清照的父親李格非早年訂交，有通家之誼。晁補之、李格非又都受蘇軾賞識，晁補之為「蘇門四學士」之一，李格非為後四學士之一。徽宗大觀二年秋，晁補之生日，李清照作詞祝賀。

詞的上半闋開篇三句「薄露初零，長宵共、永晝分停」，點明晁補之的生日是在秋分。「遶水樓臺，高聳萬丈蓬瀛」，寫晁補之的居處環境優美，讀來彷彿能想見繞水亭榭，碧樹濃蔭，猶如蓬瀛仙境，超塵脫俗。接著，用「芝蘭玉樹」的典故，稱讚其子弟的出類拔萃；又以「簪笏盈庭」

譽晁補之的家族乃官宦世家，甚至連家中侍女也都十分出色，足見晁家的非同一般。

下半闋則是對晁補之的讚揚。「鶴瘦松青，精神與、秋月爭明」，寫出了晁補之風神清朗、氣格超邁的風度氣質。「德行文章，素馳日下聲名」，由於文章受到宋神宗的稱讚和蘇軾的器重，故享有很高的聲譽。最後四句，用東晉謝安故事，來寫晁補之的歸隱之志；同時，李清照又寄厚望於晁補之，雖然當時他正閒居在家，但希望他日後能東山再起，以「蘇天下蒼生」。

此詞祝賀晁補之壽誕，意蘊豐富，情真意切而又十分得體，用典也恰如其分。

憶秦娥❶

臨高閣。亂山平野煙光薄。煙光薄。棲鴉❷歸後，暮天聞角❸。

斷香殘酒情懷惡。西風催襯❹梧桐落。梧桐落。又還秋色，又還寂寞。

【注　釋】❶憶秦娥　詞當作於徽宗大觀二年（西元一一〇八年）重陽。❷棲鴉　宋秦觀〈望海潮〉（梅英疏淡）詞：「但倚樓極目，時見棲鴉。」❸角　畫角。形如竹筒，本細末大，以竹木或皮革製成，外施彩繪，故稱。發聲哀厲高亢，古時軍中多用以警昏曉。❹催襯　通「催趁」。宋時口語，意猶催促、催趲。

【語　譯】登臨高樓，看到遠處參差錯落的山巒，近處遼闊平坦的原野，都籠罩在淡淡的煙霧裡。煙霧淡淡。棲於林間的烏鴉歸巢後，黃昏時刻，遠處傳來陣陣畫角聲。

熏香爐裡的香料已經

燃盡，酒也快喝完了，我的心情依舊不好。陣陣秋風，彷彿催促著梧桐樹落葉。梧桐葉落。又是一片蒼涼秋色，又是一番寂寞。

【賞　析】據趙明誠〈青州仰天山羅漢洞題名〉云：「余以大觀戊子之重陽，與李擢德升同登茲山。」其年重陽節，趙明誠出遊，李清照在家，此詞係她登高望遠之作。

上片純為寫景，詞人登臨高樓，視野開闊，極目遠眺，但見「亂山平野煙光薄」，已是一派黃昏薄暮景色。在這薄暮之中，烏鴉紛紛歸巢，那極遠處傳來低沉而略帶哀厲的畫角聲，引起了詞人心中的思緒。因此，下片由景而生情。恰逢重陽佳節，但丈夫出遊，李清照獨自一人在家，眼前的「斷香殘酒」，愈發使本已不快的情緒變得更壞。時已深秋，西風催落梧桐，那在空中翻舞的梧桐葉，撩起了詞人落寞的心緒，「又還秋色，又還寂寞」，真切地道出了詞人當時的心情。

醉花陰❶

薄霧濃雰❷愁永晝，瑞腦❸銷金獸❹。時節又重陽❺，寶枕紗廚❻，
半夜涼初透。

東籬❼把酒黃昏後，有暗香盈袖❽。莫道不銷魂❾，簾
捲西風，人比黃花❿瘦。

【注　釋】❶醉花陰　此詞大致作於大觀二年（西元一一〇八年），與前首作於同時。❷濃雰　陰陽二氣交會

所形成的霧氣。今本有的將「雰」誤作「雲」，不確。❸瑞腦　即龍腦。見前〈浣溪沙〉（莫許盃深琥珀濃）注❺。❹金獸　金屬獸形香爐。宋洪芻《香譜》：「香獸以塗金為狻猊、麒麟、鳧鴨之狀，空其中以燃香，使香自口出，以為玩好。」❺時節又重陽　時節，有的本子作「佳節」。重陽，農曆九月初九日。古時，人們以為九為陽數，因而將九月初九定為重陽節。❻紗廚　紗帳。綠色者稱碧紗櫥。俞平伯《唐宋詞選釋》中卷釋此詞云：「近代以木做格扇，形如小屋，用以避蚊，中可置榻，框上糊以輕紗，大抵是綠色的，叫『碧紗櫥』。亦名『蚊幮』。薛能〈吳姬十首〉之五：『高捲蚊廚獨臥斜。』……是紗櫥即紗帳，與後世製作或有不同。」❼東籬　晉陶淵明〈飲酒〉詩之五：「采菊東籬下，悠然見南山。」後亦以「東籬」指菊花或菊圃。❽有暗香盈袖　語本《古詩十九首》：「馨香盈懷袖，路遠莫致之。」借喻懷人之意。❾銷魂　梁江淹〈別賦〉：「黯然銷魂者，唯別而已矣。」《詩詞曲語辭匯釋》卷五：「銷魂與凝魂，同為出神之義。」❿黃花　菊花。《禮記・月令》：「季秋之月……鞠有黃華。」鞠，通「菊」。

【語　譯】白天裡天氣低沉陰暗，心裡的愁緒無法排遣，聞到龍腦香從銅獸香爐中飄出。又到了重陽佳節，夜來陣陣的寒意，不時從繡枕及紗帳中透入。　當我在東邊的竹籬下飲酒賞菊，直到黃昏，連袖子裡都充滿了菊花的清香。別說我不憂愁難過，當一陣西風吹開簾子，才知門裡的人兒比菊花更瘦弱呢！

【賞　析】此詞與前面的〈憶秦娥〉表達了同樣的情感。

適逢重陽節，丈夫趙明誠出遊未歸，李清照獨居家中，自有一番別離滋味。「薄霧濃雰愁永畫，瑞腦銷金獸」，本該是秋高氣爽的時節，卻是薄霧濃雰，金獸形的香爐中，氤氳繚繞，那長長的白天令詞人感到心中的愁緒無法排遣。挨過了白天，到了夜晚，「寶枕紗廚，半夜涼初透」，詞人輒轉反側，無法入睡，仍在思念遠遊的丈夫。下片作者調轉筆頭，回頭寫黃昏時的情景：「東籬把酒黃昏後，有暗香盈袖」，黃昏時分，賞菊東籬，菊花的芬芳，沾染了詞人的衣袖，「莫道不銷魂，簾捲西風，人比黃花瘦」，這三句達到了極高的意境。「瘦」字通常用來形容人，詞中以人與菊花作比較，更有一番新意。據元伊世珍《瑯嬛記》卷中引《外傳》載，「易安以重陽〈醉花陰〉詞函致明誠。明誠歎賞，自愧弗逮，務欲勝之。一切謝客，忘食忘寢者三日夜，得五十闋，雜易安作，以示友人陸德夫。德夫玩之再三，曰：『只三句絕佳。』明誠詰之，曰：『莫道不銷魂，簾捲西風，人比黃花瘦。』政易安作也。」且不論這一記載是否確切，這三句確是別出機杼，令人嘆賞。

這首詞在字面上沒有寫離別之苦、相思之情，但仔細尋味，卻發現整首詞都充滿了對丈夫的思念。近人龍榆生先生〈漱玉詞敘論〉評此詞云：「剛健中含婀娜，結語具見標格，兼能撩撥感情，宜為陸德夫所稱也。」這一評價，是中肯的。

鳳凰臺上憶吹簫❶

香冷金猊❷，被翻紅浪❸，起來慵自梳頭。任寶奩塵滿❹，日上簾鉤❺。

生怕離懷別苦，多少事、欲說還休。新來❻瘦，非干病酒❼，不是悲秋。

休休，這回去也，千萬遍〈陽關〉❽，也則❾難留。念武陵人❿遠，煙鎖秦樓⓫。唯有樓前流水⓬，應念我、終日凝眸。凝眸處，從今又添，一段新愁。

【注　釋】❶鳳凰臺上憶吹簫　此詞或作於大觀三年(西元一一〇九年)九月趙明誠外出尋訪金石碑刻時。❷金猊　金屬獅形香爐。猊，獅子。❸被翻紅浪　此謂錦被凌亂，如起伏之波浪。❹寶奩塵滿　喻指懶於梳妝。寶奩，梳妝盒。❺日上簾鉤　指遲起。❻新來　近來。宋時口語。❼病酒　因飲酒過量而致病。❽千萬遍陽關　極言離情之深。陽關，原為唐王維〈送元二使安西〉詩：「渭城朝雨浥輕塵，客舍青青柳色新。勸君更盡一杯酒，西出陽關無故人。」後歌入樂府，以為送別之曲。❾也則　猶也是。宋時口語。❿武陵人　此處借指趙明誠。兼用晉陶淵明〈桃花源記〉武陵人入桃源和《幽明錄》所載劉晨、阮肇誤入天台山遇二仙女事。〈桃花源記〉載一以捕魚為業的武陵人，有一天「緣溪行，忘路之遠近」，進入桃花源。《幽明錄》載東漢劉晨、阮肇入天台山迷不得返路，飢食桃果，尋水得大溪，溪邊遇二仙女，並獲款留。及出，已歷七世。復往，不知何所。唐王渙〈惆悵〉詩：「晨肇重來路已迷，碧桃花謝武陵溪。」也稱兩人到了武陵。後遂以武陵人代稱離家遠行之人。⓫秦樓　即鳳凰臺。相傳秦穆公之女弄玉，好樂。蕭史善吹簫作鳳鳴。秦穆公以弄玉妻之，為之作鳳樓。二人吹簫，鳳凰來集，後二人乘鳳飛升而去。事見漢劉向《列女傳》。詞中用此典，既寫對趙明誠之思念，孤棲之寂寞，亦暗合調名，照應題旨。⓬樓前流水　此處以流水喻相思，且以流水有情，知人念遠，別開意境。

【語　譯】銅獅香爐已經冷了，因為整夜輾轉反側，錦被如紅浪起伏。起來獨個兒懶洋洋地梳理頭髮，任由梳妝盒上堆積灰塵，而太陽亦已日上三竿了。我最怕離別之苦，很多的心事，想說了，最後還是打住。近來身體漸趨瘦弱，不是由於飲酒太多，也不是因為悲秋之故。　算了，算了，這次的離別，即使唱了千萬遍的〈陽關曲〉，也沒有辦法將你留住。當你像武陵人一樣遠去後，我在秦樓上遠望，看到的也只是一片煙霧瀰漫而已。只有那樓前淙淙而過的流水，應該知道我會整天在樓上凝眸懷想。懷想遠方的人兒呀，今後心中又憑添一份新的愁緒啊！

【賞　析】與上闋詞一樣，此詞也寫離情。特別的是，詞人以別前的不捨與預想別後的相思兩個橫斷面，來抒發內心的感受。

「香冷金猊，被翻紅浪，起來慵自梳頭」，任憑金猊形的香爐中香消煙冷，任紅色的錦被凌亂地攤在床上，都無心顧及，甚至「慵自梳頭」，反映了詞人與丈夫臨別前的心境。「任寶奩塵滿，日上簾鉤」，是其慵懶達到了極點。「生怕離懷別苦，多少事、欲說還休」，詞人心中有幾多愁情，卻又「欲說還休」，將不忍分離之情埋在心底。「新來瘦，非干病酒，不是悲秋」，這歇拍三句是上片的警策：因傷離別使自己容顏瘦損，偏不直接說出，只說既「非干病酒」，又「不是悲秋」，那又因何消瘦呢？留給讀者去想像，可謂意在言外。

「休休，這回去也，千萬遍〈陽關〉，也則難留」。下片換頭三句，筆法精練：即使唱了千萬遍的〈陽關三疊〉，也難以挽留丈夫的出遊之心。「休休」，正道出了心中的無奈。「念武陵人遠，煙鎖秦樓」，用「武陵人」借指丈夫趙明誠遠行，且以劉晨、阮肇及蕭史、弄玉這兩個仙凡相愛的故事，來表達對丈夫的思念。「唯有樓前流水，應念我、終日凝眸」，以流水喻相思，且以流水有情，知人念遠，可謂別開生面。最後幾句，寫出了詞人凝眸遠望，不見丈夫身影，不禁生出「一段新愁」。

這首詞，寫離愁步步深入，而層次井然，於宛轉之中見離情別意，確為詞中佳作。

浣溪沙❶

小院閒窗春色深，重簾未捲影沉沉❷。倚樓無語理瑤琴❸。
遠岫出雲催薄暮❹，細風吹雨弄輕陰❺。梨花欲謝恐難禁❻。

【注　釋】❶浣溪沙　據詞意，當作於徽宗大觀年間（西元一一〇七～一一一〇年）。❷沉沉　深邃貌。亦指幽靜。❸瑤琴　琴之美稱。❹遠岫句　晉陶淵明〈歸去來辭〉：「雲無心以出岫，鳥倦飛而知還。」《廣韻》：「山有穴曰岫。」❺輕陰　淡灰色的浮雲。唐張旭〈山中留客〉詩有「山光物態弄春暉，莫為輕陰便似歸」句。❻梨花句　詩詞中常借梨花寫閨怨。

【語　譯】小院裡春色已深，我卻沒有將窗戶打開，重重的簾子也未捲起來，使得房間顯得幽暗。獨自倚樓，默默調弄著瑤琴。

遠山飄出雲朵，似在催促暮色降臨，微風吹拂細雨，撥弄著天際的浮雲。唉！梨花將凋謝，恐怕是難以禁止的。

【賞　析】此詞曾被誤作歐陽修詞，又誤作周邦彥詞，然從其內容及風格看，實為李清照所作。李清照當時屏居青州。此詞亦係傷春懷人之作。

上片前兩句「小院閒窗春色深，重簾未捲影沉沉」，寫的是春景；「春色深」，知已到暮春時節；

有窗而閒置，重簾未捲，說明主人的慵懶。日光照射，映入簾內，簾影沉沉，似乎反映出主人心事重重且又無可奈何。「倚樓無語理瑤琴」，面對暮春景色，獨自倚樓，百無聊賴，只能彈奏瑤琴來抒解心中的煩悶。

下片「遠岫出雲催薄暮，細風吹雨弄輕陰」兩句，寫詞人登樓遠眺，遠處青山濛濛，「雲無心以出岫」，似在催促暮色降臨。春天的微風吹拂絲絲細雨，撥弄徘徊天際的浮雲，似一幅「春雨輕煙」圖。「梨花欲謝恐難禁」，古人常借梨花寫閨怨。如宋晏幾道〈生查子〉：「牽繫玉樓人，繡被春寒夜。消息未歸來，寒食梨花謝。」宋秦觀（或作無名氏）〈鷓鴣天〉：「甫能炙得燈兒了，雨打梨花深閉門。」李清照寫得似更深沉而婉委。春已深，梨花自當凋謝，「恐難禁」，實為一語雙關，既寫時光流逝無法挽留，同時也流露出懷念丈夫的心情無法抑止。明沈際飛《草堂詩餘》稱此詞寫得「雅練」、「『欲謝』、『難禁』，淡語中致語」，可謂道出了此詞的關鍵所在。

浣溪沙❶

髻子傷春慵更梳，晚風庭院落梅初❷。淡雲來往月疏疏。

玉鴨熏爐❸閒瑞腦❹，朱櫻❺斗帳❻掩流蘇❼。遺犀還解辟寒無❽？

【注　釋】❶浣溪沙　此詞見於《花草粹編》卷二，無撰人姓氏，其前為李清照〈浣溪沙〉（淡蕩春光寒食天）

一首，或因選者連及上詞，也作李清照詞，因而有人將此詞列為存疑之作。《全宋詞》據《草堂詩餘續集》卷上屬之李清照，今從之。此詞可能作於徽宗政和年間（西元一一一一～一一一七年），時屏居青州。❷落梅初　指暮春。梅花農曆三月開放，故《埤雅》云：「江南三月為迎梅雨。」青州稍晚，開後不久即落。❸玉鴨熏爐　像鴨形的香爐。玉鴨，似指瓷質香爐。亦有稱金鴨者，係銅製。❹閒瑞腦　意謂香料閒置未燃。瑞腦，香料名。❺朱櫻　帳子上的紅色櫻花。❻斗帳　形如覆斗之小帳。❼流蘇　用羽毛或絲線編製的排穗，列於帳子上沿之裝飾品。❽遺犀句　犀，犀牛角。這裡指帳上之鎮幃犀。幃上懸犀，可使不因風而動，且有辟寒意。五代王仁裕《開元天寶遺事》上：「開元二年冬至，交趾國進犀一株，色黃如金。使者請以金盤置於殿中，溫溫然有暖氣襲人。上問其故，使者對曰：『此辟寒犀也。頃自隋文帝時，本國曾進一株，直至今日。』上甚悅，厚賜之。」

【語　譯】頭上的髮髻因傷春而懶於梳理，晚風吹來，庭院中的梅花也已開始落下。天上的淡雲時而飄來，掩映得月色稀稀疏疏。　玉鴨形的香爐中瑞腦香閒置未燃，繡有紅櫻的斗帳上面掩蓋著流蘇。帳上的鎮幃犀還能解得辟寒之意否？

【賞　析】與前一首〈浣溪沙〉一樣，此詞表達的也是傷春懷人之作。

詞的起句「髻子傷春慵更梳」，開門見山，點明傷春的題旨。丈夫趙明誠外出搜求金石碑帖，李清照獨自在家，寂寞無聊，以致連頭髮也懶得梳理。「晚風庭院落梅初」，是從近處落筆，點時間，寫環境，寓感情。庭院深深，晚風料峭，梅殘花落，一種傷春情緒，藉由寫景渲染出來。「淡雲來往月疎疎」，此句將筆觸引向遠方，描寫自天空灑下的月色，在疏雲掩映下時隱時現，頗有幽遠的意境，也兼有望月懷人之意。

過片兩句「玉鴨熏爐閒瑞腦，朱櫻斗帳掩流蘇」寫室內之景。詞人自室外回到室內，而眼中所見，仍是淒清的景象。瑞腦香在玉鴨熏爐內閒置未燃，繡有櫻花的斗帳為流蘇所掩，顯出室內的靜謐，同時襯托出春閨長夜獨守的孤寂。結句「遺犀還解辟寒無」，看似平淡，其實寫得含而不露，蘊含了詞人內心傷春懷人的深沉情感。可謂深沉婉轉，怨而不怒。

譚獻的《復堂詞話》稱此詞云：「易安居士獨此篇有唐調，選家爐冶，遂標此奇。」可見對此詞的評價之高。

點絳脣❶

寂寞深閨，柔腸一寸愁千縷❷。惜春春去，幾點催花雨❸。

倚遍闌干，只是無情緒。人何處？連天芳樹❹，望斷歸來路。

【注　釋】❶點絳脣　此詞當作於徽宗政和六年（西元一一一六年）。❷柔腸句　語本宋晏殊〈木蘭花〉：「無情不似多情苦，一寸還成千萬縷。」❸催花雨　指促使花兒凋落的雨。宋莊綽《雞肋編》卷中：「西北春時，率多大風而少雨，亦有霏微……韓持國亦有『輕雲薄霧，散作催花雨』之句。」❹芳樹　有的本子作「芳草」。

【語　譯】獨處寂寞的深閨，一寸柔腸有千絲萬縷的愁思。愛惜春天，春天卻已將過去，天空飄下了春雨，打落了花兒。

登樓遙望倚遍闌干，依然毫無心情。思念的人在何處？只見連接到天邊的芳草碧樹，卻望不到歸來的人。

【賞析】此詞係惜春懷人之作。

「寂寞深閨，柔腸一寸愁千縷」，上片首兩句，抒寫深閨中的寂寞，柔腸寸寸，凝結千縷愁思。詞人用「一寸」與「千縷」這樣鮮明的對比，來反應心情的沉重。「惜春春去，幾點催花雨」，惜春而又留春不住，那般無奈，難以言表。

「倚遍闌干，只是無情緒」，極目遠眺，又將闌干倚遍，但卻未見思念之人，因而更加落寞而「無情緒」。「人何處？」是詞人設問之詞，也是她極欲知道的。但眼前的景象卻是「連天芳樹，望斷歸來路」，映入眼簾的是延伸到天邊的芳草碧樹，卻不見思念之人的蹤影。

清人陳廷焯《雲韶集》評此詞云：「情詞並勝，神韻悠然。」此詞最大的特點是借景抒懷，詞人將內心對丈夫的深沉思念，含蓄委婉地表露出來；又以略帶傷感的筆調，給詞作添上淒清的色彩，也給讀者留下了想像的餘地。

念奴嬌❶

蕭條庭院，又斜風細雨❷，重門須閉。寵柳嬌花寒食近，種種惱人天氣❸。險韻❹詩成，扶頭酒❺醒，別是閒滋味。征鴻過盡，萬千心事難寄。

樓上幾日春寒，簾垂四面，玉闌干慵倚。被冷香消新夢覺，不許愁人不起。清露晨流，新桐初引❻，多少遊春意。日高煙斂，更看今日晴未？

【注釋】❶念奴嬌　此詞當作於徽宗政和六年（西元一一一六年）屏居青州期間。❷斜風細雨　唐張志和〈漁歌子〉：「青箬笠，綠蓑衣，斜風細雨不須歸。」❸惱人天氣　因斜風細雨而令人煩惱。❹險韻　韻部中字少而艱僻之韻。逞才者多喜作險韻詩。❺扶頭酒　使人易醉之烈酒。唐白居易〈早飲湖州酒寄崔使君〉詩：「一榼扶頭酒，泓澄瀉玉壺。」唐姚合〈答友人招遊〉詩：「賭棋招敵手，沽酒自扶頭。」宋賀鑄〈醉厭厭〉：「易醉扶頭酒，難逢敵手棋。」均指酒性濃烈，易使人醉。然俞平伯《唐宋詞選釋》中卷釋此句云：「古人於卯時飲酒稱卯酒，亦名『扶頭酒』……扶頭原義當為醉頭扶起。……宿酲未解，更飲早酒以投之，所用只是較淡的酒，以此種飲法能發生和解作用，故亦以『扶頭』稱之……易安此句當亦然。」俞平伯將「扶頭酒」解作「淡酒」、「薄酒」，可備一說。❻清露二句　語本《世說新語・賞譽》：「王恭始與王建武（王忱）甚有情，後遇袁悅之間，遂致疑隙，然每至興會，故有相思時。恭嘗行散至京口射堂，於是清露晨流，新桐初引，恭目之，曰：『王大（王忱）故自濯濯。』」李清照此處用其成句。初引，初生；初長。引，《爾雅・釋詁》：「引，長也。」

【語譯】庭院中一片淒清沉寂，加以斜風細雨，須把門戶重重關閉了。柳嬌花媚的寒食節快到了，這樣的天氣讓人煩悶。完成了險韻詩，喝了烈酒，酒意醒了後，心中別有一番閒愁。當雁兒都飛過去了，千絲萬縷的心事，也難以託牠們帶去給遠方的人。

樓上連日春寒，四周的窗簾都放下來，也懶得倚在闌干凝望。棉被冰冷，熏香燃盡，又剛從夢中醒來，不由得多愁的人不起床。早晨晶瑩的露水流動，桐樹剛長出新芽，讓人有了踏青賞春的念頭。太陽已經升高了，四周煙霧消散，不知道今天是否放晴了呢？

【賞　析】從詞的內容看，作於寒食節前。

起首「蕭條庭院，又斜風細雨，重門須閉」三句，寫詞人所處環境：庭院深深，寂寥無人，兼以斜風細雨，勾勒出蕭條的景象和詞人淒苦的心情。「重門須閉」，關上重重門戶，實際上是要關閉心靈的門窗，以避免無端的煩惱。「寵柳嬌花寒食近，種種惱人天氣」，明王世貞云：「寵柳嬌花，新麗之甚。」此四字，字少而意深。時近寒食，本已到了踏青時節，卻因「斜風細雨」，摧折了繁花綠柳，加上丈夫離家出遊，才成了「種種惱人天氣」，此句實為一語雙關而不露痕跡。「險韻詩成，扶頭酒醒，別是閒滋味」，由天氣、花柳轉而寫人。險韻，指用冷僻的韻寫詩，顯出詞人才氣；詞人飲酒賦詩，以排遣愁緒，然而酒醒之後，無端煩惱襲上心頭。「征鴻過盡，萬千心事難寄」，用鴻雁傳書典故，點明詞人欲寄相思，卻難覓信使，只能將萬千心事埋藏心底。換頭「樓上幾日春寒，簾垂四面，玉闌干慵倚」數句，承上而來。因有「萬千心事」，故而對眼前春寒，更覺寂寞難耐，連闌干也懶得憑倚。「被冷香消新夢覺，不許愁人不起」，羅衾不耐春寒，更兼心中有無限心事，輾轉難眠，「不許愁人不起」，多少無奈情緒，都包含在這六字之中，令人玩味不盡。然而，「清露晨流，新桐初引，多少遊春意。日高煙斂，更看今日晴未」數句，詞境為之一變。前面部分寫得婉曲深摯而略覺低沉，至此，卻顯出疏朗明快的情緒。「清露晨流，新桐初引」，使讀者感到生氣盎然。「多少遊春意」、「更看今日晴未」，詞人跳出了愁苦的意緒，讀來饒有餘韻。近人龍榆生〈漱玉詞敘論〉評此詞云：「情緒淒咽，而筆勢開宕，直如行雲舒卷。易安之善寫離情如此，日常鶼鰈相依，一旦風波失所，遇此環境，釀造千回百折之詞心，此《漱玉詞》造詣之所以猛進也。」道出了此詞的特點。

木蘭花令❶

沉水❷香消人悄悄，樓上朝來寒料峭。春生南浦❸水微波，雪滿東山風未掃。
金尊莫訴❹連壺倒，捲起重簾留晚照❺。為君欲去更憑欄，人意不如山色好。

【注　釋】❶木蘭花令　此詞錄自明鈔本《天機餘錦》卷二。詞作於屏居青州期間，時當徽宗政和六年（西元一一一六年）春。❷沉水　香料名。❸南浦　屈原〈九歌・河伯〉：「子交手兮東行，送美人兮南浦。」後以南浦泛指送別之處。❹金尊莫訴　勸酒之辭。莫訴，不要推辭飲酒。❺留晚照　留住夕陽。

【語　譯】沉水香的香氣已經消散，人聲悄悄，早晨站在小樓上，倍覺春寒料峭。南浦渡頭，已有早春景象，水面漾起微波，東邊遠山上的積雪，尚未被春風消融。　酒，一壺接著一壺喝，捲起重重垂簾，好將夕陽挽留住。由於你要出門遠行，我只好憑欄遠眺，誰知人的心緒不如山色美好。

【賞　析】政和六年春，趙明誠曾前往長清縣靈岩寺，李清照於丈夫臨行前一日，寫下此詞。

「沉水香消人悄悄，樓上朝來寒料峭」，丈夫欲外出，李清照想到一人在家，不免寂寞，也少了往日整理金石、書畫的樂趣，一早醒來，心情便籠罩在離別的感傷氣氛之中。「春生南浦水微波，雪滿東山風未掃」，言南浦水動，送別在即，心緒不佳，猶如雪壓山頭。上片描寫的所見所感，雖不點明離愁，但字裡行間卻滿是離情別緒。這種以景寓情的手法，正是李詞擅長之處。下片寫傍晚與丈夫對飲，欲珍惜離別前的短暫相聚，「金尊莫訴連壺倒，捲起重簾留晚照」，極言不捨分離之情，詞人甚至發出欲時光停佇的想望。而此刻憑欄遠眺，也因丈夫即將出遊而無心賞景，「人意不如山色好」，用人意之無聊反襯山色之美好，可謂別出心裁。

蝶戀花❶

暖雨和風❷初破凍。柳眼❸梅梢❹，已覺春心❺動。酒意詩情誰與共？淚融殘粉花鈿❻重。

乍試夾衫金縷縫。山枕❼斜欹，枕損釵頭鳳❽。獨抱濃愁無好夢，夜闌猶剪燈花弄❾。

【注　釋】❶蝶戀花　此詞大致寫於徽宗宣和三年（西元一一二一年）春居青州時。❷和風　有的本子作「晴風」。❸柳眼　初生的柳葉細長柔軟，似人睡眼初開，故稱柳眼。唐元稹〈生春〉詩：「何處生春早，春生柳眼中。」❹梅梢　有的本子作「梅腮」。❺春心　此兼指人與物。❻花鈿　用金翠珠寶製成的花形首飾。❼山枕兩端隆起、中間低凹之枕。❽釵頭鳳　飾有鳳凰之金釵。❾燈花弄　「弄燈花」之倒裝。

【語　譯】溫暖的春雨，和煦的春風，使冰封的大地剛剛解凍。剛長出來的柳葉，梅樹的枝梢，都讓人感受到春意勃發。滿懷的酒意詩情，有誰能對酌唱和呢？淚水溶化了脂粉，連頭上的首飾都覺得沉重了。　脫去冬衣，換上金絲線縫製的夾衣。斜靠在山形的枕頭上，枕頭卻弄壞了頭上戴的釵頭鳳。獨自懷著濃濃的離愁，一直無法入睡，夜深了，還在剪弄著燈花。

【賞　析】此詞有的選本題作〈離情〉，又有題作〈春懷〉，可見此詞乃抒寫離情。

上片首句寫時序。「暖雨和風」，已化解了冰凍的大地，「柳眼梅梢，已覺春心動」，兩句寫得意蘊豐富而又一語雙關。柳眼梅梢，可指綠柳梅花，也可指人。「春心動」更為妙絕，既指大地春氣已動，更暗寓對丈夫的思念，極為含蓄而簡練地刻畫出一個思婦形象。「酒意詩情誰與共？淚融殘粉花鈿重」，巧妙的構思和設問，可謂出奇制勝：即使柳萌、梅梢，因無人陪伴而無心觀賞。傷心處，不覺潸然淚下，任憑它「殘粉花鈿重」。「乍試夾衫金縷縫。山枕斜欹，枕損釵頭鳳」。脫去冬衣，換上春裝，但華貴的服飾她全然不顧；意緒闌珊，斜靠在枕頭上，首飾損壞也渾然不覺，細膩地描繪出鮮明的人物形象。結尾「獨抱濃愁無好夢，夜闌猶剪燈花弄」，被稱為入神之句。這兩句寫得含蓄傳神，且耐人尋味。這首詞與一般詞或上片敘事下片抒懷，或上片寫景下片抒情不一樣，全詞上下片一氣貫注，詞意承接緊密。且寫得蘊藉而不綺靡，嬌婉而不纖巧，可說是李清照詞的代表作之一。

蝶戀花　昌樂館寄姊妹❶

淚搵征衣❷脂粉暖❸。〈四疊陽關〉❹，唱了❺千千遍。人道山長水又斷❻，蕭蕭微雨聞孤館。

惜別傷離方寸亂❼。忘了臨行，酒盞❽深和淺。若有❾音書憑過雁❿，東萊⓫不似蓬萊⓬遠。

【注釋】❶昌樂館寄姊妹　此詞為徽宗宣和三年（西元一一二一年），李清照赴萊州時，途經昌樂，作於昌樂館驛。❷淚搵征衣　有的本子作「淚溼羅衣」。征衣，時李清照從青州前往萊州，故稱「征衣」。❸暖　有的本子作「滿」。❹四疊陽關　一般稱〈陽關三疊〉，古為送別曲，以唐王維〈送元二使安西〉詩為歌辭。《蘇軾文集》卷六七〈題跋・記陽關第四聲〉：「舊傳〈陽關三疊〉，然今歌者，每句再疊而已。通一首言之，又是四疊，皆非是也。或每句三唱，以應三疊之說，則叢然無復節奏。余在密州，有文勛長官，以事至密，自云得古本〈陽關〉，其聲宛轉淒斷，不類向之所聞，每句再唱，而第一句不疊，乃知唐本三疊蓋如此。及在黃州，偶得樂天〈對酒〉詩五首之一云：『相逢且莫推辭醉，聽唱〈陽關〉第四聲。』注：『第四聲：勸君更盡一杯酒』是也。以此驗之，若一句再疊，則此句為第五聲，今為第四聲，則第一句不疊審矣。」李清照云「四疊」，蓋從「每句皆疊」之說。❺唱了　有的本子作「唱到」。❻山長水又斷　指此行路途上山巒相連，又有水流阻隔。形容路途艱辛遙遠。水，有的本子作「山」。❼方寸亂　謂心緒煩亂。❽酒盞　小酒杯。❾若有　有的本子作「好把」。❿音書憑過雁　古時有鴻雁傳書的典故，此即用此。⓫東萊　東萊，郡名。春秋時萊子國，因在齊國之東，故稱東萊。漢初置東萊郡，屬青州。隋初改為萊州。舊又稱掖縣，今為山東市名。時趙明誠知萊州。⑫蓬萊　為海上仙島。相傳為仙人所居之處。《山海經‧海內北經》：「蓬萊山在海中。」

【語　譯】用衣服擦去臉上的淚水，以致衣服上沾滿了脂粉，這都是姐妹們溫暖的情誼。送別的歌曲〈四疊陽關〉，已唱了千千遍。人家說這一路上山巒相連，又有水流阻隔，夜晚住在驛館裡，聽著窗外綿綿細雨聲，更覺孤寂。　想起分別時，充滿了離情愁緒，使人心緒煩亂。竟然忘記了臨行之時，杯中的酒有多少。如果有書信，請託飛過的雁兒帶來，東萊不像蓬萊那樣遙遠。

【賞　析】徽宗宣和三年，趙明誠起復知萊州。八月，李清照從青州前往萊州，此詞為途經昌樂時所作。

「淚搵征衣脂粉暖。〈四疊陽關〉，唱了千千遍」，前三句寫不忍離別之苦情。〈陽關曲〉，原為唐王維詩，後歌入樂府，以為送別之曲。抒寫姐妹依依惜別，〈陽關曲〉唱了「千千遍」，為誇張之語，表現姐妹間感情之深厚。歇拍兩句「人道山長水又斷，蕭蕭微雨聞孤館」，先前曾聽人說起，從青州到萊州山長水遠，夜宿驛館，加上陰雨綿綿，想起分別的姐妹，倍感傷懷。過片「惜別傷離方寸亂。忘了臨行，酒盞深和淺」幾句，回敘臨行宴飲，因離別在即而方寸大亂，竟然不知杯中酒的深和淺。「若有音書憑過雁，東萊不似蓬萊遠」，末兩句出人意外地作寬解語，能放能淡，收到了變化莫測的效果。唐李商隱〈無題〉詩：「劉郎已恨蓬山遠，更隔蓬山一萬重。」用漢武帝劉徹遣方士入海求蓬萊仙境的故事，李清照反用其意，以東萊比蓬萊，意謂雖然分離，卻非遠別，更不是人仙睽隔，還能互通音信。此詞寫得餘韻雋永，詞意翻新，耐人尋味，故而清譚獻《詞辨》云：「山谷謂以故為新，以俗為雅者，易安得之矣。」

殢人嬌❶

後庭梅花開有感

玉瘦❷香濃，檀深❸雪散。今年恨、探梅❹又晚。江樓楚館，雲閒❺水遠。清晝永，憑欄翠簾低捲。

坐上客來，尊中酒滿❻。歌聲共、水流雲斷。南枝可插，更須頻剪。莫直待、西樓數聲羌管❼。

【注　釋】❶殢人嬌　此詞作於高宗建炎二年（西元一一二八年）春，李清照到江寧不久。❷玉瘦　指白梅的花色讓人有清瘦飄逸之感。玉，指白梅。❸檀深　檀香梅的顏色深黃，與白梅相較，顯得色澤深濃。檀，深黃色的檀香梅，為上等梅花品種。宋范成大《范村梅譜》：「（蠟梅）凡三種……最先開，色深黃，如紫檀，花密香濃，名檀香梅，此品最佳。」❹探梅　賞梅。❺雲閒　有的本子作「雲間」。❻坐上客來二句　化用《後漢書・孔融傳》：「坐上客恆滿，尊中酒不空」句。趙、李親族多南來，故前來的親友較多。尊中，有的本子作「尊前」。❼莫直待句　當時金兵將南下，形勢緊迫，故有此語。

【語　譯】玉色的白梅花清瘦飄逸，相形之下，檀香梅顯得色澤濃豔，它們都散發著香氣，白雪逐漸融化，那雪壓梅枝的美景已不見。真令人遺憾啊，沒想到今年賞梅竟又來晚了。在江南的亭臺樓館裡，仰望白雲悠閒飄浮，俯瞰流向天際的江水碧波。白晝漫長，倚欄遠眺，翠簾低低捲著。

親友相聚，杯子裡斟滿了酒。縱情歌唱，歌聲高亢，響徹流水行雲。那南邊向陽枝頭上的梅花可以剪下插來賞玩，趁花未殘之時，快多採剪些。不要等到西樓那邊傳來幾聲羌笛聲。

【賞析】建炎二年春，李清照歷盡艱辛，到達江寧，不久，寫下此詞。

「玉瘦香濃，檀深雪散」，上片起首兩句，寫春日裡梅花已開，白雪漸融，雪壓梅枝的景色不見。「今年恨、探梅又晚」，待李清照想賞梅時，卻已過了賞梅時節，因而有「探梅又晚」之嘆。「江樓楚館，雲閒水遠。清晝永，憑欄翠簾低捲」，李清照初來江南，頗喜愛江南的春天，或許當時的時局稍稍穩定，故而在詞中，李清照表現出的是較為平和、閒適的心態。下片首兩句「坐上客來，尊中酒滿」，是實寫。趙、李兩家親族多南來，加上李清照與家人團聚，因此設宴招待客人。「歌聲共、水流雲斷」，席間歌聲美妙，如行雲流水，高亢激越，頗有些當年汴京繁華的意味。「南枝可插，更須頻剪。莫直待、西樓數聲羌管」，在眼前暫時的太平景象中，形勢岌岌可危，金人對南宋正虎視眈眈，李清照可能預感到時局將會有變，因而勸親友珍惜眼前的平靜局面。此詞格調明快，文字舒展。寫此詞時，李清照可能因剛到江寧府，與丈夫團聚，情緒頗佳，在李清照的詞中，寫得這樣輕鬆的並不多見。

蝶戀花　上巳召親族❶

永夜厭厭❷歡意少，空夢當時❸，認取長安❹道。為報今年春色好，花光月影宜相照。隨意杯盤雖草草❺，酒美梅酸❻，恰稱❼人懷抱。
醉莫插花花莫笑，可憐春似人將老❽。

【注　釋】❶上巳召親族　此詞作於高宗建炎二年（西元一一二八年）上巳節，時在江寧。上巳，農曆三月初三日。古人此時到水邊洗濯，以祓除不祥。❷厭厭　通「懨懨」。精神不振貌。❸當時　指南渡前徽宗崇寧年間（西元一一〇二～一一〇六年）在汴京時。當時，有的本子作「長安」。❹長安　宋人多以漢唐故都長安借指汴京。❺草草　草率；簡單。此指不豐盛。❻酒美梅酸　《本草・果部三品》：「梅實，味酸平，主下氣，除熱煩滿，安心。」宴中用梅，可以解酒。❼恰稱　恰好適合；恰好符合。❽醉莫二句　宋人有簪花習俗。女子簪花更為常見。宋蘇軾〈吉祥寺賞牡丹〉詩：「人老簪花不自羞，花應羞上老人頭。」

【語　譯】長夜裡，覺得懶懶的，心情不好，白白夢到過去情景，認得京城的街道。向人們報知今年春色的美好，花光月影理應相互映照。　雖然隨意準備的菜肴並不豐盛，但酒香醇、梅酸甜，恰好符合客人的心意。酒醉時不要插花，花兒不要譏笑人醉了，可惜春天也像人一樣，都到了將老的時候。

【賞　析】上片起首一句「永夜厭厭歡意少」，寫長夜裡詞人精神不振，說明詞人心情不佳。「空夢當時，認取長安道」，長安借指汴京，用一「空」字，抒寫對汴京失陷的悲涼。「為報今年春色好，花光月影宜相照」，春色如舊，但時局已非比昔日。「報」字、「宜」字，透露出詞人應時隨俗、強顏歡笑的內心痛苦。在看似明快的敘寫中，反映詞人內心的憂悶。過片點題：「隨意杯盤雖草草，酒美梅酸，恰稱人懷抱」，這兩句寫得直率，其實在宛轉的語言中流露出沉痛的情感。末兩句詞人感時傷懷，要人「醉莫插花花莫笑」，借以掩飾愁緒；結句「可憐春似人將老」，春「老」喻春意闌珊，人「老」指歡情減少，明是傷春，實是自傷。「可憐」二字，把春的景象與人的命運綰結在一起，也正是詞人對國家、人民和自身命運的喟嘆。

李清照詞，前期以雋永含蓄的風格見長，南渡以後，憂國傷時，使其詞的風格大變，以沉鬱蒼涼為主。這首詞，大致可看作是李清照詞風變化的轉折點。

小重山❶

春到長門春草青❷，江梅❸些子❹破，未開勻。碧雲籠碾玉成塵❺，留晚夢❻，驚破一甌雲❼。

花影壓重門，疏簾鋪淡月，好黃昏。二年三度❽負東君❾。歸來也，著意過今春❿。

【注釋】❶小重山　此詞作於高宗建炎二年（西元一一二八年）。❷春到句　《花間集》薛昭蘊〈小重山〉詞：「春到長門春草青，玉階華露滴，月朧明。」此用其成句。長門，漢代冷宮。漢司馬相如〈長門賦序〉：「孝武皇帝陳皇后時得幸，頗妬，別在長門宮，愁苦悲思。聞蜀郡成都司馬相如天下工為文，奉黃金百斤為相如、文君取酒，因於解悲愁之辭。而相如為文，以悟主上，陳皇后復得親幸。」比喻被冷落。李清照雖未有像漢時陳皇后那樣被打入冷宮的遭遇，但其悲苦哀愁之情是有共通之處的。❸江梅　宋范成大《范村梅譜》：「江梅，遺核野生，不接栽接者，又名直腳梅，或謂之野梅。凡山間水濱，荒寒清絕之趣，皆本此也。」❹些子　一點兒。宋時方言。今山東部分地區仍沿用此語。❺碧雲句　碧雲籠，指貯藏茶葉的器皿。宋時人又稱密雲籠。碧雲，言茶葉顏色清。宋人飲茶，碾碎再羅，然後入湯。《茶錄》「碾茶」云：「碾茶，先以淨紙密裹搥碎，然後熟碾。其大要旋碾則白，或經宿色已昏矣。」故詞云「碾玉成塵」。❻晚夢　有的本子作「曉夢」。❼一甌雲　一盞茶。雲，喻茶之色。雲，有的本子作「春」。❽二年三度　指靖康二年，建炎元年、二年。其中靖康二年、建炎元年實為一年，即西元一一二七年。依年號故又稱「二年」。❾東君　指春天。❿歸來也二句　盼趙明誠歸來同賞春光。著意，猶注重、注意。宋時方言。山東方言則表示「好好的」意思。

【語　譯】春天來到長門宮，宮門外春草青青，江梅已有一些綻放，但尚未開均勻。將茶餅碾細，醒來後，還沉浸在美好的夢境中，一不小心，碰灑了剛煮好的一盞茶。　濃重的花影映照在門上，淡淡的月光灑在稀疏的簾子上，多美好的黃昏。兩年中三次辜負了春天，宦遊之人歸來吧，讓我們好好地度過今年的春天。

【賞　析】這是一首感時抒懷之作。

上片「春到長門春草青，江梅些子破，未開勻」，建炎二年春，李清照初到江寧，頭緒繁多，加上時局不穩，心情難免抑鬱。詞人用五代薛昭蘊成句，借用漢武帝陳皇后典故，抒發心中的悲苦。「江梅些子破，未開勻」，點明時序。「碧雲籠碾玉成塵，留晚夢，驚破一甌雲」，寫飲茶。宋人將茶製成茶餅，飲用時，要將茶餅碾成細末，然後煮飲。「碧雲籠碾」，即講碾茶，「玉成塵」，既指將茶碾細，也指茶的名貴。下片直接寫黃昏。「花影壓重門，疏簾鋪淡月，好黃昏」，花影掩映，飄散出縷縷幽香，疏淡的月光，映照在簾幕上，詞人徘徊在月色之下，勾勒出恬靜、清幽的環境。但時局不穩，詞人心事重重而無心賞春，因而有「二年三度負東君」之句。「東君」原為日神，後來演變為春神，此指春天。「歸來也，著意過今春」，時趙明誠與李清照離多聚少，因此詞人希望丈夫能歸來同賞春光。這固然是希望與丈夫團聚，同時，也讓讀者感受到李清照對為國事奔走的丈夫的關心。

添字醜奴兒　芭蕉❶

窗前誰種芭蕉樹？陰滿中庭。陰滿中庭。葉葉心心舒卷有餘情。

傷心枕上三更雨，點滴淒清❷。點滴淒清。愁損北人❸不慣起來聽。

【注　釋】❶芭蕉　此詞寫於高宗建炎二年（西元一一二八年）梅雨時節。芭蕉，多年生草本植物。葉長而寬大，生長在熱帶地區。我國南方多有栽種。❷淒清　有的本子作「霖霪」。下同。❸北人　北方人。宋代中原人南渡者，多稱北人。

【語　譯】窗前是誰種了芭蕉樹？綠蔭遮滿了中庭。綠蔭遮滿了中庭。蕉葉舒展著，蕉心卷曲著，這一舒一卷，似是含有無限情意。

心裡悲傷，在孤枕上輾轉反側，三更時分，窗外響起了雨聲，雨滴落在芭蕉葉上的聲音是那般淒涼。雨滴落在芭蕉葉上的聲音是那般淒涼。這聲音讓人悲傷得不能自已，來自北方的人覺得陌生，只好起身，聽那雨打芭蕉聲。

【賞析】建炎二年，李清照南渡至江寧不久，即逢梅雨季節，詞當寫於此時。

上片起首三句「窗前誰種芭蕉樹？陰滿中庭。陰滿中庭」，寫芭蕉。芭蕉樹綠葉婆娑，甚得文人雅士的喜愛。李清照所居之處，窗外栽種著芭蕉樹，日光照射，綠陰遮滿了整個庭院，使庭院充滿了生氣。「葉葉心心舒卷有餘情」，在李清照看來，芭蕉葉自內向外舒展，滿懷情感，似解人意。這顯示了李清照觀察事物的細緻，也說明了她對芭蕉懷有親切感。下片換頭兩句，情緒大變。「傷心枕上三更雨，點滴淒清」。雖然李清照已到江寧，與丈夫團聚，但時局不穩，金人窺馬江淮，隨時可能南侵，前途未卜，憂愁難解，更兼三更夜雨，擾人心緒，詞人耳中的雨聲，點點滴滴都分外淒涼。「愁損北人不慣起來聽」，李清照自山東南來，自稱「北人」。因其初到，對雨打芭蕉之聲尚感陌生，加上詞人憂國傷時，輾轉反側，無法入睡，因此乾脆起身，坐聽雨打芭蕉聲。這一舉動，反映了詞人內心的不安和憂慮。這首詞語言質實，感情真率，反映了李清照真實的心理感受。

青玉案❶ 用黃山谷韻

征鞍不見邯鄲路❷，莫便匆匆歸去。秋正❸蕭條何以度？明窗小酌，暗燈清話，最好留連處。

相逢各自傷遲暮❹。猶把新詞誦奇句。鹽

絮家風❺人所許。如今憔悴，但餘雙淚，一似黃梅雨❻。

【注　釋】❶青玉案　此詞當作於高宗建炎二年（西元一一二八年）秋。這是一首送別詞。有學者以為此詞係李清照送別其弟李迒，可備一說。❷邯鄲路　比喻路途遙遠。邯鄲，在今河北省。❸正　有的本子作「風」。❹遲暮　其年李清照四十五歲，古人多感年老。❺鹽絮家風　指家有文化傳統。《世說新語・言語》：「謝太傅（安）寒雪日內集，與兒女講論文義。俄而雪驟，公欣然曰：『白雪紛紛何所似？』兄子胡兒（謝朗）曰：『撒鹽空中差可擬。』兄女（謝道韞）曰：『未若柳絮因風起。』公大笑樂。」此典本用指謝道韞才思敏捷，此用指家學淵源。李清照〈上樞密韓公工部尚書胡公〉詩有句「嫠家父祖生齊魯，位下名高人比數」云云。❻黃梅雨　江南每至夏初梅子黃熟時陰雨連綿，「其霏如霧，謂之梅雨」。

【語　譯】即將騎馬遠行的人，此去路途遙遠，不要如此急著上路。秋天淒清寂寥，應如何度過？在明亮的窗下小酌，在昏暗的燈下閒話家常，這就是最令人依戀的。　再次見面，雙方皆感傷年歲已大。取出新作的詩詞，吟誦新奇的句子。愛好詩文的家庭傳統，為人所讚許。如今容顏憔悴、身體羸弱，只剩兩行眼淚，正像那綿綿不斷的梅雨。

【賞　析】在李清照的詞中，這是為數不多的送別之作。

詞的開片兩句「征鞍不見邯鄲路，莫便匆匆歸去」，當時北方已為金人所有，此兩句，未必是實指，而是以「邯鄲路」喻路途遙遠，勸遠行之人不要急於踏上路途，同時還包含著另一層意思，即挽留行者再盤桓數日。「秋正蕭條何以度？明窗小酌，暗燈清話，最好留連處」，秋風瑟瑟，一片蕭條景象，如何度過這清冷的秋天？坐在窗明几淨的室內隨意小酌，或在昏暗的燈下作推心置腹的徹夜長談，這就是最令人留連忘返的好去處。下片「相逢各自傷遲暮。猶把新詞誦奇句」兩句，承上而來。「各自傷遲暮」，可見已有很長時間沒有見面，因而見面時發出人生遲暮之嘆。然而相同的嗜好使他們不禁取出各自所作新詞吟誦品賞。「鹽絮家風人所許」，是對雙方家庭愛好詩文的風尚的讚許。「如今憔悴，但餘雙淚，一似黃梅雨」，時局艱危，歲月無情，使人日漸憔悴。且此一別，不知相逢何年；情到深處，不覺潸然淚下。「一似黃梅雨」可謂傳神之筆。江南的梅雨季節，陰雨連綿，流淚而似黃梅雨，足可見傷懷之深。

鷓鴣天❶

寒日蕭蕭上鎖窗❷，梧桐應恨夜來霜。酒闌❸更喜團茶❹苦，夢斷偏宜瑞腦香。

秋已盡，日猶長，仲宣懷遠更淒涼❺。不如隨分❻尊前醉，莫負東籬❼菊蕊黃。

【注釋】❶鷓鴣天　此詞作於高宗建炎二年（西元一一二八年）秋重陽。❷鎖窗　即鏤有連鎖花紋之窗櫺。鎖，通「瑣」。❸酒闌　酒興將盡之時。❹團茶　宋歐陽修《歸田錄》卷二：「茶之品，莫貴於龍鳳，謂之團茶，凡八餅重一斤。慶曆中蔡君謨為福建路轉運使，始造小片龍茶以進。其品絕精，謂之小團，凡二十餅一斤，其價值金二兩。然金可有，而茶不可得。」此指一般茶餅。❺仲宣句　王粲，字仲宣，三國魏山陽人。東漢末年，天下大亂，王粲到荊州依劉表，曾登當陽城樓，寫有〈登樓賦〉。賦曰：「登茲樓以四望兮，聊暇日以銷憂……雖信美而非吾土兮，曾何足以少留！」懷遠，實指懷念故土。李清照以此自況。❻隨分　《詩詞曲語辭匯釋》卷四：「隨分，猶言隨便也，含有隨遇、隨處、隨意各義。」❼東籬　見本書頁三八〈醉花陰〉注❼。

【語　譯】帶有寒意的陽光慢慢的移到了有連鎖花紋的窗子上，梧桐樹應怨恨夜裡所下的霜。飲完酒後，更喜歡喝帶苦味的團茶，夢醒時，正好適合聞瑞腦香的香氣。　秋天已過去，白天還這樣長，像王粲那樣懷念故鄉，心情比他更加淒清悲涼。倒不如隨意痛飲，不要辜負了東籬下菊花正黃。

【賞　析】此詞寫秋日鄉愁，時在建炎二年秋重陽。

上片寫暮秋的蕭索冷落及作者百無聊賴的煩悶心情。起首「寒日蕭蕭上鎖窗，梧桐應恨夜來霜」兩句，是說秋天漸漸轉寒，即使日影已照到有連鎖圖案的窗櫺，也仍難免給人以冷落蕭索之感。梧桐凋零，而恨夜間的清霜，草木本無情，梧桐之恨，實即人之恨。詞人通過「梧桐」、「夜來霜」等富有特徵意義的事物，構成一幅蕭索冷落的悲秋景象。「酒闌更喜團茶苦，夢斷偏宜瑞腦香」，因為心情不好，只能借酒排遣，酒後卻喜團茶的苦澀以醒酒；夢醒時分，又感受到龍腦香的芬芳，這兩句以對偶形式透過細節描寫，來表現人物的內心世界。「酒闌」、「夢斷」，看似生活瑣事，但透出詞人心中難以排遣的鄉思之苦。下片轉入抒情。「秋已盡，日猶長，仲宣懷遠更淒涼」，以仲宣懷遠作比，抒思鄉情懷。「秋已盡」，白晝理應變短，但詞人因心情愁苦，覺得白晝還是那麼長，看似無理，實則有情，詞人背井離鄉，思歸不得，心中的憂思難以排遣，因而產生了比王粲更覺淒涼的感慨。結尾兩句，詞人將詞意宕開，故作超脫語：「不如隨分尊前醉，莫負東籬菊蕊黃。」不如開懷敞飲，一醉方休，不要辜負了東籬盛開的菊花。本是借酒澆愁，卻又故作達觀之語，表面似乎很超脫，實際是以此寄託自己濃愁難遣而又無可奈何的情懷。本詞通篇從醉酒寫鄉愁，上片以景物烘托氣氛，下片引歷史人物抒寫悲慨，且將多種事物不著痕跡的融為一體，前人所謂「鏤金錯繡而無痕跡」，正可說明這一特點。

菩薩蠻❶

歸鴻❷聲斷殘雲碧，背窗❸雪落爐煙直❹。燭底鳳釵❺明，鳳頭❻人勝❼輕。

角聲❽催曉漏❾，曙色回牛斗❿。春意看花難，西風⓫留舊寒。

【注　釋】❶菩薩蠻　此詞當作於高宗建炎三年（西元一一二九年）正月。❷歸鴻　因鴻雁於春日飛回北方。此以「鴻雁」起興，寄思鄉之意。❸背窗　唐宋詞中常用「背窗」、「燈背」等語，多指燭光暗淡。❹爐煙直　熏香爐中的煙垂直上升。因室內空氣靜止不動，煙才會垂直上升。詞人以此比喻室內空氣的沉悶。❺鳳釵　鳳凰釵。即釵作鳳凰形。馬縞《中華古今注》卷中：「始皇又金銀作鳳頭，以玳瑁為腳，號曰鳳釵。」❻鳳頭　有的本子作「釵頭」。❼人勝　南朝梁宗懍《荊楚歲時記》：「正月七日為人日，以七種菜為羹，剪綵為人，或鏤金箔為人，以貼屏風，亦戴之頭鬢。」❽角聲　軍中號角聲。時建康處於備戰態勢，駐軍常以角聲警昏曉。❾漏　古代計時器。《說文解字》：「漏，以銅受水刻節，晝夜百節。」❿牛斗　指牛宿、斗宿二星。回牛斗，即《宋史・樂志・奉祀歌》所云「斗轉參橫將旦」之意。⓫西風　多指秋風，此喻時局。當時軍事形勢緊張。

【語譯】北歸鴻雁的嘹亮叫聲漸漸消失，只見幾片殘雲飄浮在天空中，窗外雪花飄落，而熏香爐裡的煙垂直上升。在燭光映照下，頭上的鳳釵格外明亮，那釵頭上的人勝微微顫動著。報曉的角聲響起，催促著計時的滴漏，曙色中，牛、斗二星調轉方向。雖然有了些春意，但是想要看花是很難的，因為西風還帶著原來的冷洌。

【賞析】農曆正月初七是人日節，李清照此詞作於建炎三年正月初七。

起首兩句「歸鴻聲斷殘雲碧，背窗雪落爐煙直」，寓飄零異地之感。這兩句一寫外景，一寫內景，「歸鴻聲斷」寫聽覺，「殘雲碧」寫視覺，以此渲染了一個淒清冷落的景象。雪花紛紛飄落，室內一爐香煙緩緩上升，造成了淒清幽靜的氛圍。三、四句「燭底鳳釵明，鳳頭人勝輕」，詞人頭上的鳳釵和裝飾物在燭光的映照下，閃閃發光，微微顫動。而詞人的一腔哀怨，正是藉由這樣的情境的描寫傳遞給讀者。一個「明」字，一個「輕」字，看似輕快，但由於那幽靜的氛圍，實際上給人的卻是壓抑的感覺。下片首兩句作了時空轉換：「角聲催曉漏，曙色回牛斗」，從「殘雲碧」到「鳳釵明」，再到「曙色回牛斗」，時間從白天到夜晚，又從深夜到拂曉，一個「催」字，反映了詞人徹夜難眠的苦況；一個「回」字，寫出了天將破曉。結尾「春意看花難，西風留舊寒」兩句，含思宛轉，一波三折：春意已至，花兒想已開放，詞人欲去賞花，但很快又打消了這個念頭。

為什麼呢？因為西風還留有餘威！其實，當時的環境和心境決定了詞人不欲看花，只是詞人用曲折的筆法來表達。細讀此詞，將能體會此詞之淡泊雋永，韻味悠長。

臨江仙❶

歐陽公作〈蝶戀花〉❷，有「庭院深深深幾許」之句，予酷愛之，用其語作「庭院深深」數闋。其聲蓋即舊〈臨江仙〉也。

庭院深深深幾許？雲窗霧閣常扃❸。柳梢梅萼漸分明。春歸秣陵❹樹，人客❺建安❻城。

感月吟風多少事，如今老去❼無成。誰憐憔悴更凋零？燈花❽空結蕊，離別共傷情。

【注釋】❶臨江仙　此詞作於高宗建炎三年（西元一一二九年）二月。趙明誠於本年春二月罷守江寧，三月離建康，具舟上蕪湖。❷歐陽公句　此〈蝶戀花〉詞實為五代馮延巳所作，與歐陽修同時的崔公度謂此詞係馮延巳親筆，由此可證。李清照晚於崔公度多年，其序不可據。❸扃　安裝在門外的門閂或環鈕。此處引申為關閉。❹秣陵　今江蘇南京。秦始皇時改金陵為秣陵。宋真宗景德二年（西元一〇〇五年），在江寧東南置秣陵鎮，世人多以秣陵指江寧（今南京）。❺客　有的本子作「老」。❻建安　似當作建康。此時趙明誠夫婦尚未離建康。❼老去　古人在壯年時即常嘆年老。李清照時年四十六歲，又經喪亂，故易嘆老。❽燈花　燈心之餘燼，爆成花形，古人以燈花為吉兆。舊題漢劉歆《西京雜記》卷三：「夫目瞤得酒食，燈火華得錢財。」

【語　譯】歐陽公作〈蝶戀花〉詞，其中有「庭院深深深幾許」之句，我非常喜歡，用「庭院深深」之語作了幾首詞。此詞也即是「臨江仙」詞的曲調。

庭院深深，究竟幽深到什麼樣子？為雲霧所籠罩的窗戶、樓閣，經常緊閉著。柳梢冒出新綠，梅萼初綻。春天已回到秣陵的樹梢，而人還客居在建康城。　過去感懷雪月風花而作詩填詞，有多少這樣的事情啊，現在老了，什麼事也沒做成。有誰憐惜這憔悴的容顏、飄零的身世？預示吉兆的燈花雖結成花蕊形也是徒然，即將離開此地，讓人格外感傷。

【賞　析】建炎三年二月，趙明誠罷守江寧，趙明誠、李清照夫婦即將赴蕪湖，李清照有感而發，寫下此詞。

此詞與李清照大多數詞不同，不寫閨情，而敘時事。「庭院深深深幾許」，用前人的詞句起首，又自為設問，這其中，包含了多重寓意：既有故國之思，也有身世之嘆。「雲窗霧閣常扃」，內心的孤寂、愁緒躍然紙上。「柳梢梅萼漸分明」，為時空轉換，且以淡筆寫景，句中一「漸」字，為下文「春歸秣陵樹，人客建安城」作鋪敘。其年五月，宋高宗趙構駐蹕江寧，南宋朝廷偏安江南，春光再度來臨，但國家形勢岌岌可危，詞人客居異鄉，心中的悲哀憂傷自可想見。下片直抒胸臆：「感月吟風多少事，如今老去無成」，今昔對比，無限喟嘆。詞人面對南渡偏安的悲劇，既傷北宋之亡，中原恢復無望，又痛平生所業盡付東流，不禁百感交集。「誰憐憔悴更凋零」，一語雙關，明嘆自己的遲暮，實則在問：誰來收拾這破碎的河山呢？這一問，尤見詞人的沉痛心情。「燈花空結蕊，離別共傷情」，燈花古人以為吉祥，但詞人卻絲毫沒有這樣的感受，反而在離別建康之時，留下了幾多遺憾和感傷。南渡後，李清照詞風大變，以蒼涼沉鬱為主。這首詞，就是用曲折含蓄的筆調，抒寫心中的憂思。

臨江仙❶

庭院深深深幾許？雲窗霧閣春遲。為誰憔悴損芳姿？夜來清夢好，應是發南枝❷。

玉瘦檀輕❸無限恨，南樓羌管❹休吹。濃香吹盡有誰知？暖風遲日❺也，別到杏花時❻。

【注　釋】❶臨江仙　此詞也作於高宗建炎三年（西元一一二九年）春。此詞一作魏夫人詞。魏夫人名玩，魏泰之妹，曾布之妻。博涉群書，工詩，累封魯國夫人，有《魏夫人集》。宋朱熹《朱子語類》卷一四〇：「本朝夫人能文，只有李易安與魏夫人。」❷南枝　見頁一九〈玉樓春〉注❸。❸玉瘦檀輕　參見頁五四〈殢人嬌〉注❷、❸。❹羌管　即羌笛。原出羌族。此處可指笛曲〈梅花落〉，唐段安節《樂府雜錄》：「笛者，羌樂也。古有〈落梅花曲〉。」兼喻金人南下。❺遲日　日行遲緩，指春日漸長。❻時　有的本子作「肥」。

【語　譯】庭院幽深，究竟幽深到什麼樣子？雲霧所繚繞的窗戶、樓閣，讓人覺得春天來得如此慢。庭院裡的梅花，為了誰憔悴以致減損了那柔美的芳姿？夜裡作了一個好夢，應該是向著陽光的梅花綻放了。　白梅清瘦、檀香梅柔弱，似懷有無窮盡的怨恨，南樓上不要吹奏那引人愁思的羌笛。濃郁的香氣被風吹散，有誰察覺到？和煦的春風，暖和的陽光，不要等到杏花盛開時節。

【賞析】此詞與前一首作於同時，此詞的主旨為傷春感時。

上片開首兩句，抒寫詞人的內心感受：在重門深戶的庭院中，雖已到春天，但「雲窗霧閣」感受到的卻是春天來得如此緩慢。「為誰憔悴損芳姿」，梅花在料峭春風中憔悴，減損了美麗的姿態，一語雙關：既傷梅花的憔悴，又有自己的身影在其中。「夜來清夢好，應是發南枝」，詞人在夜間做了個好夢，夢見梅花開放，似乎預示著好兆頭，這或許寄寓了詞人對自己、對南宋朝廷的某種祝福和期望。下片前兩句「玉瘦檀輕無限恨，南樓羌管休吹」，「玉瘦檀輕」傳神地寫出了梅花的神韻。梅花因何帶有無限恨？又因何要南樓人休吹羌管？詞人心中的塊壘無從排遣，原本悠揚動聽的羌笛，此時在詞人看來，只能撩起心中的愁緒，故而有「濃香吹盡有誰知」的感嘆。「暖風遲日也，別到杏花時」，春日遲遲，暖風陣陣，不覺中杏花也已綻放，這本該是令人愉悅的時節，但詞人真能心情愉快嗎？在明媚的春光下，詞人是懷著憂時傷懷的情感！

訴衷情❶　枕畔聞梅香

夜來❷沉醉卸妝遲，梅萼插殘枝。酒醒熏破春睡，夢斷❸不成歸。

人悄悄❹，月依依❺，翠簾垂。更挼❻殘蕊，更撚❼餘香，更得❽些時。

【注　釋】❶訴衷情　此詞大致作於建炎三年（西元一一二九年）春。時已南渡，李清照隨趙明誠在知建康府任上。❷夜來　《詩詞曲語辭匯釋》卷六：「夜來，猶云昨日也。昨夜也同。」此指昨夜。❸夢斷　一作「夢遠」。❹悄悄　《詩・邶風・柏舟》：「憂心悄悄。」《傳》：「悄悄，憂貌。」此承上句，謂因不得夢歸而憂慮也。❺依依　戀戀不捨。❻挼　同「捼」。揉搓。挼花蕊，為愁悶無聊之動作。❼撚　揉搓。手捏曰撚。❽更得　更須。得，山東方言，需要也。

【語　譯】昨夜酒醉後卸妝得晚，髮鬢上還插著梅枝便睡下了。酒醒後梅花的氣息薰破了濃濃的春睡，夢被中斷，無法再回到故鄉了。　此時人悄悄憂思滿懷，月兒依依戀戀不捨，只見四周翠簾低垂。起得身來揉搓殘留的梅蕊，再用手捏揉餘香，心情的平復怕還要一些時候。

【賞　析】此詞題為「枕畔聞梅香」，但不在詠梅，而是一首感時傷懷之作。

「夜來沉醉卸妝遲，梅萼插殘枝」，詞人因何醉酒？此處暫不道破，引發讀者好奇。「酒醒熏破春睡，夢斷不成歸」，酒醒後卻無法入睡，詞人在這裡迂迴的道出昨夜醉酒的原因，詞人的故鄉在北方，而北方被金人佔領，故鄉無法回去，只好藉酒來排遣思鄉之情，也只能在夢中暫回家鄉，令人感到何等沉痛。這一句寫得平淡，但飽含了深厚的意蘊。過片「人悄悄，月依依，翠簾垂」幾句，寫詞人酒醒時夜深人靜，月色清明，翠簾低垂，四周的一切是如此靜謐，而此時詞人卻心潮湧動，心潮難平，「更挼殘蕊，再撚餘香，更得些時」。既然無法入睡，不如起身，但起身後又做什麼呢？在愁悶無聊中詞人以「挼殘蕊」、「撚餘香」來消解心中的愁思，使自己的心情慢慢歸於平靜。李清照於建炎元年冬南行，至次年春抵建康，與丈夫團聚。但國破家亡的時局，始終是詞人心中的隱痛。詞人熱愛故土，對家鄉念念不忘，即使在醉夢之中，也記掛家鄉的一切。這首詞，詞人正是用委婉曲折的筆調寄託了故國之思。

滿庭芳❶

殘梅

小閣藏春，閒窗鎖晝，畫堂無限深幽❷。篆香❸燒盡，日影下簾鉤。
手種江梅漸好，又何必臨水登樓❹。無人到，寂寥恰似❺，何遜在揚州❻。
從來知韻勝❼，難禁❽雨藉，不耐風揉。更誰家橫笛❾，吹動濃愁。
莫恨香消雪減，須信道❿、掃跡情⓫留。難言處，良宵淡月，疏影⓬尚風流。

【注　釋】❶滿庭芳　此詞作於高宗建炎三年（西元一一二九年）暮春。❷小閣三句　時趙明誠知江寧，當住府署，故云宅院「深幽」。❸篆香　宋洪芻《香譜》：「近世尚奇者作香，篆其文，準十二辰，分一百刻，凡燃一晝夜而已。」❹手種江梅二句　此為沉痛之語，意謂在江寧已可安頓，不必懷歸。江梅，見本書頁五八〈小重山〉注❸。臨水，用陶淵明臨長流賦詩的說法。登樓，用三國王粲登樓望鄉故事。❺恰似　有的本子作「渾似」。❻何遜句　宋陳景沂《全芳備祖》卷一〈花部・梅花紀要〉云：「梁何遜在揚州法曹，廨舍有梅一枝，遜吟詠其下。後居洛思梅花，再請其任，從之。抵揚州，花方盛，遜對花徬徨。」何遜詩作於南朝梁武帝天監三、四年之間（西元五〇四～五〇五年），題作〈詠早梅〉，一作〈揚州法曹梅花盛開〉。詩云：「兔園標物序，驚時最是梅。銜霜當路發，映雪擬寒開。枝橫卻月觀，花繞淩風臺。朝洒長門泣，夕駐臨邛杯。應知早飄落，故逐上春來。」❼韻勝　風神韻致，勝過群花。宋范成大〈梅譜後序〉：「梅以韻勝，以格高，故以橫斜疏瘦，與老枝怪奇者為貴。」❽難禁　有的本子作「難堪」。❾橫笛　指笛曲〈梅花落〉。❿須信道　唐宋時方言。《詩詞曲語辭匯釋》卷五：「須信道，猶云須知道也。」⓫情　有的本子作「難」。⓬疏影　宋林逋〈山園小梅〉詩：「疏影橫斜水清淺，暗香浮動月黃昏。」

【語　譯】小樓藏住春天的氣息，閒窗鎖住了白晝，裝飾華麗的廳堂顯得格外幽暗深邃。印有篆文的熏香已燃盡，日影西沉已落到簾鉤下方。庭院中親手栽種的江梅愈長愈好，何必學陶淵明到水邊、王粲登上高樓眺望而吟詩作賦。院子裡，無人來，這寂寥的情景就像當年何遜居揚州時，獨自在梅樹下吟詠梅花詩的情懷。

從來都知道梅花風韻超群絕倫，但卻禁不起雨打風吹。更是誰家傳來笛曲，引起我濃郁的愁悲。不要怨恨梅花凋謝，白雪融化，要知道雖然掃除了落花，但它的情意卻還存在。言語難以表達的是，在美好的夜晚，淡淡的月光籠罩下，梅影稀疏，顯得更有韻致。

【賞　析】從詞的標題看，可知此詞是寫殘梅的。

詞的起筆，看似與梅無關，描寫了一個深幽、靜謐的環境：「小閣藏春，閒窗鎖晝，畫堂無限深幽」，「小閣」、「閒窗」寫出居室的閒靜，「藏」與「鎖」寫春光和白晝都被鎖在狹小的天地裡，從中可見出詞人壓抑的心情。「篆香燒盡，日影下簾鉤」，詞人在寂寞中又度過了無聊的一天。「手種江梅漸好，又何必臨水登樓」，詞意轉入本題：見親手種植的江梅日漸長成，以致讓詞人覺得沒有必要再臨水登樓賞玩風月了。上片的結尾「無人到，寂寥恰似，何遜在揚州」，用何遜揚州詠梅的典故，表達自己的寂寞。下片轉入抒懷：「從來知韻勝，難禁雨藉，不耐風揉」，梅花以其風神韻致勝過群花，但梅花也經不起風雨的摧損。「更誰家橫笛，吹動濃愁」，而鄰家的笛聲，引發了積聚心中的濃愁。但詞人很快從低沉的情緒中解脫出來，筆鋒一轉，寫道：「莫恨香消雪減，須信道、掃跡情留。難言處，良宵淡月，疏影尚風流」。面對梅花凋零，不應有恨，更應相信即使梅花已無蹤跡，卻仍留下深長的餘韻。而詞人深有體會的是，在月白風清的夜晚，見到殘梅扶疏的優美身影，更會感到心靈的寧靜。

這首詞，在對殘梅的描繪中，寄寓了作者的身世之感，在壓抑的心情中，又透露出詞人在歷經苦難之後，仍對生活充滿了信心，對前途滿懷希望。整首詞文字優美，情景交融，詞意深婉曲折，頗能體現李清照詞的特色。

浣溪沙❶

淡蕩❷春光寒食天，玉爐沉水❸裊殘煙。夢回山枕❹隱花鈿❺。

海燕❻未來人鬥草❼，江梅❽已過柳生綿。黃昏疏雨溼秋千。

【注　釋】❶浣溪沙　此詞作於高宗建炎三年（西元一一二九年）春，時李清照在江寧。❷淡蕩　也作「澹蕩」。和煦貌。❸沉水　香料名，簡稱沉香。《南史・夷貊上・海南諸國》：「林邑國，本漢日南郡象林縣……（其國有）沉水香者，土人斫斷，積有歲年，朽爛而心節獨在，置水中則沉，故名曰沉香。」❹山枕　兩端隆起，中間低凹之枕。❺花鈿　用金翠珠寶製成的花形首飾。❻海燕　古人以為燕子春社後從海上飛來，故稱海燕。❼鬥草　南朝梁宗懍《荊楚歲時記》：「五月五日，四民並蹋百草，又有鬥百草之戲。」宋代則在二月。宋吳自牧《夢粱錄》卷一：「二月朔謂之中和節……禁中宮女以百草鬥戲。」詞云「人鬥草」，謂他人鬥草，反襯自己懷有心事，無心再為此戲。❽江梅　見本書頁五八〈小重山〉注❸。北方無江梅，可知李清照此詞應作於南渡後。

【語　譯】春光和煦已到了寒食時節，玉製香爐中的沉香正斷斷續續升起裊裊輕煙。一夢醒來方覺山枕中隱藏著花鈿。　海燕還未歸來，人們已在鬥草，江梅已經開過，柳樹又生絮綿。黃昏時稀疏的春雨打溼了秋千。

【賞　析】此詞寫少婦閨情。

上片三句，第一句寫氛圍，第二句作烘染，第三句引出人物。「淡蕩春光寒食天」，清明前兩天是寒食節，「淡蕩」二字，勾勒出麗日融和、晴風搖漾的春光。「玉爐沉水裊殘煙」，玉爐中點燃沉香，氤氳繚繞，環境是如此幽雅，在這樣的描寫中引出人物：「夢回山枕隱花鈿」，只是一個滿頭花鈿的少婦，夢醒後凝神倚枕。這幾句，將一個春睡後兀自出神的少婦形象刻畫得形象而逼真。

下片，又寫了幾層意思：「海燕未來人鬥草」，燕子尚未從海上飛來，女伴逢春鬥草，寫出了少婦在閨中的生活情景。接寫「江梅已過柳生綿」，江梅已經開過，柳絮也已滿天飛舞，不知飛向何處，暗指少婦無所寄託的愁怨。第三層：「黃昏疏雨溼秋千」。溼秋千，本是少女、少婦的遊戲，雨溼秋千，不能再玩，暗示了年華已逝、青春不再的無奈。此詞李清照明寫少婦閨情，實際上寄寓著自己的身世之慨，流露出歲月流逝，時局艱難，昔日的一切已成明日黃花的慨嘆。詞中的含義，值得品味。

山花子❶

病起蕭蕭❷兩鬢華，臥看殘月上窗紗。豆蔻❸連梢煮熟水❹，莫分茶❺。

枕上詩詞❻閒處好，門前風景雨來佳。終日向人多醞藉❼，木樨花❽。

【注　釋】❶山花子　一作〈攤破浣溪沙〉。此詞作於高宗建炎三年（西元一一二九年）秋。其年李清照丈夫趙明誠病卒。❷蕭蕭　形容淒清、寂寞。❸豆蔻　唐段成式《酉陽雜俎》卷一八〈木篇〉：「白豆蔻，出伽古羅國，呼為多骨。形似芭蕉，葉似杜若，長八九尺，冬夏不凋，花淺黃色，子作朵如葡萄。其子初出微青，熟則變白，七月採。」又明李時珍《本草綱目》卷三調豆蔻有肉豆蔻、白豆蔻、草豆蔻等數種。❹煮熟水　有的本子作「煎熱水」。❺分茶　宋元時煎茶之法。注湯後用箸攪茶乳，使湯水波紋幻變成種種形狀。❻枕上詩詞此指李清照自作詩詞或家藏書籍。詩詞，一作「詩書」。❼蘊藉　含蓄寬容。此喻木樨花溫雅醇厚。❽木樨花　一作「木犀」。桂花的別稱。

【語　譯】大病初癒後只覺淒清孤寂，兩鬢已花白，睡臥床上看著殘月移上窗紗。豆蔻連梢用沸水煮，不用分茶。　枕上臥讀詩詞閒處自好，門前風景雨來更佳。那整日向人展示溫雅醇厚風姿的，是木樨花。

【賞　析】此詞是李清照的自況之作。

「病起蕭蕭兩鬢華」，勾勒出詞人歷盡人生艱辛的感慨和遲暮之態。據李清照〈金石錄後序〉云，建炎三年八月，趙明誠因病去世，「葬畢，余無所之……余又大病，僅存喘息。」李清照大病一場，「病起」兩字，道出了此詞寫於病癒初起之時。「臥看殘月上窗紗」，撐起虛弱的身體，隔著窗紗眺望景色，這或許能減少一些心中的惆悵。「豆蔻連梢煮熟水」，豆蔻是藥物，連枝梢生長。明陳元靚《事林廣記》卷七〈豆蔻熟水〉條云：「白豆蔻殼揀淨，投入沸湯瓶中，密封片時，用之極妙。每次用七箇足矣，不可多用，多則香濁。」豆蔻性溫，能去寒溼，李清照飲此以助治療。「莫分茶」三字，分茶，或說布茶，原指一種煎茶之法，此處指沏茶。李清照病後心情不好，無心於茶事，故云「莫分茶」。「枕上詩詞閒處好」，閒著無聊，姑且以看書來作消遣。落寞淒清的環境和著雨點，更增添些許淒涼，但詞人卻達觀地說「門前風景雨來佳」。「終日向人多蘊藉，木樨花」，詞意陡然一轉，給全詞增添了一抹亮色，其中，也包含了詞人的自許。這首小令，語言樸素無華，但卻婉委蘊藉，在平淡中見功力。

浪淘沙❶

簾外五更風，吹夢無蹤。畫樓重上與誰同？記得玉釵斜撥火，寶篆成空❷。回首紫金峰❸，雨潤煙濃。一江春浪❹醉醒中。留得羅襟前日淚❺，彈與征鴻。

【注　釋】❶浪淘沙　此詞大致作於高宗建炎三年（西元一一二九年）秋趙明誠卒於建康後至建炎四年春之際。❷記得玉釵斜撥火二句　回憶昔日夫婦的生活。寶篆，篆字香。❸紫金峰　鎮江有紫金、浮玉諸峰，在長江一帶。❹一江春浪　化用李煜〈虞美人〉詞：「問君能有幾多愁，恰似一江春水向東流。」❺羅襟前日淚　指趙明誠去世帶來的悲傷。

【語　譯】天已五更，簾外吹來陣陣江風，將夜來之夢吹得無影無蹤。華美的樓閣重上，如今能與誰同？記得昔日相聚，夜深時用玉釵斜撥燈火，直至篆字香燒盡才罷。　回首遙望江上的紫金峰，只見細雨濛濛煙嵐正濃。一江春浪相隨在酒醉酒醒之中。留得羅裙衣襟上前些日子的珠淚，將它彈給天際的征鴻。

【賞　析】建炎三年秋，趙明誠去世，李清照極為悲傷。建炎四年春，金人南侵，李清照追隨宋高宗南奔浙東一帶，在顛沛流離中，詞人寫下了這首感情深摯的懷人悼亡之作。

上片懷人。「簾外五更風，吹夢無踪」，天將拂曉，從夢中醒來，簾外吹來陣陣涼風，將夢境吹得無影無蹤，夢中所見的一切都蕩然無存。「畫樓重上與誰同？記得玉釵斜撥火，寶篆成空」，和誰再一起重上裝飾華美的小樓呢？滿懷悲辛的語言，暗寓了趙明誠已不在人世。詞人回憶起當年夫婦在一起時共同檢書論文的種種情景，而眼前的一切，猶如已燃盡的篆字香一樣，都已不復存在。下片抒懷。「回首紫金峰，雨潤煙濃。一江春浪醉醒中」，舟行江中，回首遙望紫金峰，江上細雨濛濛，煙嵐正濃，而這些都是在酒醉夢醒時的所見，這飄渺而淒惻的環境，不禁令詞人感慨萬千：「留得羅襟前日淚，彈與征鴻」，這兩句寫得尤為沉痛：趙明誠因病去世，給詞人帶來無限悲傷，詞人要將留在衣襟上的淚水，彈給天際的鴻雁，讓牠給九泉之下的趙明誠帶去李清照無盡的思念。清人陳廷焯稱此詞「情詞淒絕，多少血淚」（《雲韶集》卷一〇），確實，此詞寫得委婉深沉，情感真摯感人，讀來如聞其聲，如見其人。

孤雁兒❶

世人作梅詞，下筆便俗。予試作一篇，乃知前言不妄耳。

藤床❷紙帳❸朝眠起。說不盡，無佳思。沉香煙斷❹玉爐寒，伴我情懷如水。笛聲三弄❺，梅心驚破❻，多少春情意。

小風疏雨蕭蕭地❼，

又催下千行淚。吹簫一去❽玉樓空，腸斷與誰同倚？一枝折得，人間天上，沒個人堪寄❾。

【注　釋】❶孤雁兒　此詞係悼亡之作。詞當作於高宗建炎三年（西元一一二九年）冬或建炎四年（西元一一三〇年）。❷藤床　明高濂《遵生八牋》卷八謂之欹床。云：「高尺二寸，長六尺五寸，用藤竹編之，勿用板，輕則童子易抬。上置椅圈靠背如鏡架，後有撐放活動，以通高低。如醉臥偃仰觀書并花下臥賞，俱妙。」使用便利，故宋無名氏〈春光好〉詞云：「小藤床，隨意橫。」❸紙帳　宋林洪《山家清事》「梅花紙帳」：「法用獨床，傍植四黑漆柱，各挂以半錫瓶，插梅數枝。後設黑漆板，約二尺，自地及頂，欲靠以清坐。左右設橫木一，可挂衣。角安斑竹書貯一、藏書三四，挂白麈一。上作大方目頂，用細白楮衾作帳罩之。」❹煙斷　有的本子作「斷續」。❺笛聲三弄　笛曲有〈梅花三弄〉。《世說新語．任誕》：「王子猷（徽之）出都，尚在渚下。舊聞桓子野（桓伊）善吹笛，而不相識。遇桓於岸上過。王在船中。客有識之者，云是桓子野。王便令人與相聞，云：『聞君善吹笛，試為我一奏。』桓時已貴顯，素聞王名，即便回，下車，踞胡床，為作三調，弄畢，便上車去，客主不交一言。」笛聲，一作「笛裏」。❻梅心驚破　語本唐李白〈與史郎中欽聽黃鶴樓上吹笛〉詩：「黃鶴樓中吹玉笛，江城五月落梅花。」❼瀟瀟地　有的本子作「蕭蕭地」。❽吹簫一去　用蕭史、弄玉典故，喻趙明誠已逝世。一去，一作「人去」。❾一枝折得三句　南朝宋陸凱〈贈范曄詩〉：「折梅逢驛使，寄與隴頭人。江南無所有，聊贈一枝春。」此處反用其意，既用以寫梅，又用以懷人。

【語　譯】世間人們作梅花詞，下筆便顯得俗氣。我試著作了一篇，便知前人所言並不虛妄。

小小藤床梅花紙帳中早上睡起。只是說不盡，心裡沒有好心思。沉香燃盡煙斷，玉製香爐已寒，陪伴我那孤淒的情懷如水。〈梅花三弄〉的笛聲奏起，那笛聲驚破了多少思春的情意。微風陣陣、細雨瀟瀟自天而降，又催下了千行珠淚。吹簫人一去玉樓已空，斷腸人登樓與誰同倚？縱然折得一枝新梅，但人間天上，沒有一個人可寄。

【賞 析】此詞詞名本作〈御街行〉，《古今詞話》載有變格一首，中有「霜風漸緊寒侵被，聽孤雁，聲嘹唳」之句，遂又名〈孤雁兒〉。詞下有小序，似為詠梅，但細細品味詞意，實為悼亡之作。

上片「藤床紙帳朝眠起。說不盡，無佳思」幾句，未直接詠梅，而是鋪敘環境，抒寫憂思。室內陳設簡單，日高方起，且心緒不佳，正是詞人寂寞無聊生活的寫照。「沉香煙斷玉爐寒，伴我情懷如水」，室內空寂無人，香爐中的沉香已點完，香爐也已冷卻，用香煙狀無蹤之愁緒，加上「伴我情懷如水」一句，更突出了詞人的悲苦之情。「笛聲三弄，梅心驚破，多少春情意」，窗外〈梅花三弄〉的悠揚笛聲傳來，驚破了詞人埋藏心中的無限情思。這裡，用「梅心」擬「人心」，確為奇絕之筆。下片由梅及人：「小風疏雨蕭蕭地，又催下千行淚」，在這樣淒苦的心情裡，又聽到窗外微風細雨瀟瀟落下，不禁觸發詞人心中的痛處，情不能禁，灑下千行熱淚。「吹簫一去玉樓空，腸斷與誰同倚？」斯人已去，人去樓空，縱有梅花勝景，又有誰可同賞？「一枝折得，人間天上，沒個人堪寄」，用陸凱贈梅給范曄的典故而反用其意，寥寥數語，將悼亡的深情表露無遺。此詞語言通俗，感情真摯，環境描寫與心理刻畫融合無間，用典翻新而貼切，將詞人的心理、情感刻畫得淋漓盡致。

清平樂❶

年年雪裡，常插梅花醉❷。挼❸盡梅花無好意，贏得滿衣清淚。
今年海角天涯❹，蕭蕭兩鬢生華。看取晚來風勢，故應難看梅花❺。

【注　釋】❶清平樂　此詞作於高宗建炎三年（西元一一二九年）冬。這年冬天，蜀人黃大輿編成《梅苑》，收錄此詞。❷常插梅花醉　宋朱敦儒〈鷓鴣天〉：「玉樓金闕慵歸去，且插梅花醉洛陽。」李清照此句，當受其影響。李清照曾與朱敦儒唱和，朱敦儒〈鵲橋仙〉題作「和易安金魚蓮池」便是。❸挼　揉搓。❹海角天涯　宋張世南《游宦紀聞》卷六：「今遠宦及遠服賈者，皆曰天涯海角，蓋俗談也。」❺看取二句　看取，且看。風勢，喻金人南侵，形勢緊迫。這兩句明寫梅花，暗喻形勢。

【語　譯】年年的下雪天裡，時常去插梅花、飲酒而醉。把梅花全揉碎了也沒有喜悅的心情，只落得滿衣的清淚。　今年奔波在海角天涯，淒涼寂寞中兩鬢已經花白。且看這傍晚的風勢更加強勁，應該很難再看到樹上的梅花了。

【賞　析】此詞以梅花為題，抒發今昔之感。

開首兩句「年年雪裡，常插梅花醉」，是寫往昔，這裡包含了對以往生活的回憶。「挼盡梅花無好意，贏得滿衣清淚」，趙明誠已不在人世，無須以梅寄意，絕少有親友往來，也無須插梅佐酒，揉搓梅花，落花紛紛，撫今思昔，「贏得滿衣清淚」，極為形象地寫出了詞人鬱結心中的淒苦和對亡夫的思念。過片「今年海角天涯，蕭蕭兩鬢生華」，是寫今日，時局艱危，顛沛流離，孤身飄泊天涯海角，艱辛的生活，已使詞人的兩鬢生出絲絲白髮。「看取晚來風勢，故應難看梅花」，傍晚狂風驟起，寒意襲人，不能再作賞梅之想了。「晚來風勢」，一語雙關，既指天氣，更指時局，當時金人南下，形勢緊迫，詞人對此發出了無奈的悲嘆。此詞看似寫梅，實際上蘊含了作者內心無法言說的悲苦，寫得悲深淒絕，蒼涼深沉，感人至深。

漁家傲❶

天接雲濤❷連曉霧，星河❸欲渡千帆舞❹。彷彿夢魂歸帝所❺，聞天語❻，殷勤問我歸何處？

我報路長嗟日暮❼，學詩漫有驚人句❽。九萬里風鵬正舉❾。風休住，蓬舟❿吹取三山⓫去。

【注釋】❶漁家傲　此詞作於高宗建炎四年(西元一一三〇年)春。❷雲濤　指海濤。❸星河　指銀河。❹渡　有的本子作「轉」。❺帝所　天帝所居之所。❻聞天語　語本唐李白〈飛龍引〉：「造天關，聞天語，屯雲河車載玉女。」❼我報句　語本戰國屈原〈離騷〉：「路曼曼其修遠兮，吾將上下而求索。」❽學詩句　語本唐杜甫〈江上值水如海勢聊短述〉詩：「為人性僻耽佳句，語不驚人死不休。」漫，有徒然、空自意。一作「謾」。

❾九萬里句　《莊子．逍遙遊》：「有鳥焉，其名為鵬，背若泰山，翼若垂天之雲，摶扶搖羊角而上者九萬里。」又云：「鵬之徙於南冥也，水擊三千里，摶扶搖而上者九萬里，去以六月息者也。」❿蓬舟　狀如飛蓬之舟。⓫三山　傳說中仙人所居的蓬萊、方丈、瀛洲三神山。

【語　譯】青天連接著海濤又連著清晨的薄霧，天上銀河閃耀而海上橫渡的千帆飛舞。夢境中我的魂魄好像來到了天帝的居所，聽到了天帝的話語，他殷勤地問我要到何處？　我回答說路途漫長，嗟嘆時已日暮，學詩空有驚人之句。九萬里的長途，大鵬正迎風展翅高飛。大風不要停住，將我所駕的蓬草似的輕舟吹到仙人居住的三山去。

【賞　析】建炎三年冬，金人南侵，四年春，李清照隨高宗船隊漂泊海上，艱苦備嘗，詞即寫這一段經歷，而以夢境出之。

「天接雲濤連曉霧，星河欲渡千帆舞」，詞人以浪漫主義開篇，描繪了一個神奇的夢境：海天遼闊，水霧迷茫，飛濤疊浪，與之輝映的是海中千帆欲渡。「彷彿夢魂歸帝所，聞天語，殷勤問我歸何處」，詞人想像駕著一葉小舟，駛到天帝的居所，天帝問詞人欲到何處，想像之奇特，氣勢之雄闊，令人讚嘆。下片轉入詞人的對答：「我報路長嗟日暮，學詩漫有驚人句」，詞人嗟嘆路途遙遠，日近黃昏，慨嘆時光飛逝，產生了追索理想的願望，並對自己的詩詞作品表現出相當的自信。最後「九萬里風鵬正舉。風休住，蓬舟吹取三山去」幾句，表現出詞人寬廣的胸襟，以《莊子》寓言中扶搖直上九萬里、水擊三千里的大鵬直衝雲天的形象自勵，欲駕小舟乘長風，直奔仙人居住的神山，這實際上表達了詞人奮發向上的精神境界。此詞以豪邁清空的意境，雄健矯拔的筆力，刻畫出一個不畏艱險、一往無前的人物形象。清人黃蘇《蓼園詞選》云：「此似不甚經意之作，卻渾成大雅，無一毫釵粉氣，自是北宋風格。」梁令嫻《藝蘅館詞選》乙卷中也云：「此絕類蘇、辛派，不類《漱玉集》中語。」可謂道出了此詞的特點。確實，在李清照詞中，風格如此豪放的詞作可以說是絕無僅有的。

菩薩蠻❶

風柔日薄春猶早，夾衫乍著❷心情好。睡起覺微寒，梅花鬢上殘❸。

故鄉❹何處是？忘了除非醉。沉水❺臥時燒，香消酒未消。

【注釋】❶菩薩蠻　此詞為懷鄉之作。當作於流寓杭州之時。❷乍著　《詩詞曲語辭匯釋》卷一：「乍，猶初也，才也……乍著，猶云初著也。」❸梅花句　指鬢上所簪之梅花已殘。❹故鄉　指李清照家鄉，今山東濟南章丘及諸城、青州一帶，時為金人所陷。❺沉水　即沉水香，沉香。

【語譯】微風柔和，日光淡薄，春天的氣息猶早，脫去冬裝，剛穿上夾衫，心情頗好。睡醒後覺得尚有微寒，鬢角上插著的梅花已經凋殘。

故鄉何處是？要忘了它除非是酩酊大醉。睡前將沉香點燃，沉香燃盡，香氣消散，我的醉意卻還未消。

【賞析】自高宗建炎元年（西元一一二七年）南渡後，李清照流落異鄉，但卻始終不忘故土，此詞即為懷鄉之作。

「風柔日薄春猶早，夾衫乍著心情好」，開篇兩句，寫得輕淡平和。時令已到「風柔日薄」的早春天氣，脫去冬衣，剛換上春裝，乍覺輕鬆，心情也好了許多。「睡起覺微寒，梅花鬢上殘」兩句，寫得極有韻致，以深美的詞境，寫心境的微妙感受。「微寒」，以身上的微冷感覺喻心頭的浸漸淒清；「殘梅」，以鬢角上的梅花凋殘比自身的飄零憔悴，寫得清麗悱惻，平淡入妙。過片忽來重筆，直奔主題：「故鄉何處是？忘了除非醉」，詞人心中的情感噴湧而出：故鄉淪陷，但無時無刻不在心頭，無法忘懷，要忘了除非是酩酊大醉。其實，即使酒醉，故鄉又何嘗能忘懷呢！這樣寫來，尤覺沉痛。「沉水臥時燒，香消酒未消」，以奇俊之語來抒寫深沉之感：在睡時點燃香爐中的沉香，而待到沉香燃盡，酒卻未醒，更突出詞人故鄉之思的深切。這首詞，以輕靈之筆，寫思苦悲深之情，寫得蘊藉要妙，體現了李清照詞中大家的本色。

好事近❶

風定落花深，簾外擁紅堆雪。長記海棠開後，正傷春時節❷。

酒闌歌罷玉尊❸空，青缸❹暗明滅。魂夢不堪幽怨，更一聲啼鴂❺。

【注釋】❶好事近　此詞大致作於紹興三年（西元一一三三年）前後。❷長記二句　回憶早年在北方的情景。

❸玉尊　玉製的酒杯。尊，酒器。❹青釭　青燈。釭，燈盞。❺啼鴂　即鶗鴂、鵜鴂，杜鵑之屬。此詞中當指杜鵑。傳說杜鵑的鳴聲似「不如歸去」。

【語譯】大風已停，落下的花瓣有厚厚的一層，簾外堆疊著紅色、白色的花瓣。回想起當年海棠花開後，正是那傷春時節。　酒興已盡，歌舞已罷，面前的酒杯已空，只有青燈在暗中閃爍明滅。半夜醒來，無法承受這孤寂幽怨，更何況聽到窗外的聲聲啼鴂。

【賞析】詞為悼亡之作，大致作於紹興初年定居杭州前後，時當暮春。

「風定落花深，簾外擁紅堆雪」，暮春時節，風吹花落，庭院中堆積的花瓣紅的耀眼，白的似雪，引發了詞人的傷感：「長記海棠開後，正傷春時節」，詞人早年在北方時，有「試問捲簾人，卻道海棠依舊。知否，知否？應是綠肥紅瘦」（〈如夢令〉）的佳句。但詞人在回憶當年的情景時，更引起了故鄉之思和對趙明誠的懷念。下片即轉入這一主題：「酒闌歌罷玉尊空，青釭暗明滅」，借酒澆愁，玉尊已空，天色已晚，詞人獨居室中，對著昏暗明滅的青燈，不由生發出無限感慨：「魂夢不堪幽怨，更一聲啼鴂」，夜半夢醒，一腔幽怨，失去親人的深創巨痛，數年來壓在詞人心頭，不堪承受，窗外鶗鴂聲聲「不如歸去」的鳴叫，更使詞人增添了幾分悲愁。此詞寫得委婉曲折，感情細膩而真摯，讀來讓人生出幾許慨嘆。

長壽樂　南昌生日❶

微寒應候，望日邊、六葉堦蓂初秀❷。愛景欲挂扶桑❸，漏殘銀箭❹，杓回搖斗❺。慶高閎❻此際，掌上一顆明珠剖❼。有令容淑質，歸❽逢佳偶❾。到如今，晝錦滿堂貴冑❿。

榮耀，文步紫禁⓫，一一金章綠綬⓬。更值棠棣連陰⓭，虎符⓮熊軾⓯，夾河分守⓰。況青雲咫尺⓱，朝暮重入承明後⓲。看綵衣爭獻⓳，蘭羞⓴玉酎㉑。祝千齡，借指松椿比壽㉒。

【注釋】❶南昌生日　此詞為韓肖胄母文氏而作。文氏，北宋名相文彥博孫女。南昌，乃夫人誥命。李清照時有〈上樞密韓公工部尚書胡公〉詩，序云「有易安室者，父祖皆出韓公門下」，有此淵源，故當其母生日，上此壽詞。此詞大致作於高宗紹興二、三年間（西元一一三二～一一三三年）。❷微寒應候二句　此謂南昌夫人初冬月初六日生於帝京。日邊，指帝王身邊。唐李白〈行路難〉其一：「閒來垂釣碧溪上，忽復乘舟夢日邊。」王琦注引《宋書》：「伊摯將應湯命，夢乘船將過日月之旁。」六葉堦蓂，《白虎通・符瑞篇》：「蓂莢者，樹名也，月一日一莢生，十五日畢。至十六日，一莢去。故夾階而生，以明日月也。」❸愛景句　言出生時刻在冬日黎明。愛景，指冬日。景，通「影」。扶桑，傳說中的神樹。《山海經・海外東經》：「下有湯谷。湯谷上有扶桑，在黑齒北，居水中，有大木，九日居下枝，一日居上枝。」《淮南子・天文訓》：「日出於暘谷，浴於咸池，拂於扶桑，是謂晨明。」《文選・思玄賦》注引《十洲記》釋「扶桑」云：「葉似桑樹，長數千丈，大二十圍，兩兩同根生，更相依倚，是以名之扶桑。」❹漏殘銀箭　謂更漏將殘，東方欲曉之時，南昌郡君將降生。漏，又稱銀漏，古計時器，壺中置銀箭，箭上刻有時辰的標記。❺杓回搖斗　謂斗柄北指，天下將冬。搖斗，當作「瑤斗」。瑤斗指北斗星。此處指冬。《鶡冠子・環流》：「斗柄東指，天下皆春；斗柄南指，天下皆夏；斗柄西指，天下皆秋；斗柄北指，天下皆冬。」❻高閎　高門，指貴族。❼掌上句　喻指被視為掌上明珠。❽歸　女子出嫁曰歸。❾佳偶　指文氏之夫韓治。韓治，字循之。韓忠彥之子，韓琦之孫。❿晝錦句　韓肖冑曾祖韓琦守相州，作晝錦堂，歐陽修作〈相州晝錦堂記〉。《宋史・韓肖冑傳》：「琦守相，作晝錦堂，治（肖冑父）作榮歸堂，肖冑又作榮貴堂。三世守鄉郡，人以為榮。」⓫紫禁　皇宮。⓬金章綠綬　謂佩以綠色綬帶之金印。此處泛指高官。韓琦及其數子均為高官，韓治、韓肖冑亦為高官。⓭棠棣連陰　指兄弟友愛，此指兄弟子侄都受到庇蔭。《詩・小雅・常棣》序：「棠棣，燕兄弟也。」⓮虎符　即兵符。古代調動軍隊的信物，狀如虎形。⓯熊軾　狀如熊形之車前橫木。後多指代公卿及郡守。《後漢書・輿服志》上：「公、列侯安車，朱班輪，倚鹿較，伏熊軾。」⓰夾河分守　在黃河對面任郡守。河，指黃河。《漢書・杜周傳》：「及久任事，歷三公，而兩子夾河為郡守。」《宋史・韓肖冑傳》：徽宗朝，「(韓)治守相州，請祠。肖冑因乞補外侍疾，詔除直祕閣、知相州，代其父任。」相州，今河南安陽，在黃河以北。⓱青雲咫尺　喻轉眼高陞。⓲承明句　此謂早晚之間就將朝見皇帝。承明，承明廬。漢代承明殿旁屋，侍臣值宿所居。一作著作之所。⓳綵衣爭獻　此喻指韓肖冑事母孝順。綵衣，用老萊子典故。漢劉向《列女傳》載，「老萊子孝養二親，行年七十，嬰兒自娛，著五色彩衣，嘗取漿上堂，跌仆，因臥地為小兒啼，或弄烏鳥於親側。」⓴蘭羞　美味佳餚。㉑玉酎　美酒。㉒松椿比壽　《詩・小雅・天保》：「如南山之壽，不騫不崩。如松柏之茂，無不爾或承。」《莊子・逍遙遊》：「楚之南有冥靈者，以五百歲為春，五百歲為秋。上古有大椿者，以八千歲為春，八千歲為秋。」松、椿均為高齡之樹，以喻文氏。

【語　譯】天氣微寒正順應節候，遙望帝京，文氏夫人十月初六日誕生。冬天的太陽就要掛上扶桑枝頭，漏壺中銀箭上的刻度將盡，北斗星的斗柄已指向北方。慶賀高門此時情景，猶如掌上一顆明珠剛剖開。有美好的容貌、賢淑的品德，又遇到了一位理想的配偶。直到今日，晝錦堂中座上均是顯官貴胄。　何等榮耀，子孫們憑文章才學步入紫垣宮禁，一個個都佩帶金印綠綬。更加上兄弟友愛，子侄得佑，執掌虎符擔任郡守，夾河分守。更有甚者轉眼高陞，短時間內一再地進入承明廬，受天子器重。且看彩衣爭相奉獻，再看壽宴席上的美味佳餚、香醇美酒。祝賀南昌夫人百歲千齡，將與松椿同壽。

【賞　析】這首詞，係為韓肖胄母文氏而作。

韓肖胄之母，為北宋名相文彥博孫女，其夫韓治，祖、父韓琦、韓忠彥皆至宰相，可謂是北宋的官宦世家，而李清照「父祖皆出韓公門下」，有此一層淵源，當文氏壽誕之時，李清照寫此詞以賀。上片「微寒應候，望日邊、六葉堦蓂初秀。愛景欲挂扶桑，漏殘銀箭，杓回搖斗。慶高閎此際，掌上一顆明珠剖」，極寫文氏生辰的情景，讓人感到她的與眾不同，與出身的高貴。「有令容淑質，歸逢佳偶」，不僅寫文氏的容貌、品德出眾，也寫夫家的非同一般。「到如今，晝錦滿堂貴胄」，突出其家門中高官顯貴極多。下片「榮耀，文步紫禁，一一金章綠綬。更值棠棣連陰，虎符熊軾，夾河分守」承上片之意，進一步寫其家族的高貴。「況青雲咫尺，朝暮重入承明後」，預祝其後人將飛黃騰達。「看綵衣爭獻，蘭羞玉酎」，用老萊子典故，稱讚其家庭和睦，子孫孝順，也顯示其壽宴的不同凡響。最後兩句「祝千齡，借指松椿比壽」，以長壽的松、椿為喻，祝壽星壽比南山。此詞引用了一連串的典故，恰如其分地寫出了文、韓兩家的家世、地位及數代為官的背景，為文氏祝壽也相當得體。這雖是一首應景之作，但從中仍能看出詞人的非凡才氣。

武陵春❶

風住塵香花已盡，日晚倦梳頭。物是人非事事休。欲語淚先流。

聞說雙溪❷春尚好，也擬泛輕舟。只恐雙溪舴艋舟❸，載不動、許多愁。

【注釋】❶武陵春　此詞作於高宗紹興五年（西元一一三五年）暮春，時李清照在金華（今浙江金華）。❷雙溪　在金華。《浙江通志》卷一七〈山川〉九引《名勝志》：「雙溪，在〈金華〉城南，一曰東港，一曰南港。東港源出東陽縣大盆山，經義烏西行入縣境，又匯慈溪、白溪、玉泉溪、坦溪、赤松溪，經石碕岩下，與南港會。南港源出縉雲黃碧山，經永康、義烏入縣境，又合松溪、梅溪水，繞屏山西北行，與東港會於城下，故名。」

❸舴艋舟　小船，兩頭尖如蚱蜢。

【語譯】狂風已經停住，塵土滿是香氣，而枝頭的花已落盡，時間已近傍晚，更懶得梳頭。物是人非，一切事情任其罷休。欲與人語不覺淚已先流。　聽說雙溪的春色尚好，也打算到那裡去遊春泛舟。只恐怕那小小的舴艋舟，載不動心中那無盡的憂愁。

【賞析】紹興四年九月，金人南犯，李清照為避難，從臨安出發，溯富春江而上，經嚴灘，抵金華。十二月，金人退兵，至五年春，局勢稍定，李清照時暫居金華，便有了出遊之興。

「風住塵香花已盡，日晚倦梳頭」，繁花受到狂風襲擊，已蕩然無存，給詞人的心頭蒙上一層陰影，直至日暮，仍懶於梳頭。「物是人非事事休。欲語淚先流」，點明了一切悲苦的由來。這「物是人非」既有個人的悲歡離合、生離死別，更包含了山河破碎、國破家亡的悲嘆。在詞人眼中，一切都已是「事事休」，正欲訴說，卻已淚流滿面。「聞說雙溪春尚好，也擬泛輕舟」，下片前兩句，詞人故作輕鬆，聽說雙溪的風光很好，打算趁著春光前去泛舟。在李清照的詞中，有少女時代的「興盡晚歸舟，誤入藕花深處」（〈如夢令〉），少婦時代的「輕解羅裳，獨上蘭舟」（〈一剪梅〉），而今為了擺脫煩惱，欲去泛舟。但歇拍兩句，筆鋒陡轉：「只恐雙溪舴艋舟，載不動、許多愁」，將無形的愁，用小舟無法承載而形象化了。這不由使人想起南唐後主李煜〈虞美人〉詞中「問君能有幾多愁，恰似一江春水向東流」的千古名句，兩者可謂有異曲同工之妙，令人嘆為觀止。

轉調滿庭芳❶

芳草池塘❷，綠陰庭院，晚晴寒透窗紗。玉鉤❸金鎖❹，管是❺客來唦❻。寂寞尊前席上，惟愁海角天涯❼。能留否？酴醾❽落盡，猶賴有梨花。

當年、曾勝賞，生香❾薰袖❿，活火⓫分茶⓬。極目猶龍驕馬，流水輕車。不怕風狂雨驟，恰才稱，煮酒殘花⓭。如今也，不成懷抱，得似舊時那⓮？

【注　釋】❶轉調滿庭芳　此詞當於紹興中定居杭州時作，時當春末。❷芳草池塘　化用南朝宋謝靈運〈登池上樓〉詩句：「池塘生春草，園柳變鳴禽。」❸玉鉤　簾鉤之美稱。❹金鏁　通「金鎖」。❺管是　宋時方言。《詩詞曲語辭匯釋》卷一：「管，猶準也，定也……管是，準是也。」❻吵　語助詞，猶「也」、「了」。❼寂寞尊前席上二句　意謂當時時局未穩，擔心又將逃難。❽酴醾　宋張邦基《墨莊漫錄》卷九：「酴醾花或作荼蘼，一名木香，有二品：一種花大而棘，長條而紫心者為酴醾，一品花小而繁，小枝而檀心者為木香。」酴醾晚開。❾生香　上等麝香。明李時珍《本草綱目》：「麝香有三等：第一生香，名遺香，乃麝自剔出者。」❿薰袖　指附後帶有香囊。⓫活火　唐趙璘《因話錄》卷二：「(李約)天性惟嗜茶，能自煎，謂人曰：『茶須緩火炙，活火煎。』活火謂炭火之燄者也。」⓬分茶　見本書頁七五〈山花子〉注❺。⓭煮酒殘花　似當作「煮酒牋花」，謂對酒詠花也。煮酒，即溫酒、燙酒也。牋花，於紙上寫詩詠花。⓮那　《左傳・宣公二年》華元云：「棄甲則那。」杜預注：「那，猶何也。」後青州、章丘一帶成為方言語助詞。

【語　譯】芳草環繞池塘，綠陰遮蔽庭院，傍晚太陽的餘暉寒透了窗紗。微微晃動的玉鉤金鎖，告訴我準是有客人來了。寂寞冷清的尊前席上，交談間只愁時局不穩，又要流落海角天涯。春能留得住嗎？酴醾花已經落盡，幸虧還有梨花。

回想當年，曾經盡情遊賞，用的是生香薰袖，閒暇時又活火分茶。憶昔汴京盛況，門前盡是高頭大馬，與如流水般往來的輕車。不怕風狂雨驟，恰才與此相稱的是，煮酒牋花。到如今，無法完成昔日懷抱，還能像從前那樣嗎？

【賞　析】這是一首懷舊之作，大致作於李清照自金華返杭，定居杭州時。

上片寫眼前景。前三句寫環境：「芳草池塘，綠陰庭院，晚晴寒透窗紗」，所居之處，甚為幽雅，有亭臺池塘，綠陰遮蔽。時近傍晚，暮春時的寒意透進了窗紗，使人略感涼意。在這樣的環境裡，有客來訪，多少出乎主人意外。但畢竟今非昔比，「寂寞尊前席上，惟愁海角天涯」，客人已少有人來，主人也少了往日的雅興，加之時局未穩，怕再一次流離天涯。「能留否？酴醾落盡，猶賴有梨花」，詞人似在借問已落盡的酴醾和盛開的梨花，其更深一層的含義是，能否保持局勢的穩定，而不再奔波流浪。下片懷舊。「當年、曾勝賞，生香薰袖，活火分茶」，想當年，汴京繁華，用的是上等香料；三五友人一起，分茶品茗，生活是何等的優悠閒適。「極目猶龍驕馬，流水輕車。不怕風狂雨驟，恰才稱，煮酒残花」，家中車水馬龍，人來客往，一派熱鬧景象，即使在風狂雨驟的日子，也是高朋滿座，煮酒詠詩賞花。歇拍幾句，又回到眼前：「如今也，不成懷抱，得似舊時那」，流露出詞人心中的無奈。此詞寫的是今昔對比，但從中更能體會到詞人的故國之思和對眼前局勢的擔憂。

永遇樂　元宵❶

落日鎔金，暮雲合璧，人在何處❷？染柳煙濃，吹梅笛怨❸，春意知幾許。元宵佳節，融和天氣，次第❹豈無風雨？來相召，香車寶馬，謝他酒朋詩侶。

中州盛日❺，閨門多暇，記得偏重三五❻。鋪翠冠兒❼，撚金雪柳❽，簇帶❾爭濟楚❿。如今憔悴，風鬟霜鬢⓫，怕見⓬夜間出去。不如向、簾兒底下，聽人笑語。

【注釋】❶元宵　此詞當作於紹興九年（西元一一三九年）元宵。此年宋金議和，局勢相對安定，才有慶元宵之可能。❷落日鎔金三句　宋廖世美〈好事近〉：「落日水鎔金，天淡暮煙凝碧。」而「人在何處」之「人」，當指去世多年的趙明誠。❸吹梅笛怨　唐段安節《樂府雜錄》：「笛者，羌樂也，古有〈梅花落〉曲。」❹次第　《詩詞曲語辭匯釋》卷四：「次第，進展之辭，猶云接著也；轉眼也……李清照〈永遇樂〉詞：『元宵佳節，融和天氣，次第豈無風雨。』言轉眼恐有風雨也。」❺中州盛日　指北宋汴京鼎盛時期。中州，今河南省。❻記得句　此指當年汴京元宵節。宋孟元老《東京夢華錄》卷六「元宵」條，宋吳自牧《夢粱錄》卷一「元宵」條，均對北宋時汴京元宵的繁盛情況有詳細記載，可參看。因元宵節在正月十五，因有「偏重三五」之語。❼鋪翠冠兒　宋吳自牧《夢粱錄》卷一「元宵」：「（杭州）官巷口、蘇家巷二十四家傀儡，衣裝鮮麗，細旦戴花朵

□肩、珠翠冠兒，腰肢纖裊，宛如婦人。」鋪翠，當是以翠羽或翡翠裝飾帽子。❽撚金雪柳　宋孟元老《東京夢華錄》卷六「正月十六日」：「市人賣玉梅、夜蛾、蜂兒、雪柳、菩提葉、科頭圓子、拍頭焦䭔。」宋朱弁《續骫骳說》：「都下元宵觀游之盛，前人或於歌詞中道之……又婦女首飾，至此一新，髻鬢篸插，如蛾蟬蜂蝶、雪柳、玉梅、燈球，裊裊滿頭。」宋周密《武林舊事》卷二「元夕」：「元夕節物，婦人皆戴珠翠、鬧蛾、玉梅、雪柳、菩提葉。」可見南北宋時婦女妝飾大致相似。❾簇帶　宋時口語。簇，叢聚貌。帶，通「戴」。宋周密《武林舊事》卷三「都人避暑」：「而茉莉為最盛，初出之時，其價其穹，婦人簇戴，多至七插，所直數十券，不過供一餉之娛耳。」❿濟楚　亦為宋時口語。凡器物、容態、風光之整潔、美麗者，皆可稱為「濟楚」。⓫風鬟霜鬢　謂髮已亂而鬢已白，此正晚年之形象。⓬怕見　《詩詞曲語辭匯釋》卷五：「見，猶得也；著也……李清照〈永遇樂〉詞：『如今憔悴，風鬟霜鬢，怕見夜間出去……』〈西廂〉三之二：『不思量茶飯，怕見動彈。』凡云『怕見』，猶云怕得或懶得也。」

【語　譯】西邊的落日如熔化的黃金，日暮的雲霞像一整塊白璧，伊人今在何處？像染過般的綠柳濃密如煙，耳邊傳來吹奏〈梅花落〉的幽怨樂曲，這春意能讓人感受多少良好情懷。元宵佳節，又逢融和天氣，但轉眼間難道不會有風雨？友人相召前往觀燈，又用香車寶馬來迎接，非常感謝那些詩朋酒友的邀請。　回想當年汴京的繁華節日，閨中人多的是閒暇，記得當年特別重視元宵節。頭戴翠羽等裝飾的冠兒，鑲嵌金線的雪柳首飾，頭上插滿各式各樣整齊美麗的頭飾。如今人已憔悴，風吹亂了頭髮而雙鬢也已花白，這年的元宵夜懶得出去。倒還不如，到那簾兒底下，去聽路人的歡聲笑語。

【賞　析】從詞的題目來看，就知是寫元宵節。此詞與前一首〈轉調滿庭芳〉頗為相似，上片寫今，抒寫當前的景物和心情，下片抒發今昔的盛衰之感。

「落日鎔金，暮雲合璧，人在何處」，上片開首幾句，描寫夕照下的景象，「人在何處」，為詞人明知故問之語，反映出她流落異鄉的孤獨寂寞的境遇和對去世多年的丈夫的懷念。「染柳煙濃，吹梅笛怨，春意知幾許」幾句，寫早春的妍麗，極富感染力。「元宵佳節，融和天氣，次第豈無風雨」，包含著詞人的多少感慨：眼前的天氣晴好、局勢平靜，難道不會發生變化嗎？隱隱反映出對時局的擔憂。「來相召，香車寶馬，謝他酒朋詩侶」，正由於懷有這樣的心情，對那些乘著「香車寶馬」來邀她觀燈者婉言謝絕。下片分兩層：前六句憶昔，後五句傷今。「中州盛日，閨門多暇，記得偏重三五。鋪翠冠兒，撚金雪柳，簇帶爭濟楚」，由眼前的景物，回想起當年汴京的繁華，那時雖不是錦衣玉食，但也衣食無憂，生活安定悠閒。元宵佳節，梳妝打扮，頭插各種首飾，與女友們外出觀燈。「如今憔悴，風鬟霜鬢，怕見夜間出去。不如向，簾兒底下，聽人笑語」，而如今，早已兩鬢如霜，還不如在簾兒底下聽路人的歡聲笑語。這一結，不但有今昔盛衰之感，還有人我苦樂之別，讀來更覺淒涼。李清照晚年的詞，反映了她生活、精神、心理等各方面的情況，從中多少能看出她晚年困頓的生活狀態。

怨王孫❶

夢斷漏悄❷，愁濃酒惱。寶枕生寒，翠屏向曉。門外誰掃殘紅？夜來❸風。
玉簫聲斷❹人何處？春又去，忍把歸期負。此情此恨，此際擬托行雲，問東君❺。

【注　釋】❶怨王孫　此詞寫暮春景象，又含悼亡之意，暫列紹興年間。❷漏悄　漏聲寂靜。漏，古計時器。《說文》：「以銅（壺）受水，晝夜百刻。」❸夜來　此謂昨夜。《詩詞曲語辭匯釋》卷六：「夜來，猶云昨日也；昨夜亦同。賀鑄〈浣溪沙〉詞：『笑撚粉香歸繡戶，半垂羅障護窗紗。東風寒似夜來些。』言東風較昨日寒也。」❹玉簫聲斷　謂吹簫人已去。漢劉向《列仙傳》云：「蕭史者，秦穆公時人也，善吹簫，能致孔雀、白鶴於庭。穆公有女字弄玉，好之。公遂以女妻焉。日教弄玉作鳳鳴。居數年，吹似鳳聲，鳳凰來止其屋。公為作鳳臺，夫婦止其上，不下數年。一日，皆隨鳳凰飛去。故秦人作為鳳女祠於雍，宮中時有簫聲而已。」後世多以吹簫人借喻夫婿。❺東君　春神。

【語　譯】夢醒時分漏壺聲悄，本想以酒澆愁卻煩惱益濃。寶枕透著寒意，翠綠的屏風正對著拂曉的曙光。門外是誰將凋零的紅葉掃去？呵，原來是昨夜的陣風。　吹奏玉簫的聲音已經消失，吹簫人今在何處？春天又匆匆逝去，怎忍心辜負歸期。此等情愫此等愁恨，此時準備託付給天上行雲，去詢問東君。

【賞　析】此詞由暮春景色，生發出悼亡之意。

上片「夢斷漏悄，愁濃酒惱。寶枕生寒，翠屏向曉」，天將拂曉，漏壺的聲息漸悄，又從夢中驚醒，昨夜酒醉，卻無法使心頭的濃愁消解；暮春拂曉前的寒意，更給詞人增添了幾分愁緒。「門外誰掃殘紅？夜來風」，風捲殘紅，此刻，詞人或許正感慨歲月無情，引發了心中的傷感。下片幾句，正反映了詞人這樣的心境：「玉簫聲斷人何處？春又去，忍把歸期負」，丈夫趙明誠已去世多年，一句「人何處」，寫盡了心中的思念，現在春天又匆匆逝去，眼看自己將進入暮年，但回歸故鄉的心願卻無法實現，詞人不說自己無法回去，而是說自己耽誤了歸期，讓人尤覺沉痛。「此情此恨，此際擬托行雲，問東君」，對已去世的丈夫、對魂牽夢繞的故鄉的一腔深情無處宣洩，只能託付天上的行雲，去詢問已逝去的春天，讀來更顯得無奈而傷懷。

山花子❶

揉破黃金❷萬點明❸，剪成碧玉❹葉層層。風度精神如彥輔❺，太鮮明❻。

梅蕊重重何俗甚，丁香千結❼苦粗生❽。熏透愁人千里夢，卻無情。

【注釋】❶山花子　此詞作於南渡後，當於紹興中定居杭州時作，係於高宗紹興十年（西元一一四〇年）。❷揉破黃金　喻金色丹桂初綻之時的形態。❸明　有的本子作「輕」。❹碧玉　喻樹葉。化用唐賀知章〈詠柳〉詩：「碧玉妝成一樹高，萬條垂下綠絲縧。不知細葉誰裁出，二月春風似剪刀。」此喻桂樹葉。❺風度句　彥輔，晉樂廣，字彥輔。《晉書》本傳云：「廣時八歲，（夏侯）玄常見廣在路，因呼與語，還謂方（樂方，廣父）

曰：『向見廣神姿朗徹，當為名士。』……性沖約，有遠識，寡嗜慾，與物無競……廣與王衍俱宅心事外，名重於時。故天下言風流者，謂王樂稱首焉。」此以名士喻桂花風度之高潔清朗，然《世說新語・品藻》云：「劉令言始入洛，見諸名士而歎曰：『王夷甫太解明，樂彥輔我所敬……』」解明，《晉書・劉隗傳》作「鮮明」。此處將評王夷甫（衍）語移用於樂彥輔，蓋誤記。❻太　一本作「大」。❼丁香千結　指紫丁香花蕊。❽苦粗生　苦於粗糙。生，語助詞。宋歐陽修《六一詩話》：「李白〈戲杜甫〉云：『借問別來太瘦生，總為從前作詩苦。』『太瘦生』，唐人語也，至今猶以『生』為語助，如『作麼生』、『何似生』之類是也。」

【語　譯】揉破了黃金化成萬點光明，裁剪成碧玉般的樹葉疊疊層層。丹桂的精神風度猶如晉代的樂彥輔，實在是太鮮明。　春時的梅蕊重重多麼俗氣，丁香花千結也顯得太粗糙而生。桂花的香氣薰透了愁人的千里故鄉夢，卻又是這般無情。

【賞　析】在李清照的詞中，詠菊、詠海棠、詠梅之作不少，而詠桂花的詞卻不多，此詞即詠桂花。從詞的內容看，可能時局相對安定，因而詞寫得較為閒雅。詞的主旨為思鄉。

上片寫桂花盛開的情景：「揉破黃金萬點明，剪成碧玉葉層層」，桂花初綻，萬點黃金，而像碧玉一樣的綠葉，層層疊翠，更顯出桂花的一派興旺富貴景象。「風度精神如彥輔，太鮮明」，詞人將桂花比作晉代「神姿朗徹」的樂廣，來讚美桂花的風度高潔清朗。下片由桂花轉而寫梅花、丁香，並由此引出思鄉之情：「梅蕊重重何俗甚，丁香千結苦粗生」，春天的梅蕊重重，丁香千結，與眼前的丹桂相比，都黯然失色。「熏透愁人千里夢，卻無情」，夜晚，在陣陣桂花香中，詞人從夢中醒來，她夢見的是千里之外那夢牽魂縈的故鄉，但卻無法回去，詞人只能怪眼前的桂花太「無情」，這實際上流露詞人心中的無奈。

聲聲慢❶

尋尋覓覓，冷冷清清，悽悽慘慘戚戚。乍暖還寒時候，最難將息❷。
三杯兩盞淡酒，怎敵他、晚來風急？雁過也，正傷心，卻是舊時相識❸。
滿地黃花❹堆積，憔悴損，如今有誰堪摘❺？守著窗兒，獨自怎生❻
得黑？梧桐更兼細雨，到黃昏、點點滴滴。這次第❼，怎一個愁字了得❽？

【注釋】❶聲聲慢　此詞從內容看，當作於李清照晚年，暫定於高宗紹興十六、十七年間（西元一一四六～一一四七年）。❷最難將息　將息，唐宋時俗語。《詩詞曲語辭匯釋》卷六：「將息，保重身體之義。有用之於普通問候者。」❸雁過也三句　古人不僅常以鴻雁代指傳遞信息的使者，亦且作為故鄉之象徵。此處李清照寫思鄉之情。❹黃花　此指菊花。❺堪摘　猶言想摘。堪，一作「忺」。漢揚雄《方言》：「青齊呼意所欲為忺。」❻怎生　如何；怎樣。宋時口語。❼這次第　《詩詞曲語辭匯釋》卷四：「次第，況狀之辭，猶云狀態也……李清照〈聲聲慢〉詞（略），這次第，猶云這情形或這光景也。」❽了得　濟南章丘方言，意為了結。

【語譯】獨自一人在尋尋覓覓，四周卻顯得冷冷清清，不免讓人感到悽悽慘慘戚戚。天氣剛回暖尚有寒意的時候，最難調養身體。三杯兩盞淡酒，怎敵得過，夜晚驟急的秋風？仰頭望見大雁飛過，因而感到傷心，因為牠們是我的舊相識。

那滿地堆積的菊花落葉，任憑它憔悴毀損，如今有誰還有心意採摘？百無聊賴守著窗兒，獨自一人如何能坐到天黑？梧桐蕭蕭落葉加上瑟瑟細雨，直到黃昏，敲打心頭，點點滴滴。眼前這般光景，怎麼是一個愁字所能了得？

【賞析】〈聲聲慢〉詞，是膾炙人口的好詞，是李清照的代表作。

此詞開篇以十四個疊字喝起，堪稱千古奇句。「尋尋覓覓」寫行為，「冷冷清清」寫環境，「悽悽慘慘戚戚」寫心情。「乍暖還寒時候，最難將息」，以深秋氣候多變、忽冷忽熱，突出心情的煩悶難熬。「三杯兩盞淡酒，怎敵他、晚來風急」，以酒澆愁，卻難敵晚來風急，秋風襲人，更增添濃濃新愁。「雁過也，正傷心，卻是舊時相識」，詞人見大雁南飛，勾起對故國、故鄉及往昔的追懷，與眼下的孤淒處境構成強烈的反差，並由此勾起對丈夫的思念。「滿地黃花堆積，憔悴損，如今有誰堪摘」，詞人以殘菊自喻，寫出了自己漸入老境，孤單無依，「如今」二字，暗含與往昔的對比，慨嘆國家及身世的滄桑巨變。「守著窗兒，獨自怎生得黑」，一連串的景物引發詞人的悲傷，發出了「獨自怎生得黑」的呼告。「梧桐更兼細雨，到黃昏、點點滴滴」，打在梧桐葉和石階上的雨聲，其實更打在詞人的心上。「這次第，怎一個愁字了得」，詞人無限的悲涼呼喊噴湧而出，其感情達到了頂點，詞的意蘊也達到了頂點。這首詞，通過一系列深秋景物的反覆渲染，層層疊加地表現出李清照晚年孤苦無依的處境和淒慘悲涼的心情。這裡，有對自己身世的慨嘆，同時也反映了靖康之變後的社會劇變，可以說，這首詞從一個側面寫出了時代的悲劇。

存疑辨證

瑞鷓鴣❶

雙銀杏

風韻❷雍容❸未甚都❹，尊前甘橘可為奴❺。誰憐流落江湖上？玉骨冰肌❻未肯枯。

誰教並蒂連枝摘？醉後明皇倚太真❼。居士擘開真有意❽，要吟風味兩家新。

【注釋】❶瑞鷓鴣　此詞多疑為非李清照作。但亦有錄入李清照集中者。疑為李清照少時所作，其時恐詞律未精。此調與七律相近。然李清照此詞係用兩韻，似兩首七絕相加。❷風韻　即風度，韻致。❸雍容　謂儀容溫雅。❹都　猶姣也。❺尊前句　《三國志・吳書・孫休傳》注引《襄陽記》：「(李)衡每欲治家，妻輒不聽。後密遣客十人，於武陵龍陽氾洲上作宅，種甘橘千株。臨死，敕兒曰：『汝母惡我治家，故窮如是。然吾州里有千頭木奴，不責汝衣食。歲上一匹絹，亦可足用耳。』衡亡後二十餘日，兒以白母。母曰：『此當是種甘橘也……』吳末，衡甘橘成，歲得絹數千匹，家道殷足。」後以此用為典故。❻玉骨冰肌　此處以肌膚喻銀杏之晶瑩。❼醉後句　此喻銀杏雙雙相倚。五代王仁裕《開元天寶遺事》卷下：「明皇與貴妃幸華清宮，因宿酒初醒，憑妃子肩同看木芍藥。上親摘一枝，與妃子遞嗅其豔。」❽居士句　居士，道藝處士也。擘開真有意，語本宋蘇軾〈席上代人贈別〉詩：「蓮子擘開須見憶，楸枰著盡更無期。」意，諧「憶」。此句寫宋時習俗。宋陳元靚《歲時廣記》卷五引《瑣碎錄》：「京師人歲旦用盤盛柏一枝，柿、橘各一枚，就中擘破，眾分食之，以為一歲『百事吉』之兆。」此處以銀杏（俗稱白果）代柿配橘，在尊前（筵前）擘開，亦取「百事吉」之意。

【語　譯】風度韻致優雅安閒卻不會過於嬌貴，與之相比，筵席上的柑橘則僅有蓄奴積財的功用。有誰來憐惜銀杏流落在江湖之上？它的玉骨冰肌卻始終不肯乾枯。　是誰將連枝並蒂的銀杏摘下？它們就像醉後唐明皇和楊太真初醒相倚相偎。有才藝的居士將白果擘開真有意味，想要吟詠白果的風韻情味則是兩家俱新。

【賞　析】銀杏，俗稱白果樹，樹齡可長達千年，向來為國人所喜愛。李清照此詞即為詠銀杏之作。標題「雙銀杏」，抑或李清照所居之處有兩棵比肩而長的高大的白果樹。

詞的上片總寫銀杏。「風韻雍容未甚都，尊前甘橘可為奴」：銀杏樹的形態雖然不十分嬌美，但卻於人有益。詞中借用「甘橘為奴」的典故，說明銀杏樹足以給人帶來好處，白果可用以交換五穀食物。「誰憐流落江湖上，玉骨冰肌未肯枯」，銀杏不像其他花草樹木，不須專門侍候，在貧瘠的土地上也能頑強生長，因而詞人稱讚其為「玉骨冰肌」，且銀杏長壽，從不肯乾枯。下片轉入主題雙銀杏。「誰教並蒂連枝摘，醉後明皇倚太真」，將這兩棵相倚相偎的銀杏樹比作歷史上的唐明皇和楊貴妃。不由使人想起唐代詩人白居易在〈長恨歌〉中的描寫：「在天願作比翼鳥，在地願為連理枝」，讓人彷彿看見這兩棵引人遐思的銀杏樹。「居士擘開真有意，要吟風味兩家新」，因為銀杏能給人帶來吉利，詞人不禁要吟詠銀杏的風姿。此詞作於何時，已不可考。但從詞的用韻等情況來看，當作於李清照年輕之時。

生查子

年年玉鏡臺❶，梅蕊宮妝❷困。今歲不歸來❸，怕見江南信❹。

酒從別後疏，淚向愁中盡❺。遙想楚雲❻深，人遠天涯近。

【注　釋】❶玉鏡臺　此指妝鏡。《世說新語·假譎》：「溫公（嶠）喪婦。從姑劉氏家值亂離散，唯有一女，甚有姿慧。姑以屬公覓婚，公密有自婚意，答云：『佳壻難得，但如嶠比，云何？』姑云：『喪亂之餘，乞粗存活，便足慰吾餘年，何敢希汝比。』卻後少日，公報姑云：『已覓得婚處，門第粗可，壻身名宦，盡不減嶠。』因下玉鏡臺一枚。姑大喜。既婚，交禮，女以手披紗扇，撫掌大笑曰：『我固疑是老奴，果如所卜。』」玉鏡臺，是公為劉越石長史，北征劉聰所得。」❷梅蕊宮妝　指梅花妝。唐韓鄂《歲華紀麗》卷一「人日」：「（南朝宋）武帝女壽陽公主，人日臥於含章簷下，梅花落公主額上，成五出之花，拂之不去。皇后留之，自後有梅花妝是也。」❸不歸來　有的本子作「未還家」。❹江南信　指代梅花，因其易於觸動離愁也。南朝宋盛弘之《荊州記》：「吳陸凱與范曄善，自江南寄梅花詣長安與曄，并贈詩曰：『折梅逢驛使，寄與隴頭人。江南無所有，聊贈一枝春。』」❺酒從二句　形容離愁。❻楚雲　即江南之雲。此處表示對南方親人的思念。

【語　譯】多年來面對的妝鏡臺，如今卻為打扮梅花妝所困擾。長年在外的遊子今年應該是回不來了，深怕見到梅花又一次開放。　自從分別後，連酒都與我疏遠了，我的淚水隨著愁緒不斷流淌已經流盡。遙想南天白雲深處，頓覺人遠而天涯離我較近。

【賞　析】這首詞的作者，有作李清照詞，有作朱淑真詞，有作朱敦儒詞，但大多認為朱敦儒作此詞的可能不大；而以為李清照詞或朱淑真詞，疑不能明，今暫作李詞，收入集中。

此詞為懷人之作。起首兩句「年年玉鏡臺，梅蕊宮妝困」，「年年」一詞，顯示時間之長，征人長年在外，思婦在家已懶得梳妝打扮。「今歲不歸來，怕見江南信」，在外的遊子今年是不是能回來呢？大概是不能回來了，因而怕梅花再度開放，又空等一年。下片換頭兩句「酒從別後疏，淚向愁中盡」，遊子離家後，已經疏遠了曾經喜愛的美酒，心中的愁思，也隨著流乾的淚水耗盡，寫得何等沉痛，何等悲切。「遙想楚雲深」，遙望南天，唯見白雲悠悠，詞人不禁發出了「人遠天涯近」的喟嘆。

浣溪沙

樓上晴天碧四垂，樓前芳草接天涯。勸君莫上最高樓。

新筍❶看成堂下竹，落花都上燕巢泥。忍聽林表杜鵑啼❷。

【注釋】❶新笋　新生的竹筍。笋，同「筍」。❷忍聽句　語本唐李中〈鍾陵寄從弟〉詩：「忍聽黃昏杜鵑啼。」杜鵑啼聲似「不如歸去」，故行人怕聽。林表，林外；林梢。

【語譯】高樓上眺望晴空碧藍的四際，樓前的芳草一直綿延到天邊。勸君不要登上最高的樓層，以免引起鄉愁。　看著出土的新筍長成堂下的新竹，飄落的花瓣都被燕子銜作築巢之泥。不忍聽林梢枝頭杜鵑「不如歸去」的悲啼。

【賞析】此詞一作周邦彥詞，但從詞意看，更像李清照所作，故錄入。此詞如果為李清照作，似在南渡之後，歇拍似有懷鄉之思。

這是一首感懷詞。先看上片三句。「樓上晴天碧四垂，樓前芳草接天涯。勸君莫上最高樓」，登上高樓，放眼四望，晴空一碧萬里，樓前的芳草延伸到天涯的盡頭，正是一派賞心悅目的景致，寫得筆調輕快，意境開闊，但第三句卻急轉直下，本該是「欲窮千里目，更上一層樓」，那麼為什麼要「勸君莫上最高樓」？是詞人不忍看淪陷的北方故土，還是詞人另有寄託？給我們留下了遐想的餘地。下片三句，筆法與上片相同。「新笋看成堂下竹，落花都上燕巢泥。忍聽林表杜鵑啼」，從新筍出土，到長成挺拔的新竹，地下的落花，都成了燕子築巢的泥土，寫出了春末夏初特有的江南景象，充滿了生命活力。第三句又掉轉筆頭，寫不忍聽林中杜鵑的啼鳴。古人以為杜鵑的啼聲似「不如歸去」，詞人流寓江南，時刻懷念故土，自然更不忍聽這令人傷感的杜鵑聲了。

醜奴兒　夏意

晚來一陣風兼雨，洗盡炎光。理罷笙簧❶，卻對菱花❷淡淡妝。

絳綃縷薄冰肌瑩，雪膩酥香❸。笑語檀郎❹，今夜紗廚枕簟❺涼。

【注　釋】❶笙簧　笙中的簧片，這裡指笙樂器。❷菱花　指鏡子。因鏡背鑄有菱花。❸絳綃二句　謂薄綢映出玉肌。絳綃，深紅色薄綢。❹檀郎　對夫婿或所歡的暱稱。唐李賀〈牡丹種曲〉：「檀郎謝女眠何處？樓臺月明燕夜語。」曾益注：「潘安，小字檀奴，故婦人呼所歡為檀郎。」❺枕簟　枕席。簟，竹席。

【語　譯】晚上來了一陣狂風驟雨，洗盡炎熱的暑氣。整理好絲竹笙簧，並且對著菱花鏡化上淡淡的新妝。

深紅色的薄綢衣裙映襯出如冰雪晶瑩的肌膚，柔嫩清香。笑著對心愛的夫婿說，今晚就寢時，應會感覺紗帳、枕簟較為涼爽吧。

【賞　析】此詞的作者歷來眾說紛紜，認為詞意淺薄，非李清照作，但也有人認為係李清照作。另一說稱此為康與之詞。今存疑，錄入集中。

此詞如為李清照作，從詞意看，當係早年所作。

先看上片。「晚來一陣風兼雨，洗盡炎光」，在炎熱的夏季，夜晚時一陣風雨，將暑氣掃盡，讓人覺得分外涼爽。「理罷笙簧，卻對菱花淡淡妝」，取出多時未曾演奏的笙簧，吹奏了一番，又對著鏡子淡淡梳妝。上片從正面寫人，但從這兩句，讀者還未見到不曾露臉的少婦。再看下片。「絳綃縷薄冰肌瑩，雪膩酥香」，那少婦終於登場了。她身穿質地輕薄柔軟的絲綢衣裙，映襯出冰清玉潔的肌膚，裊裊婷婷，步履輕盈，向我們走來。「笑語檀郎，今夜紗廚枕簟涼」，她笑對夫婿，說是今晚炎暑盡消，能睡上一個好覺了。此詞選取了生活中的一個片段，活靈活現地刻畫出一個嫵媚、嬌豔的少婦形象，饒有生活情趣。

鷓鴣天

枝上流鶯和淚聞，新啼痕間舊啼痕。一春魚鳥無消息❶，千里關山勞夢魂。

無一語，對芳樽，安排腸斷到黃昏。甫能❷炙得燈兒了，雨打梨花深閉門❸。

【注　釋】❶魚鳥無消息　沒有書信消息。魚鳥，指「雙鯉」、「雁足」，傳遞書信的鯉魚和飛雁。❷甫能　宋時俗語。《詩詞曲語辭匯釋》卷二：「甫能，猶云方才也。」❸雨打句　宋李重元〈憶王孫〉詞：「欲黃昏，雨打梨花深閉門。」李清照似用此成句。

【語　譯】我是含著眼淚聽枝頭流鶯的啼叫聲聲，新的啼痕重疊著舊的啼痕。整整一個春天沒有遊子寄來的消息，千里關山相見只得勞煩夢魂。

沒有人可以與之說上一句話，只好獨自面對斟滿美酒的杯子，如此孤寂淒苦坐到黃昏。方才將燈兒點燃，又遇上大雨驟降，拍打著院裡的梨花，因此只能深閉閨門。

【賞 析】此詞一本題作「春閨」。此詞一作秦觀作。

詞寫閨怨，寫得情深意切。「枝上流鶯和淚聞，新啼痕間舊啼痕」，春和日麗，窗外枝頭上的黃鶯悽愴的啼叫聲聲，引起了閨中人思念遠行的丈夫，她流著眼淚在聽黃鶯的鳴叫，越聽越傷感。明人李攀龍《草堂詩餘雋》卷一云：「新痕間舊痕，一字一血」，足可見情之深、思之切。「一春魚鳥無消息，千里關山勞夢魂」，古人有魚雁傳書的傳說，但整整一個春天沒有收到丈夫的音訊，也無人帶去閨中人對丈夫的問候和思念，只能在夢中與千里之外的丈夫相會。「無一語，對芳樽，安排腸斷到黃昏」，丈夫不在身邊，獨自一人，面對芳樽，默默無語，柔腸寸斷，從白天到黃昏，在寂寞孤苦和對丈夫的極度思念中度過一天又一天。「甫能炙得燈兒了，雨打梨花深閉門」，剛剛將燈點燃，心情略覺好些，卻又遭雨打梨花，增添了心頭的煩惱，只能閉門獨坐。「雨打梨花」實為一語雙關，詞人以梨花自喻，寄寓了深切的憂思，頗有身世之嘆。此詞的最後兩句歷來為人傳頌，寫得曲折婉約，意在言外，情味無窮。

浪淘沙

素約小腰身❶，不奈❷傷春。疏梅影下晚妝新。裊裊婷婷❸何樣似？

一縷輕雲。歌巧動朱脣，字字嬌嗔。桃花深徑一通津❹。悵望瑤臺❺
清夜月，還照❻歸輪。

【注　釋】❶素約句　言其腰身苗條。素約，以素絹束腰。❷不奈　有的本子作「不耐」。❸裊裊婷婷　輕盈、美好貌。婷婷，有的本子作「娉娉」。❹桃花句　用劉晨、阮肇天台遇仙故事。梁吳均《續齊諧記》載，漢永平中，剡縣人劉晨、阮肇，入天台山採藥，望山頭有桃，取食，下山得澗水飲之，見一杯流出，中有胡麻飯屑。二人相謂曰：「此去人家不遠矣。」因過水，行二里，又度一山，出大溪，見二女絕色，喚劉、阮姓名，曰：「郎來何晚也？」因過其家，行夫婦之禮。住半年，求歸甚切，遂從洞口出。自入山至歸，已歷七代子孫矣。❺瑤臺　相傳神仙所居之處。晉王嘉《拾遺記・崑崙山》：「崑崙山者，西方曰須彌，山對七星之下，出碧海之中，上有九層……第九層山形漸小狹，下有芝田蕙圃，皆數百頃，群仙種耨焉。傍有瑤臺十二，各廣千步，皆五色玉為臺基。」❻照　有的本子作「送」。

【語　譯】素絹繫在纖細的腰際，只因難耐傷春的愁緒。不一會出現在扶疏的梅花樹影下，傍晚時的淡妝才剛化好。裊裊婷婷的身影像什麼？就像天際的一縷輕雲。　歌聲巧妙動聽，只見她微啟朱唇，字字嬌嗔。在那桃花深處有一條小徑直通津渡。心中惆悵，仰望瑤臺的清朗夜月，期望能給回來的車輛照明引路。

【賞　析】本詞有疑非李清照所作者，但大都以為係李清照所作，因錄入。

本詞是描寫一個嬌柔嫵媚的少女。你看，「素約小腰身，不奈傷春」，一個身材苗條的少女，在繁花似錦的春天，本該是一派天真爛漫的青春氣息，卻故意裝出一副傷春模樣。「疏梅影下晚妝新。裊裊婷婷何樣似？一縷輕雲」。但畢竟是少女情性，不一會，就化了新妝，出現在傍晚的疏梅影下。她裊裊婷婷，步履輕盈，健步而去，恰似天邊一縷輕雲。「一縷輕雲」，是極為精到的傳神之筆，將一個充滿活力的少女形象逼真地刻畫出來。下片承上片而寫：「歌巧動朱脣，字字嬌嗔」，朱唇微啟，歌聲美妙，字字嬌嗔，活靈活現地描繪出一個活潑可愛、美麗嫵媚的少女倩影。「桃花深徑一通津。悵望瑤臺清夜月，還照歸輪」，少女打扮得非常漂亮，直奔通往渡口的桃花深徑，這裡，詞人用劉晨、阮肇天台山遇仙的故事，含蓄地描寫青年男女幽會的情景：主人公正遙望月宮，盼望心上人早日歸來。此詞寫得輕盈、優美，明潘游龍《古今詩餘醉》云：「不奈傷春」、「字字嬌嗔」，描出一個嬌娃。這個評點，可以說是說到了點子上。

品令

零落殘紅，恰渾似、胭脂色。一年春事，柳飛輕絮，筍添新竹。寂寞幽闈，坐對小園嫩綠。

登臨未足，悵遊子、歸期促。他年魂夢，千里猶到，城陰溪曲。應有凌波，時為故人留目❶。

【注釋】❶應有凌波二句　化用宋賀鑄〈青玉案〉詞：「凌波不過橫塘路，但目送，芳塵去。」

【語　譯】枝頭上零落凋殘的紅花，就好像胭脂般的顏色。一年中的春天，便是柳飛輕絮的時節，新筍也已經長成挺拔的新竹。然而，寂寞幽深的閨中人，卻獨自坐在窗前，面對小園中的一片青翠嫩綠。　登山臨水意猶未盡，心中惆悵在外的遊子，約定回來的日子已近，思念的心情就更加急迫。待到他年在夢境中，即使有千里的路途，也會回到背城的溪曲。想必仍有那蕩漾的水波，時時為故人留下傳情的眉目。

【賞　析】此詞一作曾紆作，但多以為係李清照詞，故錄入。

這首詞係傷春懷人之作。上片寫景。「零落殘紅，恰渾似、胭脂色」，天氣已到暮春殘紅零落的時節，那殘留的紅花，仍能展現其嬌美的姿態。「一年春事，柳飛輕絮，筍添新竹」，柳絮飛舞，新竹挺拔，道出了充滿生機的春色。但上片的末兩句，掉轉筆鋒，寫閨中人眼中的景色：「寂寞幽閨，坐對小園嫩綠」，幽靜深邃的閨房內，坐著寂寞孤獨之人，她的眼前，是園中一派春意盎然的嫩綠。這兩句，是為下片作鋪墊。下片換頭幾句「登臨未足，悵遊子、歸期促」，承上片而來。閨中人因何寂寞？原來是遊子在外，遲遲未歸，心中不免焦慮。「他年魂夢，千里猶到，城陰溪曲」，可以想見，城陰溪曲當年或許是閨中人與她的心上人遊玩、定情之處，使她魂牽夢繞，無法忘懷。即使在千里之外，也要夢歸此處，「應有凌波，時為故人留目」，在宛曲的溪水中，應有柔美的微波，為當年的有情人留下傳情的眼目。此詞寫得感情真摯，且又表露大膽。如詞係李清照所作，當係其早年作品。

佚句 四則

教我甚情懷。

【說明】此句失調名。錄自明陳耀文《花草粹編》。一作朱希真句。

條脫❶閒揎❷繫五絲❸。

【說明】此句失調名。錄自宋陳元靚《歲時廣記》卷二一引《風俗通》。

【注釋】❶條脫　又名條達、跳脫。即腕釧，俗稱手鐲。有以金玉製成者。❷揎　捋袖出臂。❸五絲　即五色絲，舊稱長命縷。

瑞腦煙殘，沉香火冷。

【說明】此二句失調名。錄自宋陳元靚《歲時廣記》卷四〇引《紀聞》。

窗外芭蕉窗裡人，分明葉上心頭滴。

【說明】錄自清李繼昌《左庵詞話》。又，北宋京城妓聶勝瓊有〈鷓鴣天〉寄李之問，詞云：「枕前淚共簾前雨，隔箇窗兒滴到明。」此二句似由此化出。

二、詩

春殘

春殘何事苦思鄉，病裡梳頭恨髮長。梁燕❶語多終日在，薔薇風細一簾香❷。

【注釋】❶梁燕　梁上之燕。宋歐陽修〈蝶戀花〉：「梁燕語多驚曉睡，銀屏一半堆香被。」❷薔薇句　唐高駢〈山亭夏日〉詩：「水精簾動微風起，滿架薔薇一院香。」

【語譯】面對殘春因何苦苦思念故鄉，病裡梳頭卻恨秀髮太長。梁上燕子呢喃低語整日都在，微風起處薔薇花飄來一簾清香。

【賞析】此詩當為作者少年居汴京時所作。李清照的父親李格非於宋哲宗時任職京師，李清照隨父母居汴京。有人以為此詩係南渡後作，然從纖麗的詩風看，似不可取。

詩題〈春殘〉，可知詩作於暮春時節，「病裡梳頭恨髮長」，似又在病後初癒之時。久居京城，難免產生思鄉之情，而屋梁上終日呢喃細語的燕子和隨風飄來的薔薇花香，給詩人帶來了生趣，掃除了作者心頭淡淡的鄉愁。

這首七絕語句樸素清麗，純用口語，但讀來自有一番韻味。

浯溪中興頌詩和張文潛❶

其一

五十年功❷如電掃，華清宮❸柳咸陽草❹。五坊供奉❺鬥雞❻兒，酒肉堆中不知老。胡兵忽自天上來❼，逆胡❽亦是奸雄才❾。勤政樓❿前走胡馬，珠翠踏盡香塵埃。何為出戰輒披靡⓫？傳置荔枝多馬死⓬。堯功舜德本如天，安用區區紀文字⓭。著碑銘德真陋哉，迺令神鬼磨山崖。子儀光弼⓮不自猜⓯，天心悔禍⓰人心開。夏商有鑒當深戒⓱，簡冊汗青⓲今俱在。君不見當時張說最多機，雖生已被姚崇賣⓳。

【注釋】❶浯溪中興頌詩和張文潛　凡二首，據黃盛璋《趙明誠李清照夫婦年譜》，此詩作於哲宗元符三年（西元一一〇〇年）。張文潛，張耒（西元一〇五四～一一一四年），字文潛，號柯山。「蘇門四學士」之一。自宋以來，歷代多以為〈浯溪中興頌〉詩為秦觀所作，而託名張耒。當時此詩輾轉流傳，李清照見後，寫詩和之。李清照此詩，蓋借古諷今之作。❷五十年功　唐玄宗先天元年（西元七一三年）繼位，至天寶十五載（西元七五六年）遜位，共在位四十三年。此舉其成數，唐人多習用之。❸華清宮　故址在今陝西臨潼驪山山麓。《唐會要》卷三〇：「開元十一年，十月五日，置溫泉宮於驪山。至天寶六載十月三日，改溫泉宮為華清宮。」❹咸陽草　唐劉滄〈咸陽懷古〉詩：「渭水故都秦二世，咸陽秋草漢諸陵。」❺五坊供奉　管理五坊的官員。五坊，唐代皇帝飼養獵鷹獵犬之官署，有官員執掌。《新唐書・百官志》二〈殿中省〉：「閑廄使押五坊，以供時狩：一曰雕坊，二曰鶻坊，三曰鷂坊，四曰鷹坊，五曰狗坊。侍御尚醫二人，正六品上；主事二人，從九品上。」❻鬥雞　此風自戰國起，唐時尤盛。唐陳鴻〈東城父老傳〉：「玄宗在藩邸時，樂民間清明節鬥雞戲。及即位，治雞坊於兩宮間，索長安雄雞金毫、鐵距、高冠、昂尾千數養於坊，選六軍小兒五百人，使馴擾教飼之。」❼胡兵句　指安祿山叛亂。安祿山本為唐營州柳城奚族人，初名軋犖山，母嫁突厥人安延偃，因改姓安，名祿山。唐玄宗天寶十四載（西元七五五年）冬，在范陽起兵，先後攻陷洛陽、長安，稱「雄武皇帝」，國號「燕」。後被其子安慶緒所殺。❽逆胡　指安祿山。❾奸雄才　指富於權詐、才足以欺世的野心家。❿勤政樓　即勤政務本樓。故址在今陝西西安興慶公園。《唐會要》卷三〇：「開元三年七月二十九日，以興慶里舊邸為興慶宮，後於西、南置樓，西面題曰花萼相輝之樓，南面題曰勤政務本之樓。」⓫披靡　原指草木隨風倒伏，常用以形容軍隊驚惶潰敗。⓬傳置句　《新唐書・楊貴妃傳》：「妃嗜荔支，必欲生致之，乃置騎傳送數千里，味未變，已至京師。」唐杜甫〈病橘〉詩：「憶昔南海使，奔騰獻荔支。百馬死山谷，到今耆舊悲。」⓭堯功二句　詩句寓譏諷之意。謂肅宗功德如果像堯舜，何必以文字歌頌。⓮子儀光弼　郭子儀（西元六九七～七八一年），華州人，唐玄宗時任朔方節度使，平定安史之亂，功居第一。累官至太尉、中書令，封汾陽郡王。李光弼（西元七〇八～七六四年），營州柳城人，契丹族。唐天寶末年，任河東節度使，平安史之亂，與郭子儀齊名。代宗寶應元年（西元七六二年），封臨淮郡王。二人新、舊《唐書》俱有傳。⓯不自猜　謂對朝廷深信不疑。⓰天心悔禍　此謂平定安史之亂乃天意改變，轉禍為福。《左傳・隱公十一年》：「天禍許國，鬼神實不逞於許君，而假手於我寡人……若寡人得沒於地，天其以禮悔禍於許，無寧茲許公復奉其社稷。」杜預注：「言天加禮於許而悔禍之。」⑰夏商句　《詩・大雅・蕩》：「殷鑒不遠，在夏后之世。」鄭《箋》：「此言殷之明鏡不遠也。近在夏后之世，謂湯誅桀也。」⑱簡冊汗青　指史冊。《後漢書・吳祐傳》：「(吳) 恢欲殺青簡以寫經書。」注：「殺青者，以火炙簡令汗，取其青易書，復不蠹，謂之殺青，亦謂之汗簡。」⑲君不見二句　唐鄭處誨《明皇雜錄》：「姚元崇與張說同為宰輔，頗疑阻，屢以其相侵，張銜之頗切。姚既病，誡諸子曰：『張丞相與我不協，釁隙甚深。然其人少懷奢侈，尤好服玩。吾身歿之後，以吾嘗同寮，當來弔。汝其盛陳吾平生服玩寶帶重器，羅列於帳前。若不顧，汝速計家事，舉族無類矣；目此，吾屬無所虞，便當錄其玩用，致於張公，仍以神道碑為請。既獲其文，登時便寫進，仍先礱石以待之，便令鐫刻。張丞相見事遲於我，數日之後當悔。若卻徵碑文，以刊削為辭，當引使視其鐫刻，仍告以聞上。』訖姚既歿，張果至，目其玩服三四。姚氏諸孤，悉如教誡。不數日文成，敘述該詳，時為極筆。其略曰：『八柱承天，高明之位列；四時成歲，亭毒之功存。』後數日，張果使使取文本，以為詞未周密，欲重為刪改。姚氏諸子，仍引使者視其碑，乃告以奏御。使者復命，悔恨拊膺，曰：『死姚崇猶能算生張說，吾今知才之不及也遠矣！』」張說、姚崇，俱為唐代名相，新、舊《唐書》均有傳。

【語　譯】五十年的功業如雷霆橫掃，華清宮的柳樹與咸陽的秋草也都知道。五坊供奉和鬥雞小兒，酒肉堆中不知人之將老。胡兵忽如來自天上，叛亂的安祿山亦是奸雄之才。勤政樓前盡是奔走的胡馬，珍珠翡翠被踐踏化作塵埃。為何唐軍出戰就潰敗？你可知當年傳遞荔枝馬多累死。如堯舜一樣的功德原本如天，何用那區區紀功文字。撰寫碑文鐫刻功德真正淺陋，只是讓神鬼空自鑿磨山崖。郭子儀李光弼對朝廷忠心不二，天意佑唐悔令祿山作禍，平定叛亂人心大開。夏桀覆亡殷鑒不遠理當深戒，史書的記載現今歷歷俱在。君不見當時張說最多才智機巧，雖然活著卻被死去的姚崇所欺弄。

【賞析】開元天寶年間，是唐代歷史上著名的「盛世」，但唐玄宗後期窮兵黷武、奢靡荒淫，卻為唐王朝由盛轉衰埋下了隱憂，並最終導致安史之亂的爆發，整個社會發生了急劇的變化。唐肅宗靈武即位後，唐軍經艱苦作戰，平定了安史之亂，但唐王朝卻再也無法恢復昔日的盛唐氣象。

李清照此詩，即以這樣的歷史背景著筆。此詩可分兩部分，詩的前十句，寫開元盛世至安史之亂爆發。「五十年功如電掃，華清宮柳咸陽草」，是對開元天寶盛世的概述；「五坊供奉鬥雞兒，酒肉堆中不知老」，突出表現了唐代統治者的驕奢淫逸，也暗寓了安史之亂發生的原因。而一旦亂起，唐軍「戰輒披靡」，一敗塗地，導致「勤政樓前走胡馬，珠翠踏盡香塵埃」的局面。

詩的後半部分，記肅宗即位後平定安史之亂，「中興頌碑」記述肅宗平亂之功，但在李清照看來，卻是「堯功舜德本如天，安用區區紀文字」，這樣的歌功頌德，「著碑銘德真陋哉，迺令神鬼磨山崖」。「夏商有鑒當深戒，簡冊汗青今俱在。君不見當時張說最多機，雖生已被姚崇賣」四句，要宋代統治者接受歷史教訓，更不要處處自以為是，免蹈覆轍，反映出李清照的歷史眼光。

其二

君不見驚人廢興傳天寶❶，中興碑上今生草。不知負國有奸雄❷，
但說成功尊國老❸。誰令妃子天上來，虢秦韓國皆天才❹。花桑羯鼓❺玉
方響❻，春風不敢生塵埃❼。姓名誰復知安史，健兒猛將安眠死。去天❽

尺五抱甕峰❾，峰頭鑿出開元字。時移勢去真可哀，奸人心醜深如崖❿。西蜀萬里尚能反⓫，南內⓬一閉何時開？可憐孝德如天⓭大，反使將軍⓮稱好在⓯。嗚呼，奴婢乃不能道輔國⓰用事張后⓱尊，乃能念春薺⓲長安作斤賣。

【注　釋】❶君不見句　在天寶年間，唐代由極盛而爆發安史之亂，故曰「驚人廢興」。天寶，唐玄宗年號（西元七四三～七五七年）。❷負國有奸雄　指李林甫、楊國忠之流。《舊唐書・玄宗紀》下：「獻可替否，靡聞姚（崇）宋（璟）之言，妬賢害功，但有甫忠之奏。豪猾因茲而睥睨，明哲於是乎卷懷，故祿山之徒，得行其偽。」❸國老　原指致仕之卿大夫。此指平定安史之亂有功的郭子儀、李光弼。❹誰令妃子天上來二句　指楊貴妃及其三個姐姐。《新唐書・楊貴妃傳》：「有姊三人，皆有才貌，玄宗並封國夫人之號。大姨封韓國，三姨封虢國，八姨封秦國，並承恩澤。出入宮掖，勢傾天下。」❺花桑羯鼓　唐南卓《羯鼓錄》：「羯鼓出外夷，以戎羯之鼓，故曰羯鼓。」花桑，用桑木製成，形如漆桶。❻方響　古打擊樂器。創自梁代，其聲清濁不等。隋唐時燕樂常用之。唐白居易〈偶飲〉詩：「千聲方響敲相續，一曲〈雲和〉戛未終。」❼春風句　形容樂聲清潤。❽去天　極言山峰之高。漢辛氏《三秦記》：「城南韋杜，去天尺五。」❾抱甕峰　疑即甕肚峰。唐鄭綮《開天傳信記》：「華岳雲臺觀中方之上，有山崛起半甕之狀，名曰甕肚峰。上（玄宗）賞望，嘉其高迴，欲於峰腹大鑿『開元』二字，填以白石，令百餘里望見。諫官上言，乃止。」❿奸人句　謂李林甫心機極深。《新唐書・李林甫傳》：「（林甫）性陰密，忍誅殺，不見喜怒。面柔令，初若可親，既崖穽深阻，卒不可得也。」奸人，指李林甫。⓫西蜀句　舊題唐李濬《松窗雜錄》載：「玄宗幸東都……謂一行曰：『吾甲子得終無恙乎？』一行進曰：『陛下行幸萬里，聖祚無疆。』及西行，初至成都，前望大橋。上舉鞭問左右曰：『是橋何名？』節度使崔圓躍馬而進曰：『萬里橋。』上因廹嘆曰：『一行之言，今果符之，吾無憂矣。』」反，通「返」。⓬南內　即興慶宮。西南隅有花萼樓、勤政樓，在東內之南，因稱南內。玄宗自西蜀回，被肅宗寵幸之宦官李輔國幽禁於南內。唐白居易〈長恨歌〉「西宮南內多秋草，落葉滿階紅不掃」亦指此。⓭孝德如天　指唐玄宗。玄宗以孝聞，《舊唐書・玄宗紀》云：「曾參、孝己，足以擬倫。」謂玄宗之孝，足堪比歷史上著名的大孝曾參、孝己。⓮將軍　指高力士。唐玄宗天寶七載（西元七四八年），加驃騎大將軍。⓯稱好在　事見《資治通鑑》卷二二一，唐肅宗上元元年（西元七六〇年）：「上皇（玄宗）愛興慶宮，自蜀歸，即居之……秋七月丁未，輔國矯稱上（肅宗）語，迎上皇遊西內，至睿武門，輔國將射生五百騎，露刃遮道，奏曰：『皇帝以興慶宮湫隘，迎上皇遷居大內。』上皇驚，幾墜。高力士曰：『李輔國何得無禮！』叱令下馬。輔國不得已而下。力士因宣上皇語曰：『諸將士各好在！』將士皆納刃，再拜，呼萬歲。」胡三省注：「好在，猶今人言好生，言不得以兵干乘輿也。」⓰輔國　李輔國。唐肅宗時宦官，深受寵信。因擁立肅宗功，任兵部尚書，頗擅權。與張皇后（良娣）互為表裡，譖殺建寧王李倓，幽禁太上皇玄宗，並求為宰相，未得。後與程元振合謀，殺死張皇后，肅宗驚死，乃擁立代宗，被尊為尚父，政無巨細，皆委參決。代宗惡其驕橫，但念擁立功，又掌禁軍，只得先奪其權，後遣人刺殺之。⓱張后　即張良娣。肅宗為忠王時，納為良娣。安祿山反，說肅宗趨靈武，由是得寵，後被立為皇后。與宦官李輔國勾結，專權用事。譖殺建寧王李倓，幽禁太上皇玄宗，謀廢太子李豫，肅宗不能制。後與李輔國爭權。肅宗病危，謀立越王李係，為李輔國、程元振所殺。⓲春薺　唐郭湜《高力士外傳》謂高力士於上元元年九月被除名，長流巫州，「於園中見薺菜，土人不解吃，便賦詩曰：『兩京稱斤買，五溪無人採。夷夏雖有殊，氣味應不改。』使拾之為羹，甚美。」

【語　譯】君不見驚人的廢立興替流傳在天寶年間，中興碑上如今早生荒草。人們不知有辜負國恩的李林甫、楊國忠之流的奸雄，只傳說功成名就的郭子儀、李光弼這樣的國老。誰使楊貴妃從天上來到人間，虢國、秦國、韓國夫人皆是絕色天才。擊打花桑羯鼓玉方響，樂聲清越連春風也不敢生塵埃。叛軍失敗他們的姓名誰還能記得，征討叛軍的健兒猛將長眠地下為國而死。那離天咫尺的抱甕峰，曾想要在峰頭上鑿出開元二字。時光轉移權勢已去真是可哀，李林甫之流的奸人內心醜陋心機深如百丈懸崖。玄宗逃奔西蜀即便有萬里之遙尚能回返，但被幽禁在南內宮，緊閉的宮門何時才能重開？可憐玄宗孝德有如天大，到頭來反而要讓高力士去宣稱「好在」。啊，高力士不能評說李輔國擅權用事張皇后尊貴，卻還能念及長安城中春薺論斤賣。

【賞　析】假如說第一首詩李清照有感於安史之亂而對時政暗寓譏諷的話，那麼，這首詩則矛頭直指唐代統治者。詩的前半部分抨擊了李林甫、楊國忠之流的「奸雄」專權誤國；唐玄宗寵幸楊貴妃及虢、秦、韓國夫人荒淫享樂，導致了安史之亂的爆發，以致「健兒猛將安眠死」。詩的後半部分描述安史亂後唐玄宗的遭遇。「西蜀萬里尚能反，南內一閉何時開」，由於李輔國、張皇后弄權，玄宗被幽禁於興慶宮，「可憐孝德如天大，反使將軍稱好在」，落得個孤家寡人的下場。不僅唐玄宗的遭遇如此，連玄宗的親信高力士也未能幸免，他被除名流放，「不能道輔國用事張后尊，乃能念春薺長安作斤賣」，從中，多少表現出李清照對玄宗晚年處境的同情。在這首不長的詩中，反映了唐代安史之亂爆發前後唐代社會的種種怪象，它的容量是相當豐富的。

這兩首詩是歌行體詩歌，兩詩都是四句一換韻，全詩節奏明快，讀來琅琅上口，顯示出李清照的詩才。

分得知字❶

學語三十年，緘口不求知❷。誰遣好奇士❸，相逢說項斯❹？

【注　釋】❶分得知字　古時數人相約賦詩，選定數字為韻，各人拈一字，依所拈之韻賦詩，叫做分韻。此指李清照分得「知」字，以此為韻作詩。❷學語三十年二句　李清照生於神宗元豐七年（西元一〇八四年），至徽宗政和三年（西元一一一三年），正好三十歲。其時李清照正屏居青州鄉里。此詩當為閨中與姐妹或女友分韻作詩時作。緘口，閉口不語，指慎言。《孔子家語》八〈觀周〉：「孔子觀周，遂入太祖后稷之廟。廟堂右階之前，有金人焉，三緘其口而銘其背曰：『古之慎言人也。』」❸好奇士　李清照少負詩名，為人推許。宋王灼《碧雞漫志》卷二：「（清照）自少年即有詩名，才力華贍，逼近前輩。」又宋朱弁《風月堂詩話》卷上：「（清照）善屬文，於詩尤工，晁无咎多對士大夫稱之。」好奇士，當指晁无咎（補之）等人。❹項斯　字子遷，唐臺州臨海（今屬浙江）人。早年隱居杭州徑山朝陽峰，後為州郡幕僚。作詩初未知名，後受楊敬之賞識。楊敬之曾贈詩給他：「處處見詩詩總好，及觀標格過於時。平生不解藏人善，到處逢人說項斯。」項斯由此知名，科舉登高第。

【語　譯】學語至今已經三十年，三緘其口而不求人知。是誰差遣那些好奇之士，相逢之時紛紛評說項斯？

【賞　析】從詩的內容看，此詩當作於徽宗政和年間。

李清照少負才名，詩詞文俱佳，因而為當時所推許。但在詩中，李清照卻自稱「學語三十年」，絲毫沒有恃才傲物的態度，更讓人感慨的是她「緘口不求知」，不求聞達。但是，是金子總會發光的，她的才華，受到了當時士大夫的稱讚，面對這樣的情況，詩人坦然面對，發出了「誰遣好奇士，相逢說項斯」的嘆喟。在這兩句詩中，詩人還巧妙地運用了一個典故：楊敬之稱讚項斯的詩，後來用作為人說好話之典——「說項」，李清照此典用得貼切而不露痕跡，尤見功力。在這短短的四句詩中，我們可以看到才華橫溢的詩人表現出一種平和、灑脫的氣度。

感懷

宣和辛丑❶八月十日到萊，獨坐一室，平生所見，皆不在目前。几上有《禮韻》❷，因信手開之，約以所開為韻作詩。偶得「子」字，因以為韻，作〈感懷〉詩云。

寒窗敗几❸無書史，公路❹可憐合至此。青州從事❺孔方君❻，終日紛紛喜生事。作詩謝絕聊閉門，燕寢❼凝香有佳思。靜中我乃得至交，烏有先生子虛子❽。

【注　釋】❶宣和辛丑　宋徽宗宣和三年（西元一一二一年）。是年趙明誠起知萊州。李清照隨趙明誠到萊州任上，因有「到萊」之語。❷禮韻　《禮部韻略》。《四庫全書總目》卷四二〈經部・小學類〉三：「《禮部韻略》，舊本不題撰人，晁公武《讀書志》云丁度撰。今考所併舊韻十三部，與度所作《集韻》合，當出度手。」❸寒窗敗几　時趙明誠初到任上，日常用具均未準備，故有此語。❹公路　袁術，字公路。《三國志》本傳裴松之注引《吳書》云：「術既為雷薄等所拒，留住三日，士眾絕糧，乃還至江亭，去壽春八十里。問廚下，尚有麥屑三十斛。時盛暑，欲得蜜漿又無蜜。坐櫺床上，歎息良久，乃大咤曰：『袁術至於此乎！』因頓伏床下，嘔血斗餘，遂死。」此用袁術故事喻初到萊州之窘境。❺青州從事　指酒。《世說新語・術解》：「桓公有主簿，善別酒，有酒輒令先嘗。好者謂青州從事，惡者謂平原督郵。」❻孔方君　即孔方兄，指錢。因銅錢中有方孔，故稱。《晉書・魯褒傳・錢神論》：「親之如兄，字曰孔方。」宋黃庭堅〈戲呈孔毅父〉詩：「管城子無食肉相，孔方兄有絕交書。」❼燕寢　本指帝王正寢之外的寢宮。《周禮・天官・女御》：「掌御敘於王之燕寢。」後轉義為郡齋。此指萊州公廨。❽靜中二句　極言獨居一室之寂寞。烏有先生、子虛子，實無其人，乃漢代司馬相如賦中虛構的人物。

【語　譯】宣和三年八月十日，隨丈夫到達萊州任上，獨自坐在一間屋中，我平時所見的金石字畫以及書籍，都不在眼前。几案之上有《禮部韻略》一書，於是信手打開，自己規定以打開翻到的字為韻作詩，偶然中翻到「子」字，因而以此為韻，作了一首〈感懷〉詩。

寒窗之下案几之上沒有書畫史冊，我就如袁公路一樣可憐合該至此。那青州從事和孔方兄，終日裡紛紛擾擾喜歡生事。我暫且閉門謝絕來客，作詩消遣，公廨中香氣凝結漸有佳思。寂靜中我得到了好友至交，原來是烏有先生和子虛子。

【賞析】宣和三年，李清照隨丈夫趙明誠到萊州任上不久，寫下此詩。

「寒窗敗几無書史，公路可憐合至此」，起首兩句，詩人渲染了初到萊州時的窘境：剛到一地，家徒四壁，日常生活所需一無所有。雖然丈夫在閒居數年後被重新起用，但卻仍讓人感到頗有些許淒涼之感。在寂寞中，詩人有時不免借酒銷愁，又以作詩來消磨時光，「作詩謝絕聊閉門，燕寢凝香有佳思」，詩人閉門謝客，在公廨中冥思苦想，漸漸有了滿意的佳句。但詩人畢竟是初到萊州，人地生疏，只能將自己的情感寄託在詩中，與詩中的「至交」交流。然而，他們卻只是烏有先生和子虛子這類虛幻的朋友，向他們傾訴心曲，實在是出於無奈。由此，我們能看到詩人當時孤寂落寞的心緒。

曉　夢❶

曉夢隨疏鐘，飄然躡雲霞。因緣安期生❷，邂逅萼綠華❸。秋風正
無賴❹，吹盡玉井❺花。共看藕如船❻，同食棗如瓜❼。翩翩座上客，意
妙語亦佳。嘲辭鬥詭辯，活火分新茶。雖非助帝功，其樂莫可涯❽。人
生能如此，何必歸故家？起來斂衣❾坐，掩耳厭喧嘩。心知不可見，念
念猶咨嗟。

【注　釋】❶曉夢　此詩當作於徽宗宣和三年（西元一一二一年），隨趙明誠在萊州任上。❷安期生　傳說中的人物。漢劉向《列仙傳》：「安期先生者，瑯琊阜鄉人也。賣藥於東海邊，時人皆言千歲翁。秦始皇東遊，請見，與語三日三夜，賜金璧，度數千萬。出於阜鄉亭，皆置去，留書，以赤玉舄一雙為報，曰：『後數年，求我於蓬萊山。』始皇即遣徐市、盧生等數百人入海。未至蓬萊山，輒逢風浪而還。立祠阜鄉亭海邊十數處云。」❸萼綠華　傳說中仙女。南朝梁陶弘景《真誥運象》：「萼綠華者，自云是南山人，不知何山也。女子，年可二十上下，青衣，顏色絕整。以升平三年十一月十日夜降羊權。自此往來，一月之中，輒六來過耳。云本姓羅。贈權詩一首，并致火浣布手巾一枚，金玉條脫各一枚。條脫似指環而大，異常精好。神女語權：『君慎勿泄我，泄我則彼此獲罪。』訪問此人，云是九嶷山中得道女羅郁也。……今在湘東山，此女已九百歲矣。」❹無賴　無奈；無可如何。❺玉井　井之美稱。❻藕如船　語本唐韓愈〈古意〉詩：「太華峰頭玉井蓮，開花十丈藕如船。」❼棗如瓜　安期生所食大如瓜之棗。《史記・封禪書》：「李少君曰：『君嘗遊海上，見安期生。安期生食巨棗，大如瓜。安期生，仙者，居蓬萊，合則見人，不合則隱。』」❽翩翩座上客六句　化用東方朔故事。東方朔事漢武帝，以嘲辭詭辯得幸。《漢書・東方朔傳》云：「朔雖詼笑，然時觀察顏色，直言切諫，上常用之。」又云：「上以朔口諧辭給，好作問之。嘗問朔曰：『先生視朕何如主也？』朔對曰：『唐虞之隆，成康之際，未足以論當世……』上乃大笑。」活火分茶，見〈山花子〉詞（病起蕭蕭兩鬢華）注❹。❾斂衣　整理衣襟。

【語　譯】拂曉做了一夢，夢中隨著疏落的晨鐘，飄飄然登上了雲霞。有緣遇上了安期生，還邂逅了萼綠華。颯颯秋風令人無奈，任它吹盡了井欄旁的黃花。我和他們共看蓮藕如船，同食如瓜的巨棗。座上風度翩翩的來客，辭意高妙語言亦佳。嘲謔的言辭針對種種詭辯，圍爐敘談共分新茶。如此雖然不能為帝王立功，但其樂融融無邊無涯。人生能夠瀟灑如此，又何必要回到故家？夢中醒來整衣端坐，掩耳厭聽戶外嘈雜喧嘩。心知夢境人間無法可見，但念念不忘尚留慨嘆咨嗟。

【賞析】〈曉夢〉詩與前一首詩一樣，作於萊州，時當宣和三年。

詩題〈曉夢〉，點明了是記夢之作。夢是可以超越現實的。你看，在夢中，詩人飄然登上雲霞，邂逅了傳說中的仙人安期生、萼綠華，與他們「共看藕如船，同食棗如瓜」。而座中客人風度翩翩，辭意高妙，相互辯駁詰難，又圍爐飲茶，融洽和暢，其樂無涯，由此引發了詩人「人生能如此，何必歸故家」的感慨。但夢境畢竟不能代替現實，一覺醒來，詩人面對的仍是「嘈雜喧嘩」的人間，讓人感到是如此的無可奈何。這首詩與前詩反映的情感相同，表現的也是落寞孤寂的心境，只是詩人巧妙地用夢境來寫：「秋風正無賴，吹盡玉井花」，「心知不可見，念念猶咨嗟」，正顯現了詩人當時的心情。

詠史❶

兩漢本繼紹❷，新室❸如贅疣❹。所以嵇中散，至死薄殷周❺。

【注釋】❶詠史　此詩當作於高宗建炎四年（西元一一三〇年）九月。時劉豫在金人的扶持下，即皇帝位，國號「大齊」。李清照激於義憤，作詩斥之。❷兩漢句　歷史上，認為東漢繼西漢而起，係西漢之正統。李清照亦持這一觀點，以南宋為北宋之正統。❸新室　西漢末年，王莽篡漢，定國號曰新，自稱「新室」，即新朝也。❹贅疣　肉瘤，比喻多餘無用之物。李清照以新莽喻指偽齊。❺所以嵇中散二句　嵇中散，嵇康（西元二二三～二六二年），字叔夜。少孤，為魏宗室婿，仕魏為中散大夫，因稱。時司馬氏掌朝政，選曹郎山濤舉康自代，嵇康作〈與山巨源絕交書〉云：「又每非湯武而薄周孔。」唐李善《文選》注引《魏氏春秋》曰：「康答書拒絕，因自說不堪流俗，而非薄湯武。大將軍聞而惡焉。」商湯伐夏桀而得天下，周武王伐殷紂而得天下，嵇康反對司馬氏欲去魏自代，因而借「非湯武而薄周孔」來表明自己的態度。此李清照借以指斥劉豫。

【語　譯】東漢原本就是繼承西漢的帝業，篡位的新莽猶如身上的贅疣。所以魏國的嵇康，至死都鄙薄取代夏代的商湯和取代殷紂的周武王。

【賞　析】宋高宗建炎四年，劉豫在金人的扶持下，當上了偽齊的「皇帝」，消息傳來，李清照義憤填膺，寫下了這首詩。

這首短小的絕句，包涵了相當深廣的內容。全詩用歷史典故來表現現實。在李清照看來，南宋朝廷是北宋的正統，而偽齊政權，猶如西漢末年篡位的新莽，如人體的「贅疣」，是非法的，理應被拋棄。詩人進一步借用嵇康「非湯武而薄周孔」的話，來表現她對偽齊的鄙視。歷史上的商湯伐夏桀、周武王伐商紂，一向被看作是正義的戰爭，而嵇康卻借此指斥欲篡位自代的司馬氏集團，李清照也正是借此來抒發心中的憤激。

言為心聲。面對國破家亡、舉步維艱的時局，李清照表達了她堅定的愛國之心，令人欽佩。宋朱熹曾說：「本朝婦人能文，只有李易安與魏夫人。李有詩，大略云『兩漢本繼紹，新室如贅疣』云云。……如此等語，豈女子所能。」（《朱子語類》卷一百四十）表達了他對李清照及這首詩的讚賞。

偶成❶

十五年前花月底，相從曾賦賞花詩。今看花月渾相似，安得情懷似昔時❷？

【注釋】❶偶成　此詩從內容看，似當作於高宗建炎三年（元一一二九年）八月趙明誠卒後。「十五年前」，約在徽宗政和年間，時李清照夫婦正屏居青州。❷今看二句　意境頗似唐劉希夷〈代悲白頭翁〉：「年年歲歲花相似，歲歲年年人不同。」及李清照〈南歌子〉：「舊時天氣舊時衣，只有情懷不似舊家時。」語意真切而沉痛。

【語　譯】十五年前的花前月下，夫婦相隨曾經賦有賞花之詩。今日的花月景色與當年渾然相似，但怎能有情懷還似從前？

【賞　析】趙明誠、李清照夫婦志趣相投，感情深厚。趙明誠的去世，在李清照心中留下了無法抹去的傷痛。李清照獨自一人賞花觀月，觸景生情，寫下了這首詩。

「十五年前花月底，相從曾賦賞花詩」，賞花觀月，本是賞心悅目之事，但李清照眼前卻浮現出十五年前夫婦相隨於花前月下，淺吟低唱，共賦賞花之詩的情景。而今卻物是人非，天人睽隔，「今看花月渾相似，安得情懷似昔時」，雖然花月相似，但內心的情懷卻迥異於昔時。在平靜的敘述中，流露的卻是極為沉痛的內心感受。

此詩純用口語寫成，似在敘家常，向人娓娓道來。細細品讀此詩，能體會到李清照對丈夫深切的懷念之情，並對她當時的處境和心情產生由衷的同情。

上樞密韓公工部尚書胡公❶ 并序

紹興癸丑五月，樞密韓公、工部尚書胡公使虜，通兩宮❷也。有易安室者，父祖皆出韓公門下❸，今家世淪替❹，子姓寒微，不敢望公之車塵❺。又貧病，但神明❻未衰落，見此大號令，不能忘言，作古、律詩各一章，以寄區區之意，以待採詩❼者云。

其一

三年夏六月，天子視朝久。凝旒❽望南雲❾，垂衣思北狩❿。如聞帝
若曰，岳牧與群后⓫。賢寧無半千⓬？運已遇陽九⓭。勿勒燕然銘⓮，勿
種金城柳⓯。豈無純孝⓰臣，識此霜露悲⓱？何必羹捨肉，便可車載脂⓲。

土地非所惜，玉帛如塵泥[19]。誰當可將命[20]？幣厚辭益卑。四岳[21]僉曰[22]俞[23]，臣下帝所知。中朝第一人[24]，春官有昌黎[25]。身為百夫特[26]，行足萬人師。嘉祐[27]與建中[28]，為政有皐夔[29]。匈奴畏王商[30]，吐蕃尊子儀[31]。夷狄已破膽，將命公所宜。公拜手稽首[32]，受命白玉墀[33]。曰臣敢辭難，此亦何等時！家人安足謀，妻子不必辭。願奉天地靈，願奉宗廟威。徑持紫泥詔[34]，直入黃龍城[35]。單于定稽顙，侍子[36]當來迎。仁君方恃信，狂生休請纓[37]。或取犬馬血，與結天日盟[38]。

胡公清德人所難[39]，謀同德協必志安。脫衣已被漢恩暖[40]，離歌不道易水寒[41]。皇天久陰后土溼，雨勢未回風勢急[42]。車聲轔轔馬蕭蕭[43]，壯士懦夫俱感泣。閭閻嫠婦[44]亦何知，瀝血投書干記室[45]。夷虜從來性虎狼，不虞預備[46]庸何傷。衷甲昔時聞楚幕[47]，乘城前日記平涼[48]。葵丘[49]踐土[50]非荒城，勿輕談士棄儒生。露布詞成馬猶倚[51]，崤函關出雞未鳴[52]。巧匠何曾棄樗櫟[53]，芻蕘之言[54]或有益。不乞隋珠與和璧[55]，只乞鄉關新消息。靈光56雖在應蕭蕭，草中翁仲57今何若？遺氓58豈尚種桑麻，殘虜如聞保城郭。嫠家父祖生齊魯，位下名高人比數59。當年稷下縱談時，猶記人揮汗成雨60。子孫南渡今幾年，飄流遂與流人伍。欲將血淚寄山河，去灑東山61一抔土62。

【注　釋】❶上樞密韓公工部尚書胡公　此詩作於宋高宗紹興三年癸丑（西元一一三三年）。《建炎以來繫年要錄》卷六五，紹興三年五月：「丁卯，尚書吏部侍郎韓肖胄為端明殿學士、同簽書樞密院事，充大金軍前奉表通問使；給事中胡松年試工部尚書，充副使。」又卷六六：「（六月）丁亥，同簽書樞密院事韓肖胄、工部侍郎胡松年入辭。」《要錄》稱胡為「工部侍郎」，指實銜，易安稱「工部尚書」乃榮銜，蓋尊之也。韓肖胄、胡松年《宋史》卷三七九有傳。❷兩宮　指徽宗、欽宗兩帝，時被金人擄至五國城（今黑龍江伊蘭一帶）。❸父祖句　李清照祖父及父親李格非俱出韓琦門下，有聲於齊魯。此韓公指韓琦。韓琦為韓肖胄曾祖，歷仕仁宗、英宗、神宗三朝。❹淪替　衰落。❺不敢句　即望塵莫及，意為地位懸殊。後用作敬詞，表示自己遠遠落後。❻神明　精神、理智。《莊子・齊物論》：「勞神明為一，而不知其同也。」❼採詩　搜集民歌。古時有採詩之舉，以觀民間風俗。❽凝旒　形容皇帝端坐凝視。旒，天子冠冕前後懸垂的玉串，端坐時凝然不動。❾望南雲　指思親。晉陸機〈思親賦〉：「指南雲以寄欽，望歸風而效誠。」❿垂衣句　《易・繫辭下》：「黃帝、堯、舜垂衣裳而天下治，蓋取諸乾坤。」多稱頌帝王無為而治。此指宋高宗。思北狩，謂思念被擄北去的徽、欽二帝。此處「北狩」為被俘的婉稱。⓫岳牧句　相傳堯舜時有四岳、十二州牧，分管政務和方國諸侯。群后，諸侯。此指群臣。⓬賢寧句　此句謂眾臣之中豈無賢如員半千者。《新唐書・員半千傳》：「半千始名餘慶……長與何彥光同事王義方，以邁秀見賞。義方常曰：『五百載一賢者生，子宜當之。』因改今名……俄舉岳牧。」⑬陽九　指厄運。《漢書・律曆志》上：「《易九戹》曰：初入元百六陽九。」注引孟康曰：「所謂陽九之戹，百六之會者也。」術數家以四千六百一十七歲為一元，初入元一百零六歲，內有旱災九年，謂之「陽九」。⑭燕然銘　《後漢書・竇憲傳》：「竇憲、耿秉與北單于戰於稽落山，大破之。虜眾奔潰，單于遁走……憲、秉遂登燕然山，出塞三千餘里，刻石勒功，紀漢威德，令班固作銘。」燕然山，即今蒙古杭愛山。⑮金城柳　《世說新語・言語》：「桓公（溫）北征，經金城，見前為琅琊時種柳，皆已十圍，慨然曰：『木猶如此，人何以堪！』攀枝執條，泫然流淚。」桓溫北伐，在太和四年。以上兩句反映了南宋朝廷的主和傾向。⑯純孝　至孝。《宋史・韓肖胄傳》謂韓肖胄「事母以孝聞」，故李清照以純孝稱之。⑰霜露悲　謂悽愴之情。《禮記・祭義》：「霜露既降，君子履之，必有悽愴之心，非其寒之謂也。」⑱何必二句　謂勿以老母為念，受命即行。羹捨肉，《左傳・隱公元年》：「潁考叔為潁谷封人，聞之，有獻於（鄭莊）公。公賜之食，食舍肉。公問之，對曰：『小人有母，皆嘗小人之食矣，未嘗君之羹，請以遺之。』」車載脂，車軸上以油脂潤滑，以利速行。《詩・邶風・泉水》：「載脂載舝，還車言邁。」《集傳》：「脂，以脂膏塗其舝，使滑澤也。舝，車軸也。」案，《建炎以來繫年要錄》卷六六：「肖胄母文安郡太夫人文氏，聞肖胄當行，為言：『韓氏世為社稷臣，汝當受命即行，勿以老母為念。』帝稱為賢母，封榮國夫人。」以上二句櫽括其意。⑲土地二句　南宋朝廷要韓肖胄對金讓步求和。⑳將命　傳遞主客之間的話語。㉑四岳　同「四嶽」。《詩・大雅・崧高》：「崧高維嶽。」《箋》：「四嶽，卿士之官，掌四時者也，因主方嶽巡狩之事。」㉒僉曰　皆曰。㉓俞　允許；允諾。㉔中朝句　將韓肖胄比作南宋朝廷第一人。此化用宋蘇軾〈送子由使契丹〉詩句意：「單于若問君家事，莫道中朝第一人。」㉕春官句　春官，《周禮・春官・宗伯》：「乃立春官宗伯，使帥其屬，而掌邦禮，以佐王和邦國。」唐代光宅年間，曾改禮部為春官，後世遂作禮部的代稱。《新唐書・韓愈傳》，韓愈卒贈禮部尚書，詩即指此。昌黎，韓愈據先世郡望自稱昌黎（故址在今北京通縣東）人。韓肖胄亦姓韓，因有此類比。㉖百夫特　指傑出人物。《詩・秦風・黃鳥》：

「維此奄息，百夫之特。」鄭《箋》：「百夫之中最雄俊也。」㉗嘉祐　宋仁宗年號（西元一〇五六～一〇六三年），時肖胄祖父韓琦為相。㉘建中　建中靖國（西元一一〇一年），宋徽宗年號，時肖胄祖父韓忠彥為相。㉙皋夔　皋，即皋陶，舜時獄官。夔，舜時樂官。相傳皋、夔為舜時賢臣，此處借指韓琦、韓忠彥。㉚匈奴句　王商，漢蠡吾人，字子威。成帝時為丞相，有威重。《漢書・王商傳》云：「（王商）長八尺有餘，身體鴻大，容貌甚過絕人。河平四年，單于來朝，引見白虎殿。丞相商坐未央殿中，單于前，拜謁商。商起，離席與言。單于仰視商貌，大畏之，遷延卻退。天子聞而嘆曰：此真漢相矣！」㉛吐蕃句　郭子儀，唐華州鄭縣人。長六尺餘，體貌秀傑。平安史之亂有功，代宗時為尚書令。永泰元年（西元七六五年）八月，党項族首領僕固懷恩誘吐蕃、回紇、羌、渾等三十餘萬南下，京師震恐，天子下詔親征。是時，急召子儀自河中至，屯於涇陽，而虜騎已合。子儀以數十騎徐出，免冑而勞之，「回紇皆捨兵下馬齊拜曰：『果吾父也！』」見《舊唐書・郭子儀傳》。詩言吐蕃，係誤記。韓琦及忠彥，貌皆英偉，為北人所敬畏。《宋史・韓琦傳》云韓琦「在魏都久，遼使每過，移牒必書名，曰：『以韓公在此故也。』」忠彥使遼，遼主問知其貌類父，即命工圖之。」詩中以王商、郭子儀比韓琦父子。㉜稽首　古代跪拜禮，以頭至地，是最高禮節。㉝白玉墀　借指宮殿。墀，臺階上的平地。㉞紫泥詔　用紫泥所封之詔書。㉟黃龍城　金之首都，在今吉林農安。㊱侍子　諸侯或屬國王遣子入侍皇帝，稱侍子。《後漢書・光武帝紀下》：「鄯善王、車師王等十六國遣子入侍奉獻……帝以中國初定，未遑外事，乃還其侍子，厚加賞賜。」此指金太子。㊲狂生句　此謂勿對金人作戰。狂生，膽大妄為之人。請纓，主動要求從軍擊敵。《漢書・終軍傳》：「南越與漢和親，乃遣軍使越南，說其王，欲令入朝，比內諸侯。軍自請願受長纓，必羈南越王而致之闕下。」㊳或取二句　謂與金人歃血盟誓。《戰國策・魏策一》：「刑白馬以盟於洹水之上，以相堅也。」天日盟，指天日以為盟。《三國志・吳書・胡綜傳》：「款心赤實，天日是鑒。」以上四句謂朝廷以為當時不必出兵抗金，而應簽訂和約。可參看本詩注⑲。此係李清照轉述韓肖胄之言。㊴胡公句　謂胡松年之德望難能可貴。《宋史・胡松年傳》：「方秦檜秉政，天下識與不識，率以疑忌置之死地，故士大夫無不曲意阿附為自安計。松年獨鄙之，至死不通一書，世以此高之。」㊵脫衣句　謂深受國恩。脫衣，即解衣。《史記・淮陰侯列傳》：「漢王授我上將軍印，予我數萬眾，解衣衣我，推食食我，言聽計用，故吾得以至於此。」亦同《宋史・韓肖冑傳》記其母語「汝家世受國恩」之意。㊶離歌句　《戰國策・燕策三》載，戰國末年，燕太子丹使荊軻入秦刺秦王，太子與賓客皆白衣冠送之，至易水餞別，高漸離擊筑，荊軻和而歌曰：「風蕭蕭兮易水寒，壯士一去兮不復還。」㊷皇天二句　以天陰地溼，風狂雨驟，形容局勢之險惡。㊸車聲句　借用唐杜甫〈兵車行〉句意：「車轔轔，馬蕭蕭，行人弓箭各在腰。」此狀韓肖冑、胡松年出發情景。㊹閭閻嫠婦　此為李清照自稱。閭閻，本指百姓居住之處，此指民間。嫠婦，寡婦。㊺記室　相當今日的祕書。宋朝諸王府設此職，名「記室參軍」。㊻不虞預備　謂提高警惕。不虞，沒有料到。㊼衷甲句　衣內著鎧甲。《左傳・襄公二十七年》：「辛巳，將盟於宋西門之外，楚人衷甲。」注：「甲在衣中。」㊽乘城句　乘城，登城，即堅守城池。《史記・高祖本紀》：「宛，大郡之都也，連城數十，人民眾，積蓄多，吏人自以為降必死，故皆堅守乘城。」《索引》：「李奇曰：乘，守也。韋昭曰：乘，登也。」平涼，在今甘肅。唐德宗貞元三年（西元七八七年）閏四月，唐與吐蕃在此設壇會盟。《資治通鑑》卷二三二載：「尚結贊與（渾）瑊約，各以甲士三千人列於壇之東西，常服者四百人從至壇下。辛未，將盟。尚結贊又請各遣遊騎數十人更相覘索，瑊皆許之。吐蕃伏精騎數萬於壇西，遊騎貫穿唐軍，出入無禁。唐騎入虜軍，悉為所擒。瑊等皆不知，入幕，易禮服。虜發鼓三聲，大譟而出，殺宋奉朝等於幕中。」這兩句要韓肖冑、胡松年提高警惕，以防金人奸計。㊾葵丘　春秋時宋地，在今河南蘭考東。《左傳・僖公九年》：「秋，齊侯（桓公）盟諸侯於葵丘。」㊿踐土　春秋時鄭地，在今河南原陽西南。《春秋・僖公二十八年》城濮之戰後，「五月癸丑，公會晉侯、齊侯、宋公、蔡侯、鄭伯、衛子、莒子於踐土。」(51)露布句　《世說新語・文學》：「桓宣武（溫）北征，袁虎時從，被責免官。會須露布文，喚袁倚馬前，令作。手不輟筆，俄得七紙，殊可觀。東亭（王珣）在側，極歎其才。」露布，不封之文書。猶今之布告。(52)崤函句　《史記・孟嘗君列傳》：「夜半至函谷關，秦昭王後悔出孟嘗君，即使人馳傳逐之。孟嘗君至關，關法：雞鳴而出客。孟嘗君恐追至，客之居下坐者能為雞鳴，而雞盡鳴，遂發傳，出之。」崤，即殽山，在今河南洛寧北。函，即函谷關，秦之東關，在今河南靈寶南。(53)巧匠句　自謙不才之語。樗櫟，兩種劣質木材。《莊子・逍遙遊》：「吾有大樹，人謂之樗，其大本擁腫而不中繩墨，其小枝卷曲而不中規矩。立之塗，而匠者不顧。」又〈人間世〉：「匠石之齊，至於曲轅，見櫟社樹，其大蔽數千牛，絜之百圍……散木也。以為舟則沉，以為棺槨則速腐，以為器則速毀，以為門戶則液樠，以為柱則蠹。是不材之木也。」(54)芻蕘之言　謙詞。芻蕘，割草打柴的樵夫。《詩・大雅・板》：「先民有言，詢於芻蕘。」《傳》：「芻蕘，薪采者。」引申為草野之人。(55)不乞句　《淮南子・覽冥》：「譬如隋侯之珠，和氏之璧，得之者富，失之者貧。」注：「隋侯，漢東之國，姬姓諸侯也。隋侯見大蛇傷斷，以藥傅之。後蛇於江中銜大珠以報之，因曰隋侯之珠，蓋明月珠也。」和璧，卞和所獻之璧。《韓非子・和氏》：「楚人和氏得玉璞楚山中，奉而獻之厲王。厲王使玉人相之，玉人曰：『石也。』王以和為誑而刖其左足。及厲王薨，武王即位，和又奉其璞而獻之武王。武王使玉人相之，又曰：『石也。』王又以和為誑而刖其右足。及武王薨，文王即位。和乃抱其璞而哭於楚山之下，三日三夜，淚盡而繼之以血。王聞之，使人問其故，曰：『天下之刖足者多矣，子奚哭之悲也？』和曰：『吾非悲刖也，悲夫寶玉而題之以石，貞士而名之以誑，此吾所以悲也。』王乃使玉人理其璞而得寶焉，遂命曰和氏之璧。」(56)靈光　殿名。漢景帝子魯恭王所建，故址在山東曲阜東。此處借指北宋宮殿。(57)翁仲　傳說中秦時巨人名。見《淮南子・氾論》高誘注，云：「秦皇帝二十六年，初兼天下，有長人見於臨洮，其高五丈，足迹六尺。放寫其形，鑄金人以象之，翁仲君何是也。」後指宮門銅像或墓道石像。此指墓前石人。(58)遺氓　遺民。(59)人比數　與人名位相等。《漢書・司馬遷傳・報任安書》：「刑餘之人，無所比數，非一世也，所從來遠矣。」(60)當年稷下縱談時二句　形容當年講學盛況。稷下，古地名，在戰國時齊之都城臨淄稷門。《史記・田敬仲完世家》：「宣王喜文學游說之士，自如騶衍、淳于髡、田駢、接予、慎到、環淵之徒七十六人，皆賜列第，為上大夫，不治而議論。是以齊稷下學士復盛，且數百千人。」《集解》引劉向《別錄》曰：「齊有稷門，城門也。談說之士期會於稷下也。」揮汗成雨，形容人多。《史記・蘇秦列傳》：蘇秦說齊宣王曰：「臨菑之涂，車轂擊，人肩摩，連衽成帷，舉袂成幕，揮汗成雨，家殷人足，志高氣揚。」❻❶東山　魯國都城東之高山。❻❷一抔土　一捧土。此指李清照祖先墳墓。

【語　譯】紹興三年五月，樞密韓公、工部尚書胡公出使金國，去探望在五國城的徽、欽二帝。有易安居士，祖父、父親皆出自韓公（琦）門下，現今家世衰落，子孫貧寒微賤，不敢望二公之車塵。我現在貧病交加，只是精神心智還未衰敗，聞知朝廷有此重大舉措，不能忘懷，特向二公進言，作古體、律詩各一章，以寄託拳拳之心，且以之等待朝廷的採詩者。

紹興三年夏六月，天子臨朝已久。端坐凝視遙望南雲，垂衣而視，思念二帝北狩。如聞天子在殿上講話，殿下站立文武群臣。朝臣中難道賢能沒有如員半千？國家氣運已遭遇重大挫折。不必在燕然山勒石作銘，無需在金城種植楊柳。難道沒有至孝的大臣，能體諒這霜露之悲？何必要以老母為念，接受使命就當迅速出使。朝廷對土地並不憐惜，金銀玉帛猶如塵泥。誰可以擔當這一使命？厚贈金國語辭更要謙卑。群臣紛紛推薦認可，群臣的才能天子熟知。韓公堪稱天下第一人，你的先人有聞名天下的韓昌黎。才能傑出身為百夫之特，言行舉止足為萬人之師。嘉祐和建中靖國年間，執政有韓琦、韓忠彥這樣的皋夔之臣。猶如匈奴畏懼王商，吐蕃尊敬郭子儀，金人聽聞韓公姓名已嚇破了膽，韓公奉命出使最為適宜。韓公拜手稽首，受君命於白玉墀。為臣怎敢推辭艱難，現在面臨的是何等艱危的時勢！家人不足以掛心，妻子兒女也無須告辭。願奉天地之靈，願奉宗廟之威，徑自手持紫泥詔，直接進入黃龍城。單于定當稽首，太子也當前來迎接。仁君正對我特別相信，輕狂之人休要主動請纓。抑或和議有望取來犬馬之血，與金人立下天日之盟。

胡公的德望人所難及，與韓公同心協力一定能完成使命。天子解衣已感受朝廷恩德，離別餞行不道「易水寒」。天空久陰大地久溼，風狂雨驟局勢危急。使者的車聲轔轔馬蕭蕭，無論壯士懦夫都感動悲泣。閭閻間的寡婦不避無知，泣血投書煩瀆記室：金人從來性如虎狼，為防不測預作準備又有何傷。內著鎧甲不忘昔日聲聞楚幕，登城守備亦當記取平涼的教訓。當年葵丘踐土會盟之地並非荒城，切勿輕視辯士棄用儒生。和盟文書寫就仍然倚在馬前，殽山已離函谷關已出，雞尚未鳴已順利返國。

巧匠何嘗棄用不材之樗櫟，草野之人的言論抑或有益。不求得到隋珠與和璧，只希望聽到家鄉的新消息。京城的宮殿即使還在料已蕭索，那荒草中的翁仲現今又是如何？中原遺民哪裡還指望種植桑麻，一旦聽到軍情就要保衛城郭。我的祖、父輩都生於齊魯，官位雖低下名聲很高足堪與人比數。遙想當年稷下學派縱談之時，猶記臨淄城中人揮汗如雨。子孫南渡至今方才數年，飄零流落與流民為伍。欲將血淚情懷寄於山河，去灑掃東山一抔黃土。

【賞　析】紹興三年五月，韓肖胄、胡松年出使金國，當時朝廷議和主張甚盛，且局勢尚未安定，李清照有感於此，寫下此詩，其一為古詩，其二為律詩。第一首古詩實為組詩，由三詩組成。

第一詩先寫出使的原由：「三年夏六月，天子視朝久。凝旒望南雲，垂衣思北狩。」此後稱頌韓肖胄的家世和才能，詩中也寫出了南宋朝廷的求和態度：「勿勒燕然銘，勿種金城柳」，「土地非所惜，玉帛如塵泥」，而且指望能有「或取犬馬血，與結天日盟」的結果。

第二詩既稱讚胡松年能協助韓肖胄完成使命，也描寫了時勢的艱危和出使時的悲壯：「脫衣已被漢恩暖，離歌不道易水寒。皇天久陰后土溼，雨勢未回風勢急。車聲轔轔馬蕭蕭，壯士懦夫俱感泣」，並告誡韓、胡二人對金人要提高警惕，多加防備：「夷虜從來性虎狼，不虞預備庸何傷。衷甲昔時聞楚幕，乘城前日記平涼。」然後詩人筆鋒一轉，寫道：「露布詞成馬猶倚，崤函關出雞未鳴」，表達了對二人的祝福之意。

第三詩重在表現詩人的故國之思和鄉關之情：「不乞隋珠與和璧，只乞鄉關新消息」，將這一感受表達得何等深切。「靈光雖在應蕭蕭，草中翁仲今何若？遺氓豈尚種桑麻，殘虜如聞保城郭」，詩人遙想中原淪陷區的蕭瑟淒涼和遺民艱難的生存環境。詩的最後四句，詩人鬱積心中的悲憤之情傾瀉而出：「子孫南渡今幾年，飄流遂與流人伍。欲將血淚寄山河，去灑東山一抔土」，寫得沉痛而感人。

其二

想見皇華過二京❶，壺漿❷夾道萬人迎。連昌宮❸裡桃應在，華萼樓前鵲定驚❹。但說帝心憐赤子❺，須知天意念蒼生❻。聖君大信明如日，長亂何須在屢盟❼？

【注釋】❶想見句　皇華，頌使節之辭。《詩·小雅·皇皇者華·序》：「皇皇者華，君遣使臣也。送之以禮樂，言遠而有光華也。」二京，北宋時，有東京（今河南開封）、西京（今洛陽）、南京（今商丘）、北京（今河北大名）等。南宋使節使金，常經南京、東京，有時也經北京。此係泛指。❷壺漿句　《孟子・梁惠王下》：「以萬乘之國，伐萬乘之國，簞食壺漿，以迎王師。」此喻中原人民熱情迎接南宋使節。❸連昌宮　唐高宗顯慶三年（西元六五八年）置。故址在今河南宜陽。唐元稹〈連昌宮詞〉云：「連昌宮中滿宮竹，歲久無人森似束。又有牆頭千葉桃，風動落花紅蔌蔌。」❹華萼樓句　華萼樓，唐玄宗開元二年（西元七一四年）在舊邸興慶宮西所建，題「花萼相輝之樓」。舊址在今陝西西安興慶公園。鵲定驚，謂鵲驚起。民俗有喜鵲報喜之說，此句說韓肖胄、胡松年奉使北上，因而北宋舊宮之鵲驚起而報喜。❺赤子　本指嬰兒，引申為子民百姓。❻蒼生　亦指百姓。❼長亂句　《詩・小雅・巧言》：「君子屢盟，亂是用長。」《集傳》：「言君子不能已亂，而屢盟以相要，則亂是用長矣。」長亂，滋長動亂。詩中李清照以「何須」二字否定此說，意謂與金人訂盟，未必「長亂」，表現出李清照祝韓肖胄、胡松年出使成功。

【語　譯】想見皇皇者華的使節經過二京，百姓簞食壺漿萬人空巷夾道歡迎。連昌宮中的桃樹理應還在，華萼樓前的喜鵲聞訊也一定驚喜。只說天子心中憐愛赤子，要知天意也心念天下蒼生。聖君博大的誠信明如日月，制止戰亂何須屢屢結盟？

【賞　析】這首七律，是前詩的續篇，寫詩人祝願韓肖胄、胡松年出使成功。首聯「想見皇華過二京，壺漿夾道萬人迎」，是詩人想像南宋使節出使金國，受到中原人民熱烈歡迎的情景。頷聯「連昌宮裡桃應在，華萼樓前鵲定驚」兩句，用北宋故都中的花草樹木和鳥鵲都對使節到來表示驚戲，來反襯中原人民的內心情感。頸聯「但說帝心憐赤子，須知天意念蒼生」，是說南宋朝廷愛護百姓，連老天也顧念天下蒼生。尾聯「聖君大信明如日，長亂何須在屢盟」兩句直奔主題：祝願韓肖胄、胡松年出使成功，希望能與金國訂立和議，以免百姓再受戰爭之苦。今天，對詩人這樣的想法，我們從當時特定的歷史環境和李清照在戰亂中所遭受的苦難來看，還是能夠理解的。

這兩首詩寫得開闔自如，一氣流注，近人陳衍評論此詩「雄渾悲壯，雖起杜、韓為之，無以過也」（《宋詩精華錄》卷四），還是頗有見地的。

烏　江❶

生當作人傑❷，死亦為鬼雄❸。至今思項羽，不肯過江東❹。

【注　釋】❶烏江　此詩當作於高宗建炎三年（西元一一二九年）。據李清照〈金石錄後序〉：「己酉（建炎三年）三月罷，具舟上蕪湖，入姑孰，將卜居贛水上。夏五月，至池陽。」烏江在今安徽和縣東北四十里的長江北岸，為李清照夫婦舟行必經之地，因而可以推知，李清照與趙明誠曾去烏江邊上的「項王祠」，有感而賦此詩，以諷諭現實。❷人傑　傑出的人物。❸鬼雄　鬼魂中的雄傑。《楚辭・九歌・國殤》：「身既死兮神以靈，魂魄毅兮為鬼雄。」❹至今二句　《史記・項羽本紀》：「於是項王乃欲東渡烏江。烏江亭長檥船待，謂項王曰：『江東雖小，地方千里，眾數十萬人，亦足王也。願大王急渡。今獨臣有船，漢軍至，無以渡。』項王笑曰：『天之亡我，我何渡為？且籍與江東子弟渡江而西，今無一人還，縱江東父老憐而王我，我何面目見之？縱彼不言，籍獨不愧於心乎！』」乃自刎而死。唐代烏江建有項王祠，李陽冰篆其額曰「西楚霸王祠」。

【語　譯】人活著應當作人傑，死了也要成為鬼中豪雄。我至今一直在念及那力敵萬人、曾雄霸天下的項羽，面對追兵，寧可自刎，也不願再回到江東。

【賞析】李清照〈烏江〉詩，一作〈夏日絕句〉，是一首膾炙人口、流傳極廣的名作。

這首詩的最大特點，是借古諷今，以抒發心中的塊壘。高宗靖康二年（西元一一二七年），北宋政權在金兵的打擊下滅亡，徽、欽二帝被虜北去，宋高宗趙構建立了南宋政權，倉皇南逃，苟安於江南，不思恢復，南宋統治者的所作所為，令天下失望。李清照的詩，就是藉項羽的故事，來宣洩心中的悲憤。曾雄霸天下的項羽，垓下被圍，四面楚歌，最終兵敗逃至烏江。烏江亭長勸他暫回江東，以圖東山再起，但項羽以「無顏見江東父老」而自刎烏江。詩人對項羽那「生為人傑，死為鬼雄」的豪氣極為欽佩，而反觀南宋最高統治者，不啻有天壤之別。詩人用項羽的不肯渡江，來譏刺南宋君臣的望風而逃；用項羽的寧死不屈，來斥責南宋統治者的苟且偷安，將詩人內心的情感酣暢淋漓地表達出來。

此詩寫得慷慨激昂，如黃鍾大呂，擲地有聲。這首短小的絕句，蘊涵了巨大的歷史容量，令人讚嘆，而此詩出自一位女詩人之手，更令人感佩。

夜發嚴灘❶

巨艦只緣因利往，扁舟亦是為名來❷。往來有愧先生德❸，特地❹通宵過釣臺。

【注　釋】❶夜發嚴灘　此詩一題作〈釣臺〉，作於宋高宗紹興四年（西元一一三四年）十月。李清照〈打馬圖序〉：「今年十月朔，聞淮上警報，江浙之人，自東走西……易安居士自臨安泝流，涉嚴灘之險，抵金華。」嚴灘在浙江桐廬富春江畔，相傳為東漢嚴子陵釣魚處。岸畔富春山上有東西兩臺，傳為嚴子陵釣魚臺。❷巨艦二句　《史記・貨殖列傳》：「天下熙熙，皆為利來，天下壤壤，皆為利往。」明郎瑛《七修類稿》卷三〇〈趙墓嚴臺〉詩：「漢嚴子陵釣臺，在富春江之涯。有過臺而詠者曰：『君為利名隱，我為利名來。羞見先生面，黃昏過釣臺。』」李清照蓋據前人意成此二句。❸先生德　宋范仲淹〈嚴先生祠堂記〉：「先生之德，山高水長。」宋李覯改「德」為「風」。❹特地　唐宋時方言，猶言特意、特為。

【語　譯】江上巨大的船隻都是因為利益而前往，小小的扁舟也是因為聲名而來。我心中有愧於先生高尚的品德，因而特地在夜間經過你當年的釣魚臺。

【賞　析】嚴光，字子陵，東漢初會稽餘姚（今屬浙江）人。曾與漢光武帝劉秀同學，有高名。劉秀稱帝後，嚴光改名隱居，光武欲徵召他到京師洛陽，授諫議大夫，不受，歸隱於富春山，相傳嚴子陵釣臺為其當年垂釣之處。

宋代名臣范仲淹在睦州任上時，曾寫過〈嚴先生祠堂記〉，盛讚了嚴子陵的節操。

再看李清照的詩。此詩是詩人在紹興四年路經嚴灘時所作。「巨艦只緣因利往，扁舟亦是為名來」兩句，化用《史記・貨殖列傳》「天下熙熙，皆為利來，天下攘攘，皆為利往」句意，描寫天下人為名利忙碌奔波，而「巨艦」、「扁舟」也切合李清照當時舟行的特定情景。「往來有愧先生德，特地通宵過釣臺」，「先生之德，山高水長」，正出自范仲淹的〈嚴先生祠堂記〉，而「特地通宵過釣臺」，詩人自感有愧於嚴先生之清德，特地夜過嚴灘，正表達了李清照與前人同樣的對嚴子陵的仰慕之情。

題八詠樓❶

千古風流八詠樓，江山留與後人愁❷。水通南國三千里，氣壓江城十四州❸。

【注　釋】❶題八詠樓　此詩當作於高宗紹興五年（西元一一三五年）。李清照當時在金華。八詠樓，為金華名勝。宋韓元吉《南澗甲乙稿》卷一四〈極目亭詩集序〉：「婺城臨觀之許凡三：中為雙溪樓，西為八詠樓，東則此亭，皆盡見群山之秀。兩川貫其下，平林曠野，景物萬態。」樓為南朝齊隆昌元年（西元四九四年），南朝梁沈約知婺州時所建，原名元暢樓。沈約有〈登元暢樓〉詩：「登樓望秋月，會圃臨春風。歲暮愍衰草，霜來悲落桐。夕行聞夜鶴，晨征聽曉鴻。解珮去朝市，被褐守山東。」又以此詩之每一句作長詩之首句，衍為八首，題作〈元暢樓八詠〉。宋太宗至道年間（西元九九五～九九七年），馮伉知婺州，遂據以改稱八詠樓。見《方輿勝覽》卷七。❷江山句　是時金兵南侵，李清照避亂金華，慨江山之難守，因云「江山留與後人愁」。❸十四州　《宋史・地理志》七〈兩浙路〉：「府二：平江、鎮江；州十二：杭、越、湖、婺、明、常、溫、臺、處、衢、嚴、秀。」二府加十二州，共十四州。

【語　譯】金華城中千古風流八詠樓，萬里江山留給後人去懷愁。清澈的河水通往南國三千里，八詠樓的靈氣壓倒江城以外的十四州。

【賞析】這是一首詠物感懷詩。抒發了李清照登八詠樓的感受。

南宋初年，金兵連年南侵，國家處於風雨飄搖之中，百姓顛沛流離，居無寧日，李清照也連年顛沛，直到紹興四年，才輾轉來到金華，稍覺安定。

登上金華名勝八詠樓，秀麗的河山映入眼簾，卻提不起詩人的興致，反而激發起了她的憂國憂民之思：「千古風流八詠樓，江山留與後人愁」，自北宋末年，李清照隨丈夫趙明誠南渡後，遭遇了一連串的變故：多年收藏的金石字畫幾乎散失殆盡，丈夫因病去世，而連年的戰亂、國家的危難，更加深了她內心的悲苦。「水通南國三千里，氣壓江城十四州」，詩的後兩句，雖然看似詩人的心情稍覺寬慰，但慨嘆江山難守的情懷並沒有減輕，因為國家面臨的困境當時並未根本改變。

品讀此詩，我們能體會到它留下的一種歷史滄桑感，這正是此詩的價值所在。

皇帝閣春帖子❶

莫進黃金簟❷，新除玉局床❸。春風送庭燎，不復用沉香❹。

【注釋】❶皇帝閣春帖子　此詩當作於紹興十三年（西元一一四三年）以後。《建炎以來繫年要錄》卷一四八，紹興十三年癸亥：「辛丑立春節，學士院始進帖子詞，百官賜春幡勝，自建炎以來久廢，至是始復之。」宋周密《武林舊事》卷二〈立春〉：「學士院撰進春帖子，帝、后、貴妃、夫人諸閣，各有定式，絳羅金縷，華粲可觀。」當時李清照已六十歲。閣，宮中便殿。春帖子，又稱春帖、春端帖、春端帖子。宋制，翰林一年八節要撰作帖子詞。或歌頌昇平，或寓意規諫，貼於禁中門帳。於立春日撰作的帖子詞，稱「春帖子」。多為五、七言絕句，其體工麗。❷黃金簟　以金絲編成的席子。簟，竹席。❸玉局床　一種玉製曲腳床。局，曲。❹春風二句　庭燎，庭中照明的火炬。《詩．小雅．庭燎》：「夜如其何？夜未央，庭燎之光。」當時，逢有國家大事或節日，晚間用庭燎照明。沉香，香木名。唐李商隱〈隋宮守歲〉詩：「沉香甲煎為庭燎。」李清照即用此意。

【語　譯】不要進獻金絲編織的席子，又剛剛搬走了玉製曲腳的床。春風送暖庭中點燃了庭燎，但庭燎卻不再使用沉香。

【賞　析】據李心傳《建炎以來繫年要錄》載，高宗紹興十三年（西元一一四三年）立春節，恢復了自建炎年以來一直未實行的翰林院作帖子詞在禁中張貼的習俗。這是因為，紹興十一年（西元一一四一年）宋金和議成。儘管和議包含南宋朝廷要割棄淮河以北的大片土地，南宋向金稱臣，每年向金納貢等內容，但以宋高宗、秦檜為首的主和派還是接受了屈辱的條件。紹興十二年，金使到臨安（今杭州），冊宋高宗為宋帝，和議正式批准，局勢也相對平靜。這時，苟安於江南的南宋統治者覺得天下太平，又恢復了以往的節慶，因而有了紹興十三年「進帖子詞」之舉，李清照也寫了帖子詞進呈。李清照能進呈帖子詞，是因為她有親戚為內庭命婦，才有了這樣的條件。

這類詩歌，主要用於歌頌昇平，多為五、七言絕句，且內容較為貧乏，李清照的詩，也係應景之作，此詩表面歌頌朝廷節儉，但實際上可能也含有希望統治者力戒奢華之意。

貴妃閤春帖子❶

金環❷半后禮❸，鉤弋❹比昭陽❺。春生百子帳❻，喜入萬年觴❼。

【注釋】❶貴妃閤春帖子　此詩與上詩為同時所作。據《宋史・后妃傳》，宋高宗吳皇后，紹興十三年閏四月自貴妃立為皇后。其後宮中只有潘賢妃、劉賢妃，而無貴妃。因知此帖子係為吳貴妃所作。❷金環　后妃進御及妊娠所用的標誌飾物。❸半后禮　享受皇后禮遇之一半。《楊太真外傳》：「冊太真宮女道士楊氏為貴妃，半后服。」❹鉤弋　《史記・外戚世家》：「鉤弋夫人姓趙氏，河間人也。得幸武帝，生子一人，昭帝是也。」《索隱》按：「夫人姓趙，河間人。《漢書》云『武帝過河間，望氣者言此有奇女，天子乃使使召之。女兩手皆拳，上自披之，手即時伸。由是幸，號曰拳夫人。後居鉤弋宮，號曰鉤弋夫人。』《列仙傳》云：『發手得一玉鉤，故號焉。』」❺昭陽　漢宮名。武帝時後宮八區中有昭陽殿，成帝寵妃趙飛燕居之。《漢書・外戚傳》：「（趙）皇后既立，後寵少衰，而弟絕幸，為昭儀，居昭陽舍。」❻百子帳　宋程大昌《演繁露》卷一三：「唐人昏（婚）禮，多用百子帳，特貴其名與昏宜，而其制度則非有子孫眾多之義。蓋其制本出於戎虜，特穹廬、拂廬之具體而微者耳。」袁褧《楓窗小牘》卷下：「若今禁中大婚百子帳，則以錦繡成百小兒嬉戲狀。」❼萬年觴　進酒祝帝王長壽。《後漢書・班超傳》：「陛下舉萬年之觴。」

【語譯】手戴金環享受皇后的一半之禮，遙想漢武帝時的鉤弋宮和成帝時的昭陽殿。新春復蘇宮中掛起了精美的百子帳，喜氣洋洋向天子進獻萬年觴。

【賞　析】宋高宗的吳皇后，在高宗紹興十三年（西元一一四三年）立春時，尚未立為皇后，李清照的帖子詞，是寫給當時的身分仍是貴妃的吳皇后的。「金環半后禮，鉤弋比昭陽」，正因為不是皇后，因此，就只能享受「半后之禮」。或許當時已有吳貴妃將被立為皇后的傳聞，李清照由此想起了漢代歷史上兩位趙姓的皇后：居於鉤弋宮的鉤弋夫人和居於昭陽宮的趙飛燕，似乎暗寓著吳貴妃將立為皇后之意。「春生百子帳，喜入萬年觴」，表達了詩人的良好祝願，既祝吳貴妃早得貴子，又祝宋高宗長壽。新春已臨，萬物復蘇，貴妃宮室中張掛起了百子帳——顧名思義，「百子帳」就是希望吳貴妃多子多福，因為宋高宗趙構一直沒有兒子——並且他一生沒有兒子。但宋高宗的長壽倒是事實，他活了八十多歲，在中國歷代帝王中，這樣高壽的皇帝畢竟是不多的。

皇帝閣端午帖子❶

日月堯天大❷，璿璣❸舜❹曆長。側聞❺行殿帳❻，多集上書囊❼。

【注　釋】❶皇帝閣端午帖子　本詩及以下二詩，均作於高宗紹興十三年（西元一一四三年）端午節前。宋周密《浩然齋雅談》卷上：「李易安紹興癸亥（即紹興十三年）在行都，有親聯為內命婦者，因端午進帖子（略）。時秦楚材在翰苑，惡之，止賜金帛而罷。」秦梓，字楚材，秦檜之兄，時為翰林學士。又宋周密《武林舊事》卷三〈端午〉：「先期，學士院供帖子，如春日禁中排當，例用朔日，謂之『端一』。」帖子皆「送後苑作院，用羅帛製造，及期進入。」❷日月句　此處稱頌宋高宗的盛德及太平盛世。《論語・泰伯》：「子曰：大哉，堯之為君也！巍巍乎，惟天為大，唯堯則之。」堯，傳說中的古代聖君。❸璿璣　即璿璣玉衡，渾天儀的前身，用以觀測天體。《書・舜典》：「在璿璣玉衡，以齊七政。」《疏》：「《說文》云：璿，美玉也……璣衡者，璣為轉運，衡為橫簫，運璣使動於下，以衡望之，是王者正天文之器。漢世以來謂之渾天儀者是也。」❹舜　古代傳說中的聖君。❺側聞　謙詞。從旁聞知。❻行殿帳　帝王出行觀察民風時所用。《北史・寧文愷傳》：「又造觀風行殿，上容衛者數百人，離合為之，下施輪軸，推移倏忽，有若神功。」❼上書囊　漢制，群臣上章表，如事關機密，則封以皂囊。見《後漢書・蔡邕傳》。此處借指帝王節儉。

【語　譯】天子的德行如日月高懸如唐堯一般廣大，國家的運數如璿璣玉衡如虞舜一樣久長。我從側面聽說天子觀察民風端坐在行殿帳，這行殿帳是收集了許多的上書囊為布料製成的。

【賞　析】此詩為李清照在端午節時進呈的帖子詞。

與立春節的帖子詞一樣，也是歌頌帝王的。「日月堯天大，璿璣舜曆長」，堯、舜是我國古代傳說中的聖君，相傳堯舜時代百姓安居樂業，四海晏然，詩中，李清照將宋高宗比作堯舜一樣的賢明君主。「側聞行殿帳，多集上書囊」，連用兩個典故：一是用宇文愷造行殿事，說宋高宗親自體察民情；二是用漢文帝故事。據說漢文帝殿上的帷幕，是用群臣上書時裝奏章的布囊縫製的。有人譏諷文帝太節儉，文帝說：「我是為天下人守財，怎能胡亂花用國家的錢財呢？」以此來稱頌高宗的節儉和關愛百姓。這首詩，固然有李清照對宋高宗過分的讚揚，但同時也可以看作是詩人的企盼，她希望國家政局穩定，百姓生活安定，免遭戰爭的苦難。

皇后閤端午帖子❶

意帖❷初宜夏，金駒已過蠶❸。至尊❹千萬壽，行見百斯男❺。

【注　釋】❶皇后閤端午帖子　此詩與上一首作於同時。皇后，指宋高宗吳皇后。見〈貴妃閤春帖子〉注❶。❷意帖　宋周密《浩然齋雅談》卷上：「意帖，用上官昭容事。」上官昭容，名婉兒，唐中宗昭儀。據《資治通鑑》卷二〇九，中宗景龍二年（西元七〇八年），「夏四月癸未，置修文館大學士四員，直學士八員，學士十二員，選公卿以下善為文者李嶠等為之。每遊幸禁苑，或宗戚宴集，學士無不畢從，賦詩屬和。使上官昭容第其甲乙，優者賜金帛……於是天下靡然爭以文華相尚。」可見意帖即指以己意品評帖子詞之優劣。❸金駒句　指時光已過養蠶時節。金駒，白駒，指日。農村飼蠶在農曆三、四月。宋翁卷〈鄉村四月〉詩：「鄉村四月閑人少，才了蠶桑又插田。」❹至尊　至高無上的地位。指宋高宗。賈誼〈過秦論〉：「履至尊而制六合，執棰拊以鞭笞天下。」後以「至尊」用作帝王的尊稱。❺百斯男　謂多子。《詩・大雅・思齊》：「太姒嗣徽音，則百斯男。」

【語　譯】品評帖子詞的時節正在初夏，時日已過了養蠶的四月。天子正富於春秋，行將見到諸多兒男。

【賞　析】吳皇后在高宗紹興十三年（西元一一四三年）閏四月立為皇后，五月端午節李清照進呈帖子詞向她賀節。

「意帖初宜夏，金騎已過蠶」，詩的前二句寫了兩方面的內容：一點明時節。時已入夏，且已過了養蠶之時。二寫吳皇后擅長詩文，她在宮中品評帖子詞的優劣。後兩句，是從高宗的角度來寫：「至尊千萬壽，行見百斯男」。寫宋高宗正富於春秋，他不久即將見到許多皇子。實際上，這是李清照對吳皇后的祝願，祝她早生貴子。當時宋高宗尚無子嗣，如吳皇后能有子女，那她以皇后之尊而又生皇子，其地位更是他人無法企及的了。這或許就是李清照寫此帖子詞的良苦用心所在。

夫人閤端午帖子❶

三宮❷催解粽❸，妝罷未天明。便面天題字❹，歌頭御賜名❺。

【注　釋】❶夫人閤端午帖子　此帖子詞與上二首作於同時。夫人，蓋指宋高宗潘賢妃、張賢妃、劉貴妃等。其時尚未有位號，皆稱夫人。見《宋史・后妃傳下》。❷三宮　此指後宮。❸解粽　宋陳元靚《歲時廣記》卷二一引《歲時雜記》：「京師人以端午日為解粽節。又解粽為獻，以葉長者為勝，葉短者輸。或賭博，或賭酒。宋李之問〈端午詞〉云：『願得年年，長共我兒解粽。』」❹便面句　謂皇帝在扇面題字。《漢書・張敞傳》：「敞無威儀，時罷朝會過，走馬章臺街，使御吏驅，自以便面拊馬。」顏師古注：「便面，所以障面，蓋扇之類也。不欲見人，以此自障面，則得其便，故曰『便面』。亦曰屏面。今之沙門所持竹扇，上袤平而下圜，即古之便面也。」天題字，《爾雅・釋詁》：「天，君也。」唐杜甫〈端午日賜衣〉詩：「自天題處溼，當暑著來清。」

❺歌頭句　謂皇帝為新曲賜名。歌頭，宋張炎《詞源》卷下：「法曲有散序、歌頭，音聲近古，大曲有所不及。」歌頭為唐宋大曲中的中序或排遍的第一支曲子。如〈水調歌頭〉，《欽定詞譜》詞下注云：「乃唐人大曲，凡大曲有歌頭，此必裁截其歌頭，另倚新聲。」亦有中序換遍者。如宋王詵有〈換遍歌頭〉。

【語　譯】後宮中端午之日處處聽聞催促解糉，梳洗化妝畢尚未天明。扇面上是天子的親筆題字，宮中正演出的大曲是皇帝特地賜名。

【賞　析】這是李清照進呈的帖子詞中最能體現節日氣氛的詩。

端午節是我國民俗中一個重要的節日。你看，端午節那天，「三宮催解糉」，一個「催」字，突現出宮中到處洋溢著的節日氣氛，我們彷彿看到宮中熱鬧歡樂的情景。「妝罷未天明」，寫出了宮中人早就在精心地梳妝打扮。我們知道，古時，不論在市鎮還是鄉村，即使在宮廷中，都有早起的習慣。這句既點明了這一特點，也似乎說明了宮中將有某種活動。「便面天題字」，時已入夏，嬪妃們紛紛取出有皇帝親筆題字的扇子，一則可使用，還可當飾物，二則更可表現自己的身分。「歌頭御賜名」，原來她們是去出席宮內的盛宴，去觀賞皇帝親賜曲名的歌舞。短短四句詩，為我們描繪了頗有生氣的畫面，也讓我們從側面了解當時宮中節日的情況。

宋人周密在《浩然齋雅談》卷上中云：「李易安紹興癸亥在行都，有親聯為內命婦者，因端午進帖子（中略）。時秦楚材在翰苑，惡之，止賜金帛而罷。」因端午節進呈帖子詞而落得這樣一個結果，恐怕這是李清照所始料未及的。

佚句 十四則

詩情如夜鵲，三繞未能安❶。

【注釋】❶詩情二句　此二句語本三國魏曹操〈短歌行〉：「月明星稀，烏鵲南飛。繞樹三匝，無枝可依。」

少陵❶也自可憐人❷，更待來年試春草❸。

【注釋】❶少陵　唐杜甫號少陵。杜甫〈哀江頭〉詩：「少陵野老吞聲哭，春日潛行曲江曲。」❷可憐人　言其處境窘困。❸更待句　唐杜甫〈瘦馬行〉：「誰家且養願終惠，更試明年春草長。」仇兆鰲注：「身經廢棄，欲展後效而不可得，故曰誰家願終惠，更試春草長。寓意顯然。」

何況人間父子情❶。

【注　釋】❶何況句　此句係借用宋黃庭堅〈憶邢惇夫〉詩句：「眼看白壁埋黃壤，何況人間父子情。」宋徽宗年間，將許多官員列入元祐黨人之列，李清照父親李格非也在其中。李清照上詩其公公趙挺之以救其父。宋張琰〈洛陽名園記序〉云：「文叔（即李格非）在元祐官太學，建中靖國用邪黨，竄為黨人。女適趙相挺之子，亦能詩，上詩趙相救其父云：『何況人間父子情！』識者哀之。」因當時李清照的丈夫趙明誠與其父趙挺之矛盾較深。趙明誠的姨父陳師道在〈與魯直書〉中說：「正夫（即趙挺之）有幼子明誠，頗好文義，每遇蘇、黃文，雖半簡數字必錄藏，以此失好於父。」兩人情況由此可見一斑。

炙手可熱心可寒❶。

【注　釋】❶炙手句　此句當作於徽宗崇寧四年（西元一一〇五年）或五年（西元一一〇六年）。時李格非因元祐黨籍謫居象郡（今廣西象縣），在象郡數易寒暑。宋人劉克莊《後村詩話續集》卷三載有李格非〈初至象郡〉詩共六首可證。因而李清照再次上詩救父。宋晁公武《郡齋讀書志》卷四下：「《李易安集》十二卷。右皇朝李氏格非之女，先嫁趙明誠，有才藻名。其舅正夫相徽宗朝，李氏嘗獻詩曰：『炙手可熱心可寒。』」

南渡衣冠欠王導❶，北來消息少劉琨❷。

【注　釋】❶南渡句　此聯及下一聯欽宗建炎二年（西元一一二八年）作於江寧。南渡，以晉室南渡喻宋高宗南渡。晉建興五年（西元三一七年）十二月，晉愍帝司馬鄴被劉聰殺於平陽（今洛陽），次年三月，司馬睿在建鄴（今南京）即皇帝位，建立東晉，是為元帝，改元建武，史稱「南渡」。王導（西元二七六～三三九年），臨沂人，字茂弘。元帝為瑯玡王，居建鄴，王導勸其稱帝，封為丞相，朝野依賴，號為仲父。歷仕三朝，官至太傅。《晉書》有傳。《世說新語・言語》：「過江諸人，每至美日，輒相邀新亭，藉卉飲宴。周侯中坐而嘆曰：『風景不殊，正自有山河之異。』皆相視流淚。惟王丞相愀然變色曰：『當共戮力王室，克復神州，何至作楚囚相對？』」據《宋史・高宗紀》，宋高宗建炎元年南渡，八月，以李綱為相，旋即用張浚言，罷李綱相位，任用奸臣黃潛善、汪伯彥。南渡初，缺少像王導這樣的大臣，故李清照有「欠王導」的感慨。欠，他本皆作「少」。❷劉琨（西元二七〇～三一八年），晉中山魏昌人，字越石。愍帝時，任大將軍，都督并、冀、幽三州軍事。晉室南渡，遷侍中太尉，長期堅守并州，與石勒、劉曜對抗。兵敗，投冀州段匹磾，被害。《晉書》有傳。又《世說新語・言語》：「劉琨雖隔閡寇戎，志在本朝。謂溫嶠曰：『班彪識劉氏之復興，馬援知光武之可輔。今晉祚雖衰，天命未改。吾欲立功於河北，使卿延譽於江南，子其行乎？』溫曰：『嶠雖不敏，才非昔人。明公以桓文之姿，建匡立之功，豈敢辭命？』」少，他本皆作「欠」。

南遊尚覺吳江冷❶，北狩應悲易水寒❷。

【注釋】❶南遊句　李清照於欽宗建炎二年（西元一一二八年）春至江寧。吳江，原指吳淞江，太湖最大的支流，今稱蘇州河。此處泛指江南，語本唐崔信明斷句：「楓落吳江冷。」南遊，他本皆作「南來」。覺，他本皆作「怯」。❷北狩句　指宋徽宗、欽宗二帝被金人擄往北方。易水，在今河北易縣。《史記・刺客列傳》載荊軻入秦：「太子及賓客知其事者，皆白衣冠以送之。至易水上，既祖，取道，高漸離擊筑，荊軻和而歌，為變徵之聲。士皆垂淚涕泣。又前而歌曰：『風蕭蕭兮易水寒，壯士一去兮不復還。』復為羽聲忼慨。士皆瞋目，髮盡上指冠。於是荊軻就車而去，終已不顧。」

露花倒影柳三變❶，桂子飄香張九成❷。

【注釋】❶露花句　此聯係李清照於高宗紹興二年（西元一一三二年）為嘲新科狀元張九成而作，時李清照在臨安。柳三變，柳永（西元九八七～一〇五五年後），初名三變，字景莊，後改名永，字耆卿。行七，故人稱柳七。祖籍河東（今山西永濟），徙居崇安（今屬福建）。父柳宜，仕南唐為監察御史，入宋後，官至工部侍郎。永為舉子時，常遊狹邪，為教坊填詞。宋胡仔《苕溪漁隱叢話》後集卷三九引《藝苑雌黃》云：「柳三變……喜作小詞，然薄於行。當時有荐其才者，上（仁宗）曰：『得非填詞柳三變乎？』曰：『然。』上曰：『且去填詞。』由是不得志，日與儇子縱游倡館酒樓間，無復檢約，自稱云：『奉旨填詞柳三變。』」景祐元年（西元一〇三四年）始中進士。歷任地方小官，終屯田員外郎，世稱柳屯田。有《樂章集》傳世，中有〈破陣樂〉詞云：「露花倒影，煙蕪蘸碧，露沼波暖。」❷張九成　字子韶。錢塘人，號橫浦居士。《宋史》有傳。《建炎以來繫年要錄》卷五二，紹興二年三月：「甲寅，上（高宗）策試諸路類試奏名進士於講殿」，「進士張九成對策，曰：禍難之作，天所以開聖……上感其言，擢九成第一。」宋陸游《老學庵筆記》卷二：「張子韶對策，有『桂子飄香』之語，趙明誠妻嘲之曰：『露花倒影柳三變，桂子飄香張九成。』」

猶將歌扇向人遮❶。

水晶山枕❷象牙床❸。
彩雲易散❹月常虧。
幾多深恨斷人腸。
羅衣消盡恁時❺香。
閑愁也似月明多❻。
直送淒涼到畫屏❼。

【注釋】❶猶將句　此組佚句轉錄自王仲聞《李清照集校註》卷二〈失題〉。原注：「以上斷句俱見宋人胡偉集句《宮詞》，只『幾多深意斷人腸』一句，亦見李龏《梅花衲》中。胡氏所集有詩句，亦有詞句，但俱未注明。此七句不見於傳世李清照作品中，亦從未見人稱引，蓋隱晦已久。此七句究為詩句或詞句，其用韻相同者是否屬於同一作品，無法考定。又胡偉所集，有時割裂原句，如李後主『自是人生長恨水長東』一句，胡偉集作『人生長恨水長東』。此七句是否俱為完整之句，亦不得而知。以各句風調觀之，似是詞句。傳世清照詩，與之不甚相近。」歌扇，古代歌女所用道具，上繪花卉，並寫有曲目，供人點唱。宋晏幾道〈浣溪沙〉：「濺酒滴殘歌扇字，弄花熏得舞衣香。」又〈鷓鴣天〉：「舞低楊柳樓心月，歌盡桃花扇底風。」可證扇上繪有桃花，並作扇舞。此句則謂以扇遮面，掩飾羞態。❷水晶山枕　形容枕之華貴。❸象牙床　實指床上象牙席。❹彩雲易散　唐李白〈宮中行樂詞〉：「只愁歌舞散，化作彩雲飛。」唐白居易〈簡簡吟〉：「大都好物不堅牢，彩雲易散琉璃脆。」❺恁時　那時。宋人方言。宋柳永〈受恩深〉：「待宴賞重陽，恁時盡把芳心吐。」❻閑愁句　宋晏殊〈鵲踏枝〉：「明月不諳離恨苦，斜光到曉穿朱戶。」意境相似。❼直送句　宋秦觀〈浣溪沙〉：「澹煙流水畫屏幽。」意境亦相似。

存疑佚句　一則

行人舞袖拂梨花❶。

【注釋】❶行人句　此句據明馮夢龍《古今小說》卷三三〈張古老種瓜娶文女〉錄入，但似乎並不可靠，且是詩抑詞，亦不可知。

三、文

詞論[1]

樂府聲詩[2]並著，最盛於唐。開元天寶[3]間，有李八郎[4]者，能歌擅天下。時新及第進士開宴曲江[5]，榜中一名士先召李，使易服隱名姓，衣冠故敝，精神慘沮，與同之宴所，曰：「表弟願與坐末。」眾皆不顧。既酒行樂作，歌者進。時曹元謙、念奴[6]為冠，歌罷，眾皆咨嗟稱賞。名士忽指李曰：「請表弟歌。」眾皆哂，或有怒者。及轉喉發聲，歌一曲，眾皆泣下，羅拜[7]，曰：「此李八郎也。」自後鄭、衛之聲[8]日熾，流靡[9]之變日煩，已有〈菩薩蠻〉、〈春光好〉、〈莎雞子〉、〈更漏子〉、〈浣溪沙〉、〈夢江南〉、〈漁父〉[10]等詞，不可遍舉。五代干戈，四海瓜分豆剖[11]，斯文道熄，獨江南李氏君臣尚文雅，故有「小樓吹徹玉笙寒」、「吹皺一池春水」之詞[12]，語雖奇甚，所謂「亡國之音哀以思」[13]也。

逮至本朝，禮樂文武大備，又涵養百餘年，始有柳屯田永[14]者，變舊聲，作新聲，出《樂章集》[15]，大得聲於世，雖協音律，而詞語塵下[16]。又有張子野[17]、宋子京兄弟[18]、沈唐[19]、元絳[20]、晁次膺[21]輩繼出，雖時時有妙語，而破碎何足名家。至晏元獻[22]、歐陽永叔[23]、蘇子瞻[24]，學際天人[25]，作為小歌詞，直如酌蠡水於大海[26]，然皆句讀不葺之詩爾，又往往不協音律者。何耶？蓋詩文分平側，而歌詞分五音[27]，又分五聲[28]，又分六律[29]，又分清濁輕重[30]。且如近世所謂〈聲聲慢〉、〈雨中花〉、〈喜遷鶯〉[31]，既押平聲[32]韻，又押入聲[33]韻；〈玉樓春〉本押平聲韻，又押上去聲韻，又押入聲。本押仄聲韻，如押上聲則協，如押入聲，則不可歌矣。王介甫[34]、曾子固[35]，文章似西漢，若作一小歌詞，則人必絕倒[36]，不可讀也。乃知別是一家，知之者少。後晏叔原[37]、賀方回[38]、秦少游[39]、黃魯直[40]出，始能知之。又晏苦無鋪敘，賀苦少典重[41]。秦即專主情致，而少故實，譬如貧家美女，雖極妍麗豐逸，而終乏富貴態。黃即尚故實，而多疵病，譬如良玉有瑕，價自減半矣。

【注釋】❶詞論　本文原載宋胡仔《苕溪漁隱叢話》後集卷三三。❷樂府聲詩　宋張炎〈詞源序〉：「古之樂章、樂府、樂歌、樂曲，皆於雅正。粵自隋唐以來，聲詩間為長短句。」從音樂與歌辭兩方面論詞之特徵。❸開元天寶　開元，西元七一三～七四一年。天寶，西元七四二～七五六年。皆唐玄宗年號。❹李八郎　李衮。以善歌聞名當時。❺開宴曲江　唐代新及第進士遊宴之所。故址在今西安大雁塔。唐李肇《國史補》卷下：「進士既捷，大讌於曲江亭中，謂之曲江宴。」❻曹元謙念奴　兩人皆為唐代著名歌伎。曹元謙，事蹟未詳。念奴，王仁裕《開元天寶遺事》卷上：「念奴者，有姿色，善歌唱，未嘗一日離帝左右。每執板當席顧眄，帝謂妃子曰：『此女妖麗，眼色媚人。』每囀聲歌喉，則聲出於朝霞之上，雖鐘鼓笙竽嘈雜而莫能遏。宮妓中帝之鍾愛也。」❼羅拜　四面圍繞著下拜。❽鄭衛之聲　《禮記・樂記》：「鄭衛之音，亂世之音也。」鄭衛之音本指鄭衛地方的民間樂曲，因孔子有「鄭聲淫」之說，後即以「鄭衛之聲」用作淫靡之樂的代稱。❾流靡　過分華美，委靡不振。❿已有句　〈菩薩蠻〉等，皆為詞牌名。其中〈莎雞子〉失傳。⓫瓜分豆剖　喻指五代十國時期（西元九〇七～九六〇年）各政權割據，國土分裂。鮑照〈蕪城賦〉：「出入三代，五百餘載，竟瓜分而豆剖。」⓬獨江南二句　指南唐中主李璟、後主李煜、宰相馮延巳等人。《十國春秋》載：「元宗（李璟）嘗因曲宴內殿，從容謂：『「吹皺一池春水」，干卿何事？』延巳對曰：『安得如陛下「小樓吹徹玉笙寒」，特高妙也。』」⓭亡國之音哀以思　語出《禮記・樂記》：「亡國之音哀以思，其民困。」⓮柳屯田永　見頁一五九「露花倒影柳三變，桂子飄香張九成」注❷。⓯變舊聲三句　柳永所著《樂章集》，十之八九為慢詞長調，除少數沿用舊聲外，多為自創新聲。⓰詞語塵下　柳詞多反映下層人士及市井生活，雅俗不避，故有此語。如宋吳曾《能改齋漫錄》卷一六云：「柳三變好為淫冶謳歌之曲，傳播四方。」然柳詞亦不乏雅詞。宋趙令時《侯鯖錄》卷七云：「東坡云：世言柳耆卿曲俗，非也。如〈八聲甘州〉云：『霜風淒緊，關河冷落，殘照當樓。』此語於詩句，不減唐人高處。」或許李清照未及見此。⑰張子野　張先（西元九九〇～一〇七八年），字子野，宋烏程（今浙江湖州）人。仁宗天聖八年（西元一〇三〇年）進士。歷任地方官，有《張子野詞》。詞作多佳句，世稱「張三影」。⑱宋子京兄弟　即宋郊、宋祁兄弟，宋開封雍丘（今河南杞縣）人。宋祁（西元九九八～一〇六一年），字子京，與兄郊（後改名庠）同登進士第，奏名第一，章獻太后以為弟不可先兄，乃擢庠為第一，置祁第十。宋庠官至宰相，詞不傳。宋祁官至翰林學士承旨。近人趙萬里輯有《宋景文公長短句》一卷。⑲沈唐　字公述。韓琦門客。存詞四首。《碧雞漫志》稱其詞「源流從柳氏，病於無韻」。⑳元絳　（西元一〇〇九～一〇八四年），字厚之，錢塘（今浙江杭州）人。天聖八年（西元一〇三〇年）進士，累官至參知政事。《全宋詞》錄其詞二首。㉑晁次膺　名端禮，政和三年，因蔡京荐，以承事郎除大晟府協律郎，未及受而卒。㉒晏元獻　晏殊（西元九九一～一〇五五年），字同叔，撫州臨川（今屬江西）人。以神童荐，賜同進士出身。歷仕真宗、仁宗兩朝，官至宰相兼樞密使，卒諡元獻。有《珠玉詞》三卷，詞風承唐五代，「尤喜馮延巳歌辭，其所自作，亦不減延巳樂府」（《中山詩話》）。㉓歐陽永叔　歐陽修（西元一〇〇七～一〇七二年），字永叔，號醉翁，晚號六一居士。吉州永豐（今屬江西）人。天聖八年進士，累官至樞密副使、參知政事。為北宋詩文革新運動領袖。有《六一詞》三卷，《醉翁琴趣外編》六卷，雅詞豔曲，粲然同列。清劉熙載《藝概》云：「馮延巳詞，晏同叔得其俊，歐陽永叔得其深。」㉔蘇子瞻　蘇軾（西元一〇三七～一一〇一年），字子瞻，號東坡居士，眉山（今屬四川）人。嘉祐二年（西元一〇五七年）進士。官至翰林學士、兵部尚書，曾貶居黃州、惠州、儋州等地。有《東坡樂府》三卷，為豪放詞派代表作家。王灼《碧雞漫志》稱其詞「指出向上一路，新天下耳目」。陳師道《後山詩話》云：「子瞻以詩為詞」，晁補之、張耒也稱「少游詩似小詞，先生詞似詩」（《王直方詩話》）。李清照所論當受其影響。㉕學際天人　喻學識淵博。漢司馬遷〈報任安書〉：「亦欲以究天人之際，通古今之變，成一家之言。」㉖酌蠡水於大海　喻晏殊、歐陽修、蘇軾三人才大如海，僅以餘力為詞。蠡，指瓠瓢。㉗五音　指宮、商、角、徵、羽五個音階。㉘五聲　《書・益稷》：「予欲聞六律、五聲、八音，在治忽，以出納五言。」蔡沈注：「五言者，詩歌之協於五聲者也。」㉙六律　樂律有十二，陰陽各六，陽為律，陰為呂。六律即黃鍾、太簇、姑洗、蕤賓、夷則、無射。㉚清濁輕重　清濁，清音和濁音的合稱。輕重，指聲音的高低強弱。㉛且如句　〈聲聲慢〉等，及下文的〈玉樓春〉，均為詞牌名。㉜平聲　包括陰平、陽平。㉝入聲　聲音短促，一發即收。今在部分方言中仍保留有入聲字，今之北京話中已無入聲字。㉞王介甫　王安石（西元一〇二一～一〇八六年），字介甫，撫州臨川（今屬江西）人。慶曆二年（西元一〇四二年）進士。神宗熙寧二年（西元一〇六九年）任參知政事，推行新法，次年拜相。元豐三年（西元一〇八〇年）封荊國公。卒謚「文」。有《臨川先生歌曲》。宋王灼《碧雞漫志》云：「王荊公長短句不多，合繩墨處，自雍容奇特。」但其〈南鄉子〉諸詞「以詞說禪」，正如李清照所云「人必絕倒，不可讀也」。㉟曾子固　曾鞏（西元一〇一九～一〇八三年），字子固，南豐（今屬江西）人。嘉祐二年（西元一〇五七年）進士。官至中書舍人。文章以簡潔著稱。存詞很少。㊱絕倒　俯仰大笑。㊲晏叔原　晏幾道（約西元一〇三〇～一一〇六年），字叔原，號小山，晏殊第七子。曾任太常寺太祝。有《小山詞》。㊳賀方回　賀鑄（西元一〇五二～一一二五年），字方回，號慶湖遺老。長於度曲，有《東山詞》。㊴秦少游　秦觀（西元一〇四九～一一〇〇年），字太虛，改字少游，號淮海居士。高郵（今屬江蘇）人。元豐八年（西元一〇八五年）進士。仕途坎坷。有《淮海居士長短句》，為婉約派代表人物。㊵黃魯直　黃庭堅（西元一〇四五～一一〇五年），字魯直，號涪翁，又號山谷。分寧（今江西修水）人。治平四年（西元一〇六七年）進士。有《山谷琴趣外編》。㊶典重　典雅莊重。

【語　譯】樂府、詩歌音樂與歌辭雙峰並峙，在唐代最為興盛。唐玄宗開元天寶年間，有李八郎，以善唱聞名天下。當時新及第進士在曲江宴遊，一名新進士先召來李八郎，讓他更換衣服，隱瞞真名實姓，故意穿著破舊的衣裳，又裝出精神悲傷沮喪的樣子，一起到遊宴之處，並對眾進士說：

「我表弟請求陪侍末座。」新進士們對此人皆置之不理。待到酒過數巡，樂曲奏起，有歌唱者到席前。當時曹元謙、念奴最為著名，他們唱罷，眾人都讚嘆稱賞。那位召李八郎的新進士卻指著李八郎說：「請讓我表弟為眾位歌唱一曲。」眾人皆譏笑他不自量力，其中有人還很生氣。等到李八郎轉喉演唱，一曲歌罷，聽者都為之泣下，並向其施禮，說：「這是李八郎啊。」自此之後，靡靡之音日漸繁盛，華美委靡之樂日益增多，出現了〈菩薩蠻〉、〈春光好〉、〈莎雞子〉、〈更漏子〉、〈浣溪沙〉、〈夢江南〉、〈漁父〉等詞牌，無法一一列舉。及至五代，戰亂頻繁，天下分裂，斯文之道漸熄，而只有江南李氏君臣崇尚文章教化，因而有「小樓吹徹玉笙寒」、「吹皺一池春水」之詞，語辭雖然甚為優美高雅，但卻是人們所說的「亡國之音哀以思」的靡靡之音而已。

到了本朝，禮樂文武都已非常完備，又經百餘年的休養生息，才有柳永這樣的人物出現，他變易舊曲，創製新聲，著有《樂章集》，在社會上得到很大的名聲。他的詞雖然符合音律，但詞的語言格調低下。其時又有張先、宋郊宋祁兄弟、沈唐、元絳、晁端禮這些人物相繼出現，他們的詞作雖然不時有妙語，但卻支離破碎不足以稱為名家。至於晏殊、歐陽修、蘇軾，他們學識淵博，寫作篇幅短小的詞章，簡直像用瓠瓢在大海中舀水，但他們的詞，也都只能算作是句讀未經雕琢的詩罷了，又往往不合音律。這是為什麼呢？這是因為詩文分平仄，而歌詞要分五音，又分五聲，又分六律，又分清濁輕重。又如近時所謂的〈聲聲慢〉、〈雨中花〉、〈喜遷鶯〉，既可押平聲韻，又可押入聲韻；〈玉樓春〉原本押平聲韻，又可押上、去聲韻，也可押入聲韻。那些原本押仄聲韻的詞，如押上聲韻則合音律，如押入聲就無法歌唱了。王安石、曾鞏，他們的文章有西漢風骨，然而如作一小詞，則令人捧腹，無法卒讀了。由此可知，詞別是一家，與詩文不同，但了解這一點的人卻很少。其後晏幾道、賀鑄、秦觀、黃庭堅等登上詞壇，才能了解詞的特點。然而，晏幾道的詞缺少鋪敘，賀鑄的詞少了些典雅莊重。秦觀的詞，特別重視情致，但缺少出處典故，就如貧寒之家的美女，雖然極其妍麗豐逸，但終究還是缺少富貴之態。黃庭堅的詞雖崇尚出處典故，然而卻多疵病，就如良玉有瑕疵，身價自然減半了。

【賞　析】〈詞論〉是北宋末年一篇著名的論詞之作。本文寫作年代，所述止於元絳、晁端禮，而未曾提及周邦彥，也無一語涉及靖康之亂，更未涉及南宋詞壇，可以認定〈詞論〉作於李清照南渡之前。

此文中，李清照對北宋詞壇的諸多作者，作了直率的評論，雖然不能說都很確切，但可視為是李清照的一家之言。而她反對詞作的「鄭衛之聲」，不滿南唐君臣的「亡國之音」和柳永的「詞語塵下」，這些論點都有其合理之處，應予肯定。

這篇文章的一個突出之點，是李清照論述了詞「別是一家」的問題。她認為詞不同於詩，詞要具備高雅、渾成、協樂、典重、鋪敘、故實這些特點，才能稱得上是一首好詞。這種觀點可以看作是北宋末年詞論的主流觀點。就李清照的詞而言，她早年的詞，並未能真正做到，而南渡後的詞，卻最能體現她自己提出的主張。

李清照主張詞應分五音、五聲、六律、清濁、輕重，要嚴守填詞的規矩，這固然對詞的格律、整飭都有規範作用，但也必須看到，如完全按此要求去做，也將束縛詞的思想內容的發展。

在我國兩千多年的文學史上，卓有成就的女性寥寥無幾，而能依據自己的創作經驗而寫成理論文章的女性，李清照更可稱第一人。這不僅是北宋詞壇上完整地論述各詞家的優劣而又有自己見解的詞論，也可以說是我國古代女性所作的第一篇文學批評文章。〈詞論〉近千年來一直受到人們的重視，在我國文學史上占有獨特的地位。

投翰林學士綦崈禮啟❶

清照啟：素習義方❷，粗明詩禮。近因疾病，欲至膏肓❸，牛蟻不分❹，灰釘已具❺。嘗藥雖存弱弟❻，膺門❼惟有老兵❽。既爾蒼皇❾，因成造次❿。信彼如簧之舌，惑茲似錦之言⓫。弟既可欺，持官文書來輒信⓬；身幾欲死，非玉鏡架⓭亦安知。僶俛⓮難言，優柔莫決。呻吟未定，強以同歸；視聽才分，實難共處。忍以桑榆⓯之晚節，配茲駔儈⓰之下才。

身既懷臭⓱之可嫌，惟求脫去；彼素抱璧之將往，決欲殺之⓲。遂肆侵凌，日加毆擊。可念劉伶之肋，難勝石勒之拳⓳。局天扣地⓴，敢效談娘㉑之善訴；升堂入室，素非李赤之甘心㉒。外援難求，自陳何害？豈期末事，乃得上聞。取自宸衷㉓，付之廷尉㉔。被桎梏㉕而置對，同凶醜以陳詞。豈惟賈生羞絳灌為伍㉖，何啻老子與韓非同傳㉗。但祈脫死，莫望償金。友凶橫者十旬㉘，蓋非天降；居囹圄㉙者九日，豈是人為！抵雀捐金㉚，利當安往？將頭碎璧㉛，失固可知。實自謬愚，分知獄市㉜。此蓋伏遇內翰承旨㉝，搢紳望族㉞，冠蓋清流㉟，日下㊱無雙，人間第一。奉天克復，本原陸贄之詞㊲；淮蔡底平，實以會昌之詔㊳。哀憐無告，雖未解驂㊴；感戴鴻恩，如真出己㊵。故茲白首，得免丹書㊶。清照敢不省過知慚，捫心識媿。責全責智㊷，已難逃萬世之譏；敗德敗名，何以見中朝之士！雖南山之竹㊸，豈能窮多口之談？惟智者之言，可以止無根之謗。

高鵬尺鷃，本異升沉㊹；火鼠冰蠶，難同嗜好㊺。達人共悉，童子皆知。願賜品題㊻，與加湔洗㊼。誓當布衣蔬食，溫故知新㊽。再見江山，依舊一瓶一鉢㊾；重歸畎畝，更須三沐三薰㊿。忝在葭莩(51)，敢茲塵瀆(52)。

【注釋】❶投翰林學士綦宗禮啟　這是李清照寫於紹興二年（西元一一三二年）的一封信。反映的是李清照在其夫趙明誠死後改嫁非人的一段遭遇。綦宗禮，《宋史》本傳作綦崇禮，字叔厚（一作處厚）。高密（今屬山東）人，後徙濰之北海。登徽宗重和元年（西元一一一八年）上舍第，南渡後再度入翰林。此信當作於其初入翰林不久。❷義方　做人之正道。❸膏肓　我國古代醫學稱心臟下部為膏，隔膜為肓。《左傳・成公十年》：「醫至，曰：『疾不可為也，在肓之上，膏之下，攻之不可，達之不及，藥不至焉，不可為也。』」後謂病情嚴重難以治癒為病入膏肓。❹牛蟻不分　《世說新語・紕漏》：「殷仲堪父病虛悸，聞床下蟻動，謂之牛鬥。」此處指病情沉重，神志不清。❺灰釘已具　謂斂屍封棺所用之石灰、鐵釘都已備下。此指自己將死，已準備後事。❻嘗藥句　嘗藥，古禮侍奉尊長服藥，先嘗後進。《禮・曲禮》下：「君有疾，飲藥，臣先嘗之；親有疾，飲藥，子先嘗之。」李清照有弟迒，任敕局刪定官。見〈金石錄後序〉。❼膺門　同「應門」。照應門戶。李密〈陳情表〉：「外無期功強近之親，內無應門五尺之童。」❽老兵　老僕。❾蒼皇　倉促；急遽。❿造次　急遽。指倉卒之下鑄成大錯。⓫信彼二句　指張汝舟以花言巧語欺騙李清照。彼，指李清照改嫁之張汝舟。如簧之舌，《詩・小雅・巧言》：「巧言如簧，顏之厚矣。」似錦之言，《詩・小雅・巷伯》：「萋兮斐兮，成是貝錦。彼譖人者，亦已太甚！」⓬弟既二句　謂弟迒輕信張汝舟騙婚的謊言。官文書，此指告身，唐代授官之符；又稱告命，猶後世吏部所發之補官文獻，近代之委任狀。⓭玉鏡架　即玉鏡臺，用晉溫嶠故事。見本書頁一〇四〈生查子〉注❶。此借指張汝舟所下聘禮。⓮僶俛　一時；片刻。⓯桑榆　喻指晚年。《太平御覽》三引《淮南子》：「日西垂景在樹端，謂之桑榆。」⓰駔儈　牲畜交易的經紀人。此喻指張汝舟人格卑劣。⓱懷臭　沾染了不佳的氣味。臭，氣味。⓲彼素二句　抱璧，《左傳・哀公十七年》：「公（衛莊公）入於戎州己氏。初，公自城上見己氏之妻髮美，使髡之，以為呂姜髢。既入焉，而示之璧，曰：『活我，吾與女璧。』己氏曰：『殺女，璧其焉往？』遂殺之而取其璧。」這兩句用此故事，喻張汝舟欲謀奪李清照劫後倖存的金石古器。⑲可念二句　劉伶之肋，劉伶，字伯倫，西晉沛國（今安徽宿州）人。竹林七賢之一。《世說新語・文學》：「劉伶著〈酒德頌〉，意氣所寄。」注引〈竹林七賢論〉：「伶處天地間，悠悠蕩蕩，無所用心。嘗與俗士相語，其人攘袂而起，欲必築之。伶和其色曰：『雞肋豈足以當尊拳！』其人不覺廢然而退。」石勒之拳，石勒（西元二七四～三三三年），字世龍，羯族，上黨武鄉人。少孤貧，為人傭耕。後從軍，開創後趙，為國主。《晉書・石勒載記》：「初，（石）勒與李陽鄰居，歲常爭麻池，迭相毆擊。至是，謂父老曰：『李陽，壯士也，何以不來？漚麻是布衣之恨。孤方崇信天下，寧讐匹夫乎！』乃使召陽，既至，日與歡謔，引陽臂笑曰：『孤往日厭卿老拳，卿亦飽孤毒手。』」此處李清照二事合用，以喻受張汝舟之虐待。⑳局天扣地　悲痛訴說之貌。《詩・小雅・正月》：「謂天蓋高，不敢不局，謂地蓋厚，不敢不蹐。」扣地，以足頓地。㉑談娘　即踏搖娘。唐韋絢《劉賓客嘉話錄》：「隋末，有河間人齇鼻酗酒，自號郎中，每醉必毆擊其妻。妻美而善歌，每為悲怨之聲，輒搖頓其身。好事者乃為假面以寫其狀，呼為踏搖娘，今謂之談娘。」㉒升堂二句　升堂入室，此指在居室之內。李赤，唐柳宗元撰〈李赤傳〉，謂有江湖浪人名李赤，誇其詩類李白，故自號李赤。傳說李赤為廁鬼所迷，以入廁為升堂，後墜入廁中而死。後用為心性迷惑之典。㉓宸衷　帝王之心意。㉔廷尉　秦始置，九卿之一，掌刑獄。漢承秦制。北齊至唐宋明清改稱大理寺。此指將李清照訴夫一案交大理寺審理。㉕桎梏　腳鐐手銬。㉖豈惟句　《史記・屈原賈誼列傳》：「天子議以賈生任公卿之位，絳、灌、東陽侯、馮敬之屬盡害之。」又，《史記・淮陰侯列傳》：「（韓信）居常鞅鞅，羞與絳、灌并列。」絳，絳侯周勃。灌，灌嬰。此以二事合用。㉗何啻句　《史記》有《老子韓非列傳》，後人頗以為不妥，因老子屬道家，韓非屬法家。此李清照謂與張汝舟本不是同類人。㉘十旬　一百天。指嫁張汝舟時日之短。㉙囹圉　同「囹圄」。牢獄。此指繫獄九日。㉚抵雀捐金　以金擲雀。雀，一作「鵲」。《莊子・寓言》：「今且有人於此，以隨侯之珠，彈千仞之雀，世必笑之。是何也？則其所用者重，而所要者輕也。」漢桓寬《鹽鐵論・崇禮》：「峴山之旁，以玉璞抵烏鵲。」此處以二事合用，指損失慘重。㉛將頭碎璧　《史記・廉頗藺相如列傳》：「秦王坐章臺見相如，相如奉璧奏秦王……王授璧，相如因持璧卻立，倚柱，怒髮上衝冠，謂秦王曰：『……臣觀大王無意償趙王城邑，故臣復取璧。大王必欲急臣，臣頭今與璧俱碎於柱矣！』」李清照用此典以喻抗爭的決心。㉜分知獄市　已清楚了解獄訟之實質。獄市，獄訟與集市交易。㉝內翰承旨　指綦崈禮。㉞搢紳望族　士大夫名門望族。搢紳，插笏於紳。紳，古代仕宦者和儒者圍於腰際的大帶。後用為官宦或儒者的代稱。㉟冠蓋清流　冠，禮帽。蓋，車篷。皆為官吏所服用，因指代官吏。清流，喻指德行高潔、有名望的士大夫。㊱日下　指京都。一說，目前；目下。這幾句都是讚揚綦崈禮的話。㊲奉天二句　唐德宗建中四年（西元七八三年）十月，涇原兵叛，唐德宗避難奉天（今陝西乾縣），至明年（興元元年），平亂返京。事見《舊唐書・德宗紀》。陸贄（西元七五四～八〇五年），字敬輿，唐蘇州嘉興（今屬浙江）人。大曆進士。官至監察御史。德宗即位，召為翰林學士。建中四年（西元七八三年），朱泚亂起，隨德宗避難奉天，詔令多出其手，日凡數百。頗受德宗信任，外廷雖有宰相主持軍國大事，而贄常居中參裁，時號「內相」。此以唐翰林學士陸贄稱譽綦崈禮。㊳淮蔡二句　用韓愈事。《舊唐書・韓愈傳》：「元和十二年八月，宰臣裴度為淮西宣慰處置使，兼彰義軍節度使，請愈為行軍司馬，仍賜金紫。淮、蔡平，十二月隨度入朝，以功授刑部侍郎，仍詔愈撰〈平淮西碑〉，其辭多敘裴度事。時先入蔡州擒吳元濟，李愬功第一，愬不平之。愬妻出入禁中，因訴碑辭不實，詔令磨愈文。憲宗命翰林學士段文昌重撰文勒石。」據此，「會昌之詔」當為「文昌之碑」之誤。然李清照意在以韓愈比綦崈禮，他事可不論。㊴雖未解驂　此喻綦崈禮雖未以物救己之急。解驂，《史記・管晏列傳》：「越石父賢，在縲紲中。晏子出，遭之塗，解左驂贖之，載歸。」後以「解驂」喻救人之急難。㊵如真出己　此謂李清照出獄，實出綦崈禮之力。㊶得免丹書　此指無罪釋放。丹書，罪人名冊，用丹（朱）筆書寫。《左傳・襄公二十三年》：「裴豹，隸也，著於丹書。」注：「蓋犯罪沒為官奴，以丹書其罪。」㊷責智　謂明於自處。㊸南山之竹　《舊唐書・李密傳》：作書移郡縣討隋煬帝曰：「罄南山之竹，書罪未窮；決東海之波，流惡難盡。」古時無紙，書於竹簡，故云。㊹高鵬二句　《莊子．逍遙遊》：「有鳥焉，其名為鵬，背若泰山，翼若垂天之雲，摶扶搖羊角而上者九萬里，絕雲氣，負青天，然後圖南，且適南溟也。斥鴳笑之曰：『彼且奚適也？我騰躍而上，不過數仞而下，翱翔蓬蒿之間。此亦飛之至也。而彼且奚適也？』」《音義》：「斥本亦作尺，鴳字亦作鷃。」㊺火鼠二句　舊題漢東方朔《十洲記》：「炎洲在南海中，有火林山，山中有火光獸，大如鼠，毛長三四寸，或赤或白，取其獸毛以緝為布，時人號為火浣布。」又舊題晉王嘉《拾遺記》卷一〇〈員嶠山〉：「有冰蠶長七寸，黑色，有角，有鱗。以霜雪覆之，然後作繭，長一尺，其色五彩，織為文錦，入水不濡，以之投火，經宿不燎。」以上四句，李清照自謂與張汝舟品行性格不合。㊻品題　品評人物之高下。㊼湔洗　除去；洗雪。㊽溫故知新　此指接受經驗教訓。㊾一瓶一鉢　此喻指家境貧寒，生活簡樸。唐釋貫休〈陳情獻蜀皇帝詩〉：「一瓶一鉢垂垂老，萬水千山得得來。」㊿三沐三薰　再三沐浴薰香。此申崇敬綦宗禮之意。51葭莩　蘆葦裡的薄膜。喻指遠房親戚。常作「葭莩之親」。南宋參知政事謝克家是李清照丈夫趙明誠的表兄弟，其子謝伋為綦宗禮女婿，因有「忝在葭莩」之語。52塵瀆　猶塵涴。謂以俗事打擾。

【語譯】清照啟：清照向來熟悉為人之正道，也粗略明白詩書禮義。近來偶染疾病，但卻日漸沉重，以至精神恍惚，牛蟻不分，或許已來日無多了。雖有衰弱的弟弟侍奉湯藥，但家中只有老僕照應門戶。後又在匆忙草率的情形之下，鑄成大錯。我輕信了張汝舟如簧之舌，迷惑於他的似錦之言。舍弟誠實可欺，張汝舟憑官府告身他便相信，而我幾乎因此而死，如果不是他來騙婚我又安能得知。一時之間難以言說，猶豫之時不能決斷。沉吟之中未下決心，張汝舟卻強要我嫁給他。對他的言行明瞭之後，發現實在難以與他相處。我怎能以自己晚年清白的節操，匹配張汝舟那卑劣的人格。

我既已沾染了令人嫌棄的不佳的氣味，惟求能早日解脫；張汝舟既欲奪璧而去，決心置我於死地而後快。於是對我肆意侵淩，又日加毆打。可憐我瘦弱的身體，怎能經受得住他的打擊。指天頓地，我怎敢仿效談娘的善於訴說；升堂入室，我一直不甘心如李赤的心性迷惑。我難以求得外人的幫助，向官府申述又有什麼過錯？又怎能料到這區區小事，竟然驚動了皇上。出自皇上的旨意，將我交付大理寺審理。身戴枷鎖而對簿公堂，與那兇醜之人質對陳詞。我與張汝舟格格不入，豈只是賈生羞與周勃、灌嬰為伍，更何異於老子與韓非同傳。但願能逃脫一死，從不指望能得財物的補償。與兇橫者在一起百日之久，這並非上天所降災禍，而身居囹圄九日，又豈是他人所造成的。以金擲雀，財物將往何處？用頭碎璧，損失自然可知。實在是由於我自己的錯謬愚昧，卻讓我清楚地了解了獄訟的本質。多虧我幸遇內翰承旨，您出身於士大夫名門望族，又身居高位德行高潔，堪稱京城無雙，人間第一。您就如助唐德宗奉天克復，起草詔令的陸贄；隨裴度平定淮西、撰寫碑文的韓愈。我悲哀可憐無處申訴，您雖然未給我錢物，但我感念您的大恩大德，使我得以僥倖出獄。因而我這白首之人，得以免入丹書名冊。清照我怎敢不反省過錯而知慚，捫心自問以識愧。即使我求全責備明於自處，也已難逃萬世之譏；敗壞德行毀壞名聲，有何面目去見中朝之士！即使罄南山之竹，又怎能窮盡眾口的譏談？而惟有智者之言，可以抑止無據的誹謗。

志向高遠的大鵬與目光短淺的尺鷃，本就有不同的升沉；火林山中的火鼠與覆以霜雪的冰蠶，也難有相同的嗜好。對此，明達之人共悉，三尺童子皆知。辱承您願意對我和張汝舟作出品評，以洗刷我的冤屈。我誓當布衣蔬食，接受這一次的教訓。仗您大力，得以再見江山，依舊一瓶一缽，儉素度日；重歸田里，更須三沐三薰，不忘大德。有幸與您為葭莩之親，才敢以此俗事打擾。

【賞析】這是李清照寫給綦崈禮的謝啟。

南渡之初，李清照的丈夫趙明誠不幸染病亡故，李清照淒苦無依，不得已改嫁右奉承郎、監諸軍審計司張汝舟，不料所嫁非人，不久即反目，李清照向官府狀告張汝舟，「訟其妄增舉數入官」，然雖然所告有據，判「汝舟私罪，徒，詔除名，柳州編管」（見《建炎以來繫年要錄》卷五八），然據宋代刑律，「諸告周親尊長、外祖父母、夫、夫之祖父母，雖得實，徒二年」（《新詳定刑統》卷二四〈鬥訟律〉），故而李清照也身陷囹圄。然幸賴遠親兵部侍郎、翰林學士綦崈禮之力，本該判二年徒刑的李清照，僅繫「九日」而釋。出獄後，李清照寫了這封表示感謝的信。

此信以駢文形式寫就。駢文的特點是以四、六字句為主，對文字的平仄、句子的對偶要求很高，但李清照寫來卻游刃有餘，將她病中的孤苦伶仃，輕信張汝舟的花言巧語，婚後飽受張汝舟的虐待，狀告張汝舟後的對簿公堂，由於綦崈禮的幫助而得免牢獄之災等一一寫來，條理頗為清晰。信中對綦崈禮的讚美及感激綦崈禮能為其遭受之誹謗辯白，也寫得十分得體。信中還運用了大量的典故，如「可念劉伶之肋，難勝石勒之拳」、「局天扣地，敢效談娘之善訴；升堂入室，素非李赤之甘心」、「奉天克復，本原陸贄之詞；淮蔡底平，實以會昌之詔」、「高鵬尺鷃，本異升沉；火鼠冰蠶，難同嗜好」等，將要訴說的內容委婉曲折而又恰如其分地表達出來，且使此信顯得優美而典雅，同時，此信也從另一側面顯示出李清照不凡的文字功力。

金石錄後序❶

右❷《金石錄》三十卷者何？趙侯德父❸所著書也。取上自三代❹，下迄五季❺，鐘❻、鼎❼、甗❽、鬲❾、盤、匜❿、尊⓫、敦⓬之款識⓭，豐碑大碣、顯人晦士之事蹟，凡見於金石刻者二千卷，皆是正譌謬⓮，去取褒貶，上足以合聖人之道，下足以訂史氏之失⓯者皆載之，可謂多矣。嗚呼！自王涯⓰、元載⓱之禍，書畫與胡椒無異；長輿⓲、元凱⓳之病，錢癖與傳癖何殊。名雖不同，其惑一也。

余建中辛巳⓴，始歸㉑趙氏。時先君㉒作禮部員外郎，丞相㉓時作吏部侍郎，侯年二十一，在太學作學生。趙、李寒族，素貧儉。每朔望謁告㉔出，質衣㉕取半千錢，步入相國寺㉖，市碑文果實歸，相對展玩咀嚼，自謂葛天氏㉗之民也。後二年，出仕宦，便有飯蔬衣練㉘，窮遐方絕域，盡天下古文奇字之志，日就月將㉙，漸益堆積。丞相居政府，親舊或在館閣㉚，多有亡詩、逸史，魯壁㉛、汲冢㉜所未見之書，遂盡力傳寫，浸覺有味，不能自已。後或見古今名人書畫、三代奇器，亦復脫衣市易。嘗記崇寧㉝間，有人持徐熙㉞〈牡丹圖〉，求錢二十萬。當時雖貴家子弟，求二十萬錢，豈易得邪？留信宿㉟，計無所出而還之。夫婦相向惋悵者數日。

後屏居鄉里十年㊱，仰取俯拾，衣食有餘。連守兩郡㊲，竭其俸入，以事鉛槧㊳。每獲一書，即同共校勘，整集籤題。得書畫彝鼎，亦摩玩舒卷，指摘疵病，夜盡一燭為率㊴。故能紙札精緻，字畫完整，冠諸收書家。余性偶強記，每飯罷，坐歸來堂㊵烹茶，指堆積書史，言某事在某書某卷、第幾頁第幾行，以中否角勝負，為飲茶先後。中即舉杯大笑，至茶傾覆懷中，反不得飲而起。甘心老是鄉矣，雖處憂患貧窮，而志不屈。收書既成，歸來堂起書庫大櫥，簿甲乙，置書冊。如要講讀，即請鑰上簿㊶，關出卷帙㊷。或少損污，必懲責揩完塗改，不復向時之坦夷也。是欲求適意而反取憀慄。余性不耐，始謀食去重肉，衣去重采，首無明珠翡翠之飾，室無塗金刺繡之具。遇書史百家字不刓闕㊸、本不譌謬者，輒市之儲作副本。自來家傳《周易》、《左氏傳》，故兩家者流，文字最備。於是几案羅列，枕席枕藉，意會心謀，目往神授，樂在聲色狗馬之上。

至靖康丙午歲㊹，侯守淄川，聞金人犯京師，四顧茫然，盈箱溢篋，且戀戀，且悵悵，知其必不為己物矣。建炎丁未㊺春三月，奔太夫人喪南來，既長物㊻不能盡載，乃先去書之重大印本者，又去畫之多幅者，又去古器之無款識者，後又去書之監本㊼者，畫之平常者，器之重大者，凡屢減去，尚載書十五車。至東海㊽，連艫渡淮，又渡江，至建康㊾。青州㊿故第尚鎖書冊什物，用屋十餘間，期明年春再具舟載之。十二月，金人陷青州，凡所謂十餘屋者，已皆為煨燼矣。

建炎戊申[51]秋九月，侯起復[52]知建康府。己酉[53]春三月罷，具舟上蕪湖，入姑孰[54]，將卜居[55]贛水上[56]。夏五月，至池陽[57]，被旨知湖州，過闕上殿[58]。遂駐家池陽，獨赴召。六月十三日，始負擔，捨舟坐岸上，葛衣岸巾[59]，精神如虎，目光爛爛射人，望舟中告別。余意甚惡[60]，呼曰：「如傳聞城中緩急[61]，奈何？」戟手[62]遙應曰：「從眾。必不得已，先棄輜重，次衣被，次書冊卷軸，次古器；獨所謂宗器[63]者，可自負抱，與身俱存亡，勿忘也。」遂馳馬去。途中奔馳，冒大暑，感疾。至行在[64]，病痁[65]。七月末，書報臥病。余驚怛，念侯性素急，奈何！病痁或熱，必服寒藥，疾可憂。遂解舟下，一日夜行三百里。比至，果大服柴胡、黃芩藥，瘧且痢，病危在膏肓。余悲泣，倉皇不忍問後事。八月十八日，遂不起。取筆作詩，絕筆而終，殊無分香賣履之意[66]。

葬畢，余無所之[67]。朝廷已分遣六宮[68]，又傳江當禁渡。時猶有書二萬卷，金石刻二千卷，器皿、茵褥，可待百客，他長物稱是[69]。余又大病，僅存喘息。事勢日迫，念侯有妹婿任兵部侍郎，從衛[70]在洪州，遂遣二故吏，先部送行李往投之。冬十二月，金人陷洪州，遂盡委棄。所謂連艫渡江之書，又散為雲煙矣。獨餘少輕小卷軸書帖，寫本李、杜、韓、柳集，《世說》、《鹽鐵論》，漢、唐石刻副本數十軸，三代鼎鼐[71]十數事，南唐寫本書數篋，偶病中把玩，搬在臥內者，巋然獨存。

上江既不可往，又虜勢叵測，有弟迒[72]任敕局[73]刪定官[74]，遂往依之。到臺[75]，臺守已遁[76]。之剡，出睦[77]，又棄衣被，走黃岩[78]，雇舟入海，奔行朝[79]，時駐蹕[80]章安[81]。從御舟海道之溫，又之越[82]。庚戌[83]十二月，放散百官，遂之衢[84]。紹興辛亥[85]春三月，復赴越。壬子[86]，又赴杭。先侯疾亟時，有張飛卿學士，攜玉壺過視[87]侯，便攜去，其實珉[88]也。不知何人傳道，遂妄言有頒金[89]之語，或傳亦有密論列者[90]。余大惶怖，不敢言，亦不敢遂已，盡將家中所有銅器等物，欲赴外廷[91]投進[92]。到越，已移幸[93]四明[94]。不敢留家中，並寫本書寄剡。後官軍收叛卒，取去，聞盡入故李將軍家[95]。所謂巋然獨存者，無慮十去五六矣。惟有書畫硯墨可五七簏，更不忍置他所，常在臥榻下，手自開闔。在會稽，卜居土民鍾氏舍，忽一夕，穴壁負五簏去。余悲慟不得活，重立賞收贖。後二日，鄰人鍾復皓出十八軸求賞，故知其盜不遠矣。萬計求之，其餘遂牢不可出。今知盡為吳說運使[96]賤價得之。所謂巋然獨存者，乃十去其七八。所有一二殘零不成部帙書冊，三數種平平書帖，猶愛惜如護頭目，何愚也邪！

今日忽閱此書，如見故人。因憶侯在東萊靜治堂，裝卷初就，芸籤[97]縹帶[98]，束十卷作一帙。每日晚吏散，輒校勘二卷，跋題一卷。此二千卷，有題跋者五百二卷耳。今手澤[99]如新，而墓木已拱[100]，悲夫！昔蕭繹江陵陷沒，不惜國亡而毀裂書畫[101]；楊廣江都傾覆，不悲身死而復取圖書[102]。豈人性之所著[103]，生死不能忘歟？或者天意以余菲薄，不足以享此尤物[104]邪？抑亦死者有知，猶斤斤愛惜，不肯留人間邪？何得之艱而失之易也！

嗚呼！余自少陸機作賦之二年[105]，至過蘧瑗知非之兩歲[106]，三十四年之間，憂患得失，何其多也！然有有必有無，有聚必有散，乃理之常。人亡弓，人得之[107]，又胡足道。所以區區[108]記其終始者，亦欲為後世好古博雅者之戒云。紹興二年玄黓歲壯月朔甲寅[109]，易安室[110]題。

【注　釋】❶金石錄後序　《金石錄》有三十卷，李清照丈夫趙明誠所著。《金石錄》原有趙明誠自序，李清照此序置全書之後，因稱後序。❷右　右邊；以上。古書自右至左直行刻印，故稱。❸趙侯德父　侯為宋代對州守之通稱。趙明誠字德父（或作德甫），歷任淄州、萊州太守，並知建康、湖州，因稱。❹三代　夏、商、周。❺五季　五代。❻鐘　古代樂器。❼鼎　古代炊具。❽甗　古代炊具。❾鬲　古代炊具。❿匜　古代盛水器。⓫尊　古代酒器。⓬敦　古代食器。⓭款識　古代鐘鼎等彝器上鑄刻的文字。款，刻。識，記。⓮是正譌謬　訂正偽訛謬誤。譌，有的本子作「訛」。⓯史氏之失　史官記載的錯誤。⓰王涯　字廣津，太原人。唐文宗時宰相，藏書數萬卷，與皇家書庫等。王涯將名貴書畫藏於壁中，「甘露之變」時為宦官所殺，別人破壁取去金、玉、奩軸等物，書畫都被拋棄在路旁。事見《舊唐書・王涯傳》。王涯，有的本子作「王播」，不確。⓱元載　字公輔，岐山人。唐代宗時宰相。以專橫納賄被殺，家產籍沒，單胡椒就有八百石。事見《新唐書・元載傳》。⓲長輿　晉代和嶠的字。和嶠官至中書令。《晉書・和嶠傳》云：「家產豐富，擬於王者，然性至吝，以是獲譏於世。杜預以為嶠有錢癖。」⓳元凱　晉代杜預的字。杜預好《左傳》，曾對晉武帝自稱有「《左傳》癖」。見《晉書・

杜預傳》。⑳建中辛巳　宋徽宗建中靖國元年（西元一一〇一年），歲次辛巳。㉑歸　嫁。㉒先君　指李清照的父親李格非。㉓丞相　指趙明誠的父親趙挺之。㉔朔望謁告　農曆初一稱朔，十五稱望。謁告，請假；告假。此為宋人用語。㉕質衣　用衣服抵押、典當。㉖相國寺　北宋汴京最大的寺院，也是當時的大集市，當時士人常至相國寺購買書籍玩好。㉗葛天氏　傳說中上古的帝王。據說那時人民生活儉樸，無憂無慮。㉘飯疏衣練　意為節衣縮食。飯、衣均用作動詞。疏，粗糲。練，粗布。㉙日就月將　日積月累；逐漸。㉚館閣　此指皇家藏書之處。㉛魯壁　《漢書・魯恭王劉餘傳》載，漢武帝初，魯恭王從孔子舊宅牆壁中發現一批古書，如《古文尚書》等。㉜汲冢　《晉書・武帝紀》載，晉武帝時汲郡人盜發魏襄王墓，發現一批竹書、漆書。㉝崇寧　宋徽宗年號（西元一一〇二～一一〇六年）。㉞徐熙　五代時南唐著名畫家，以畫花卉著稱。㉟信宿　連宿兩夜。再宿為信。㊱屏居鄉里十年　據《宋史・趙挺之傳》載，趙挺之大觀元年（西元一一〇七年）三月卒，後權臣蔡京置獄，捕挺之親戚等審問，但無事實。屏居原因在此。屏居，退職閒居。㊲連守兩郡　趙明誠宣和三年（西元一一二一年）守萊州，靖康元年（西元一一二六年）守淄州。㊳鉛槧　指校勘古書。鉛，鉛粉筆，用以改正錯字。槧，木版。㊴夜盡一燭為率　每夜以用完一枝蠟燭為限。㊵歸來堂　趙明誠夫婦在青州住宅的堂名。㊶請鑰上簿　取出鑰匙取書，作好登記。㊷關出卷帙　撿出所要之書。㊸刓闕　殘缺。㊹靖康丙午歲　靖康元年（西元一一二六年）。據《宋史・欽宗紀》載，金兵於其年正月攻打汴京。㊺建炎丁未　宋高宗建炎元年（西元一一二七年）。㊻長物　多餘的東西。㊼監本　五代以來國子監所刻印的書稱監本，在當時為通行的版本。㊽東海　即海州，今江蘇連雲港境內。㊾建康　時稱江寧府，今江蘇南京。㊿青州　今山東青州。(51)建炎戊申　建炎二年（西元一一二八年），歲次戊申。(52)起復　官員遭父母喪，應解官服喪三年。服喪期未滿而被任以官職的稱「起復」。(53)己酉　指建炎三年（西元一一二九年）。(54)姑孰　在今安徽當塗。(55)卜居　選擇住所。(56)贛水上　泛指江西地區。贛水，即贛江。(57)池陽　今安徽貴池。(58)過闕上殿　入京朝見皇帝。闕，宮門兩旁的望樓。(59)葛衣岸巾　身穿葛布衣頭戴岸幘。岸巾，推起頭巾露出額頭。(60)余意甚惡　我的心緒不寧。(61)緩急　發生緊急情況

〈偏義複詞〉。(62)戟手　豎起食指、中指來指人，形如古代兵器中的戟。(63)宗器　古代宗廟的祭器和樂器。(64)行在　皇帝行宮所在地。此指建康。(65)病痁　患瘧疾。(66)殊無句　一點也沒有瑣瑣吩咐家事的意念。典出曹操〈遺令〉。(67)之　動詞。往。(68)分遣六宮　時金兵南下，朝廷疏散後宮。(69)他長物稱是　其他器物也相當於此數。(70)從衛　隨從保衛。時隆祐太后等逃亡洪州（今江西南昌）。(71)鼐　大鼎。(72)弟迒　李清照之弟李迒。(73)勅局　即編修敕令所，屬尚書省。(74)刪定官　主管整理詔旨。(75)臺　臺州（今浙江臨海）。(76)臺守已遁　臺州守臣晁公為棄城逃跑。(77)之剡二句　到剡縣（今浙江嵊縣），離開睦州（今浙江建德）。睦，一作「陸」，聯繫上下文，以「睦」為是。(78)黃岩　今屬浙江。(79)行朝　即行在。(80)駐蹕　皇帝暫駐。(81)章安　今浙江臨海鎮名。(82)之溫又之越　到溫州（今屬浙江），又到越州（治所在今浙江紹興）。(83)庚戌　建炎四年（西元一一三〇年）。(84)衢　衢州（今屬浙江）。(85)紹興辛亥　宋高宗紹興元年（西元一一三一年）歲次辛亥。(86)壬子　紹興二年。(87)過視　前來探望。(88)珉　像玉那樣的美石。(89)頒金　此句暗指宋高宗欲以黃金向李清照求購玉壺等古玩。據南宋周密《齊東野語》載，宋高宗趙構喜愛法書名畫等。因而下文李清照有「大惶怖」，「欲赴外廷投進」之語。頒，賜也。(90)有密論列者　有人祕密向朝廷彈劾、告發此事。論列，議論彈劾。(91)外廷　皇帝在京城以外的聽政之處。(92)投進　進獻朝廷。(93)幸　皇帝所至叫幸。(94)四明　即明州（今浙江寧波）。(95)故李將軍家　所指不詳。(96)吳說運使　指福建路轉運判官吳說。說字傅朋，錢塘（今杭州）人，當時著名書法家。(97)芸籤　芸香草做的書籤。(98)縹帶　淺青色的絲織帶子，用以束書，作為藏書的標識。(99)手澤　原指手汗，後多指先人遺墨。此指趙明誠題跋手跡。(100)墓木已拱　墳墓上的樹已長到要用雙手合抱。謂人死已久。(101)昔蕭繹二句　蕭繹，南朝梁元帝。性愛圖書，北魏軍隊逼近金陵時，蕭繹將所聚圖書十餘萬卷全部燒毀。(102)楊廣二句　楊廣，即隋煬帝。楊廣愛惜圖書，雖積如山丘，然一字不許外出。(103)人性之所著　心中念念不忘之物。著，附著；寄託。(104)尤物　珍異之物。(105)余自少陸機作賦之二年　即十八歲。陸機，晉朝文學家。相傳其二十歲作〈文賦〉。(106)過蘧瑗知非之兩歲　即五十二歲。蘧瑗，字伯玉，春秋時衛國大夫。《淮南子・原道》：「蘧伯玉年五十，而知四十九年之非。」

後以五十歲為「知非之年」。107人亡弓二句　相傳楚王出獵，遺失一弓，左右要去尋找，楚王制止，說：「楚王失弓，楚人得之，又何求之？」典出《孔子家語・好生》。108區區　愛而不捨的樣子。109紹興二年玄黓歲壯月朔甲寅　紹興二年（西元一一三二年）八月初一日。玄黓歲，《爾雅・釋天》：「太歲在壬曰「玄黓」。紹興二年為壬子年，故稱。壯月，八月的別稱。朔，農曆初一。甲寅，原意指其年八月初一為甲寅。紹興二年李清照四十九歲，與文中「過蘧瑗知非之兩歲」不符，疑誤。宋洪邁《容齋四筆》中以為本文作於紹興四年。110易安室　作者讀書室名。

【語譯】以上《金石錄》三十卷是什麼？是趙侯德父所著之書。書的內容上取自夏、商、周三代，下迄五代，鐘、鼎、甗、鬲、盤、匜、尊、敦之類器物上鑄刻的文字，豐碑大碣、顯達之士、隱居之人的事蹟，凡見於金石所刻者共二千卷，皆予以訂正偽訛謬誤，對文字的去取褒貶，上足以符合聖人之道，下足以訂正史書缺失的，均予以載錄，可以說是極為豐富了。啊！自從經歷了唐代王涯、元載之禍，書畫與胡椒已沒有差異；對於晉代長輿、元凱之毛病，有錢癖與有書傳癖有何區別！它們的名稱雖然不同，但都屬迷惑卻是一樣的。

我在建中靖國元年，剛嫁到趙家。當時，先父任禮部員外郎，丞相當時任吏部侍郎。明誠年二十一歲，在太學作學生。趙、李兩家都是貧寒之家，向來貧困節儉。每月初一、十五明誠請假回家，即抵押衣服借貸五百錢，步行至相國寺，買些中意的碑文而歸，相對品賞、把玩，自以為是無憂無慮的葛天氏之民。兩年後，明誠出仕，於是我們就有了節衣縮食，窮盡極遠之地，遍搜天下古文奇字的志向，日積月累，搜集的器物日漸增多。丞相那時在中央政府，親戚故舊中有人在皇家藏書處任職，時常會見到那些亡詩逸史、魯壁、汲冢中所未能見到的書，於是我們借來，盡力傳寫，漸漸覺得很有興味而不能自已。後來，時或見到古今名人書畫、三代奇器，也常常脫下衣服用來交換。曾記得在崇寧年間，有人拿著徐熙所畫的〈牡丹圖〉，要價二十萬。當時即使是富貴人家的子弟，要二十萬錢，哪裡也是容易得到的呢？我們將〈牡丹圖〉在家中留了兩天，因二十萬錢無處可出而將畫歸還賣主，夫妻相對惆悵嘆息了好幾天。

後來明誠退職閒居十年，從各處張羅資財，應付衣食所需尚還有餘。至宣和、靖康年間，明誠連守兩郡，竭其俸祿收入，用來收集、校勘古書。每當新得一書，我們就一起校勘，整理搜集並題上標籤。如果得到書畫彝鼎等物，也舒卷品賞，細加摩玩，且指摘其瑕疵，每晚以點完一枝蠟燭為限。因而能保持紙札精緻，字畫完整，成為諸藏書家之冠。我天性長於強記，每當晚飯後，夫婦坐在歸來堂煮茶品茗，一邊指著堆積在旁的書史，說某事在某書某卷、第幾頁第幾行，以是否猜中決定勝負，並以此作為飲茶的先後。猜中的話就舉杯大笑，以至於杯中之茶傾覆在懷中，反而不能飲茶而起身換衣。我們甘心終身樂於其中，即使處於憂患貧窮的境地，但志向不改。所收之書已成規模，我們便在歸來堂建書庫、大櫥，將書籍按類登錄，設置目錄書冊。如果要講讀某一書，就拿來鑰匙取書，作好登記，然後檢出所要之書。如果不慎稍有損污，必定責罰其揩拭整潔，並將污損處塗抹改正，從此不再像平時那樣隨隨便便地對待書籍了。這是本求適性隨意而反使心情緊張不安了。我的性情不夠耐心，於是打算飲食簡單不要多種菜肴，衣服儉樸不要各種裝飾，我頭上沒有明珠翡翠之類的首飾，室內也無塗金刺繡的器具。如果遇到書史百家的著作，只要文字不殘缺、版本不偽謬的，我們就購買回來，儲存起來作為副本。原本家傳的《周易》、《左氏傳》的各種注釋及諸家解說等書，文字最為完備。當此之時，家中的書籍几案羅列，枕席堆積，心領神會，耳目、精神與書相交，其樂趣遠在聲色狗馬之上。

到了靖康元年，明誠任淄州太守，聽聞金兵進犯京師，不覺四顧茫然，面對盈箱溢篋的器物、書籍，既戀戀不捨，又心中悵茫，心中知道這些東西肯定不會再成為自己的了。建炎元年三月，因奔太夫人喪南行，那些多餘的東西既然不能盡數裝載運走，於是先剔除那些既重又大的書籍，又除去同樣內容且有數幅的畫，又去掉鐘鼎彝器中沒有銘文款識的，後來又去掉監本圖書，較為平常的畫，那些又重又大的銅器：經過這樣一再剔除，還是裝載了圖書等物十五車。到達東海，連船渡過淮河，又渡過長江，到達江寧府。而青州故居還儲有書冊什物，共用屋十餘間，打算到次年春天再準備舟船裝運南來。但當年十二月，金兵攻陷青州，所謂十餘屋的書籍器物，也都已成為灰燼了。

建炎二年秋天的九月，明誠又被任知建康府。次年春三月去職，備下舟船前往蕪湖，到姑孰，準備擇居在江西之地。夏五月，到達池陽，蒙旨知湖州，要入京朝見皇帝，於是將家眷安頓在池陽，獨自入京。六月十三日，才整治行裝，離舟坐於岸上，身穿葛衣頭戴岸幘，精神如虎，目光炯炯，分外有神，舉手向舟中告別。而我的心緒不寧，大聲說：「如果像傳聞那樣城中遇到緊急情況，該怎麼辦？」明誠伸出手遙聲應答道：「隨從大家的做法。如果遇到萬不得已的情況，先放棄行李，其次丟棄衣被，再其次捨棄書冊卷軸，其次再捨棄古器。只有那些古代的祭器和樂器，要親自攜帶，與人共存亡。千萬不要忘記。」說畢馳馬而去。由於途中奔馳勞累，又加冒著酷暑，明誠不幸染病，到達建康時，又患瘧疾。七月末，明誠有書信來告他臥病在床。我十分震驚，想到明誠性情向來急躁，該怎麼辦！患瘧疾時或會發高熱，明誠必定會服用寒性的藥物，他的病情令人擔憂。於是雇舟沿江而下，一日一夜趕了三百里。等我到時，得知明誠果然服用了大量茈胡、黃芩之類的藥，患瘧疾同時又患痢疾，已病入膏肓危在旦夕。我悲傷哭泣，倉皇之間不忍心去問及身後事。八月十八日，病重不起，明誠取筆作詩，絕筆而終，一點也沒有瑣瑣吩咐家事之意。

將明誠安葬畢，我無處可去。時金兵南下，朝廷已疏散後宮之人，又傳聞長江將要禁渡。當時，我還有圖書二萬卷，金石刻二千卷，各種器皿、被褥等物，可用來招待上百客人，其他器物也相當於此數。我又大病一場，僅剩喘息。而形勢日益緊迫，念及明誠有妹婿任兵部侍郎，隨衛隆祐太后於洪州，於是差二個老部下，先護送行李前去投奔。當年冬十二月，金兵攻陷洪州，送去之物即全都丟棄。所謂連艫渡江的書籍，又皆散作雲煙了。只餘下少許輕小卷軸書帖，寫本李白、杜甫、韓愈、柳宗元的文集，《世說新語》、《鹽鐵論》，漢、唐石刻副本數十軸，三代鼎鼐十餘件，南唐寫本書數箱，在病中偶然把玩、搬入臥室之內的，獨獨得以保存。

溯江而上既不可能，而金兵的情勢又無法預測，我弟弟李迒時任敕局刪定官，就前去投奔他。到臺州時，臺州守臣晁公為已棄城逃跑。前往剡縣，後又路經睦州，又丟棄了衣被，前往黃岩，雇船入海，投奔皇帝，當時皇帝暫駐章安。隨從皇帝的船隊從海道前往溫州，又往越州。建炎四年十二月，因形勢緊急，又疏散文武百官，於是前往衢州。紹興元年春三月，又赴越州。紹興二年，又前往杭州。先前明誠病重時，有一位張飛卿學士，攜帶一把玉壺前來探望，之後便帶著玉壺離去，說是玉壺，其實只是類似玉的石壺。不知什麼人傳布不實的消息，於是就有了朝廷「頒金」之語；還有人傳說有人祕密向朝廷彈劾、告發此事。我非常惶恐，不敢辯白，也不敢不予理會，於是將家中所有的鐘鼎銅器等物全都取出，準備到皇帝暫住地進獻給朝廷。待我到越州時，皇帝已移駐明州，我所帶的器物不敢留在家中，連同寫本書等，都寄存在剡縣。其後官軍進剿收編叛卒，將鐘鼎、圖書等全部取去，聽說已全部歸於原李將軍家。那些得以保存的圖書器物，無疑又失去了十之五六。只有書畫硯墨等約五七簏，更不願放置在他處，一直放在臥榻邊，由我親自開闔照看。在會稽時，曾借居在鍾姓的當地人家中，突然有一夜，被人在屋壁挖洞偷去了五簏。我悲痛欲絕，立下重賞收贖書畫。兩天後，鄰居鍾復皓拿來十八軸字畫求賞金，因而知盜賊就在不遠處。千方百計欲求失物，但其餘的失竊之物卻始終不見露面。現在得知這批圖書字畫已全部被吳說運使用賤價買去。那些在流離中得以保存的圖書器物，已失去了十之七八。所有之物僅剩下一二部殘缺零散不成部帙的書籍，三五種平平的書帖，但我還愛惜如自己的腦袋耳目，是多麼愚蠢啊！

今日偶然間翻閱此書，如見故人。因而回憶起明誠在萊州靜治堂，裝訂書卷剛畢，配上芸香草做的書籤，用淺青色的絲織帶子來束書，每十卷捆束為一帙。每日晚間吏員散去，就將書取出校勘二卷，為之題寫跋文一卷。明誠裝訂的二千卷中，有題跋的有五百零二卷。現在明誠的題跋墨色如新，然而他卻早已不在人世，令人悲傷！昔年梁元帝在江陵陷沒之時，不顧惜國家滅亡而毀裂書畫；隋煬帝楊廣在江都傾覆之日，不悲痛身之將死而復取圖書，這難道是人對心中珍愛之物，至死不能忘懷嗎？或許還是老天因我命薄，不足以享有此珍異之物呢？抑或是死者泉下有知，還是過分愛惜，不肯讓它們留在人間呢？為什麼得到它們是如此之難而失去卻是如此容易呢！

啊，我自十八歲始，至今年五十二歲，三十四年之間，所經歷的憂患得失，竟然如此之多！然而有擁有也必定會有消亡，有聚合也必然會有散失，這是常理；楚人亡弓，楚人得之，這又何足道哉。我之所以念念不能忘懷而記述其始末的原因，是為後世那些好古博雅之士留下一個警戒。紹興二年八月初一日，易安室題。

【賞　析】本文是李清照集中較為重要的文章。

《金石錄》三十卷，李清照的丈夫趙明誠所著，以所見自上古至唐末五代鐘鼎彝器銘文款識與碑銘墓誌石刻文字加以考訂，編排成書。

本文寫了趙明誠、李清照夫婦立「窮遐方絕域，盡天下古文奇字」的志向和千方百計搜集金石古籍的甘苦：有趙明誠為太學生時「質衣取半千錢，步入相國寺，市碑文果實歸」的經歷；有趙明誠出仕後「飯疏衣綀」的節儉和「見古今名人書畫、三代奇器，亦復脫衣市易」的執著；和見名畫因無法籌措二十萬錢，只能「留信宿，計無所出而還之」的惋嘆。同時，他們又有沉浸其中的快樂：他們「每獲一書，即同共校勘，整集籤題。得書畫彝鼎，亦摩玩舒卷，指摘疵病」，寫出了他們志趣相投。而文中對他們猜書中所記決勝負，以分飲茶先後的描述，更寫得栩栩如生，如聞其聲，如見其人。經過多年的收集，其收藏蔚為大觀，「冠諸收書家」。在趙明誠夫婦看來，器物圖書「几案羅列，枕席枕藉，意會心謀，目往神授」，其樂趣遠在「聲色狗馬之上」。

然而，本文的重點是在記述金兵南下後的顛沛流離中，收藏的古物圖書散失的經過：建炎元年，金兵攻陷青州，留在故居十餘屋的書冊等物付之一炬；建炎三年，金兵陷洪州，送往那裡的文物書籍「遂盡委棄」，「散為雲煙」；紹興元年，寄存在剡縣的圖書器物，「盡入故李將軍家」；在會稽時，所剩不多的書籍等，又被「穴壁負五簏去」，至此，趙明誠、李清照多年苦心經營收藏的圖書文物散失殆盡。

本文以金石古籍「得難失易」為線索，以事件發生的先後為次序，逐層寫來，敘述真切，筆端含情。而金石古籍的聚散，與作者的一生經歷密切相關，這篇文章實際上也寫出了作者的生活和命運，並從側面透露出北宋末年的戰亂給人民造成的深重苦難。

打馬圖經序❶

慧則通，通即無所不達；專則精，精即無所不妙。故庖丁之解牛❷，郢人之運斤❸，師曠之聽❹，離婁之視❺，大至於堯舜❻之仁，桀紂❼之惡，小至於擲豆起蠅❽，巾角拂棋❾，皆臻至理者何？妙而已。後世之人，不惟學聖人之道不到聖處，雖嬉戲之事，亦不得其依稀彷彿而遂止者多矣。夫博❿者，無他，爭先術⓫耳，故專者能之。予性喜博，凡所謂博者皆耽之，晝夜每忘寢食。且平生多寡未嘗不進⓬者何？精而已。自南渡來，流離遷徙，盡散博具，故罕為之，然實未嘗忘於胸中也。

今年冬十月朔，聞淮上警報⑬，江浙之人，自東走西，自南走北，居山林者謀入城市，居城市者謀入山林，旁午⑭絡繹，莫不失所⑮。易安居士亦自臨安泝流，涉嚴灘⑯之險，抵金華⑰，卜居陳氏第。乍釋舟楫而見軒窗，意頗適然。更長燭明，奈此良夜何。於是博弈之事講矣。

且長行⑱、葉子⑲、博塞⑳、彈棋㉑，近世無傳。若打揭㉒、大小豬窩㉓、族鬼㉔、胡畫㉕、數倉㉖、賭快㉗之類，皆鄙俚㉘不經見。藏酒㉙、摴蒱㉚、雙蹙融㉛，近漸廢絕。選仙㉜、加減、插關火㉝，質魯㉞任命㉟，無所施人智巧。大小象戲㊱、弈棋㊲，又惟可容二人。獨采選㊳、打馬，特為閨房雅戲。嘗恨采選叢繁，勞於檢閱，故能通者少，難遇勍敵；打馬簡要，而苦無文采。

按打馬世有二種：一種一將十馬者，謂之「關西馬」；一種無將二十馬者，謂之「依經馬」。流行既久，各有圖經凡例可考；行移賞罰，互有同異。又宣和㊴間人取二種馬，參雜加減，大約交加僥倖，古意盡矣。所謂「宣和馬」者是也。予獨愛「依經馬」，因取其賞罰互度，每事作數語，隨事附見，使兒輩圖之㊵。不獨施之博徒，實足貽諸好事，使千萬世後知命辭打馬，始自易安居士也。時紹興四年十一月二十四日，易安室序。

【注釋】❶打馬圖經序　《打馬圖經》一卷，前為序，序後為〈打馬賦〉，下為〈打馬圖經命詞〉。打馬，古博戲之一種。或云即打雙陸，因雙陸棋子稱馬。此博明代至清咸豐年間尚傳。❷庖丁之解牛　庖丁，廚師。《莊子．養生主》：「庖丁為文惠君解牛，手之所觸，肩之所倚，足之所履，膝之所踦，砉然嚮然，奏刀騞然，莫不中音，合於『桑林』之舞，乃中『經首』之會。文惠君曰：『嘻，善哉！技蓋至此乎！』庖丁釋刀對曰：『臣之所好者道也，進乎技矣。』」❸郢人之運斤　郢，楚國首都，今湖北江陵北。斤，斧。《莊子．徐無鬼》：「郢人堊墁其鼻端，若蠅翼，使匠石斫之。匠石運斤成風，聽而斫之，盡堊而鼻不傷。郢人立不失容。」❹師曠之聽　師曠，春秋時晉國樂師，字子野，生而目盲，善辨聲樂。《孟子．離婁上》：「師曠之聰，不以六律，不能正五音。」❺離婁之視　離婁，又名離朱。《孟子．離婁上》：「離婁之明，公輸般之巧，不以規矩，不能成方圓。」趙岐注：「離婁者，古之明目者，蓋以為黃帝時人也。黃帝亡其玄珠，使離朱索之。離朱即離婁也，能視於百步之外，見秋毫之末。」❻堯舜　傳說中古代兩位國君，被視為聖人。❼桀紂　桀，夏朝的末代國君。紂，商朝的末代國君。兩人皆是著名的暴君。❽擲豆起蠅　唐段成式《酉陽雜俎續集》卷四載，張芬在韋臯幕府，有一客人在宴席上用籌碗中的綠豆擊蠅，十不失一，一坐皆驚笑。張芬說：「不要浪費我的綠豆。」就用手捉蠅，拈蠅後腳，沒有能逃脫的蒼蠅。❾巾角拂棋　南朝宋劉義慶《世說新語．巧藝》載：「彈棋始自魏，宮內用妝奩戲。文帝於此戲特妙，用手巾角拂之，無不中。有客自云能，帝使為之。客著巾角，低頭拂棋，妙踰於帝。」⑩博　博戲。從全文看，似為一種類似下棋的遊戲。⑪爭先術　指要爭得先機。⑫未嘗不進　指未嘗不贏、不勝。⑬今年二句　高宗紹興四年（西元一一三四年）九月，金兵與偽齊兵進犯江淮，時局緊張，故李清照有此語。⑭旁午　交叉；分繁。⑮莫不失所　一本作「莫卜所之」。⑯嚴灘　即嚴陵瀨，在浙江桐廬南。⑰金華　今屬浙江。⑱長行　古代博戲名。唐李肇《國史補》卷下：「今之博戲，有長行最盛，其具有局有子，子有黃黑各十五。擲采之骰有二。其法生於握槊，變於雙陸。……王公大人，頗或耽玩，至有廢慶弔，忘寢休，輟飲食者。」⑲葉子　即葉子戲。唐蘇鶚《杜陽雜編》下：「韋氏諸家，好為葉子戲。」清趙翼《陔餘叢考》卷三三〈葉子戲〉：「紙牌之戲，唐已有之。今之以《水滸》人分配者，蓋沿其式而易其名耳。」其風近代尚存。⑳博塞　古六博和格五等博戲。六博，古代一種擲采下棋的遊戲。博，一作「簙」。格五，也是古代棋類遊戲。㉑彈棋　漢魏時博戲。《後漢書．梁統傳》附梁冀：「能挽滿、彈棋、格五、六博、蹴鞠、意錢之戲。」注引《藝經》：「彈棋，兩人對局，白黑棋各六枚，先列棋相當，更先彈也。其局以石為之。」唐柳宗元《序棋》：「得木局，隆其中而規焉。其下方以直，置棋二十有四。」可知至唐已發展為二十四棋。宋沈括《夢溪筆談》卷一八云：「彈棋今人罕為之。有譜一卷，盡唐人所為。其局方二尺，中心高如覆盂，其巔為小壺，四角微隆起。今大名開元寺佛殿上有一石局，亦唐時物也。李商隱云：『玉作彈棋局，中心最不平。』謂其中高也。白樂天詩：『彈棋局上事，最妙是長斜。』長斜謂抹角斜彈，一發過半局。今譜中具有此法。」宋侯寘〈眼兒媚效易安體〉詞：「彈棋打馬心都懶，攛掇上春愁。」似南宋時此戲尚存。㉒打揭　一作「打褐」。宋代民間博戲。宋黃庭堅〈鼓笛令．戲詠打揭〉詞：「酒闌命友閑為戲。打揭兒、非常愜意。各自輸贏只賭是，賞罰采，分明須記。

小五出來無事，卻跋翻和九底。若要十一花下死，那管十三，不如十二。」或可見此戲之一斑。㉓大小豬窩　本名除紅，博戲之一種。元楊維楨〈除紅譜序〉：「豬窩者，朱河所撰也。後世訛其音，不務察其本，始謂之豬窩者，非也。朱河，字天明，宋大儒朱光庭之裔，南渡時始遷建業，遂世家焉。河少有才望，落魄不羈，仕至天官冢宰。此書世傳河所作，本名《除紅譜》。除紅者，以除四紅言之也。」也稱朱窩。明李日華《紫桃軒雜錄》卷四：「骰色朱窩，本名除四，以除去四紅而算點也。乃南宋冢宰朱河所造，俗訛稱為朱窩耳。」清初猶存此戲。見明周亮工《因樹屋書影》卷二。㉔族鬼　古代博戲之一種。宋高承《事物紀原・博弈嬉戲部・買鬼》：「世傳唐武后初，諫議大夫明崇儼能役鬼物。其微時，人嘗與博，凡擲投子，必使鬼物，持其彩，應呼而成，隨其所欲也。後人因此為『買鬼』之戲，就中彩名其通天火通之類云，亦當時所役之物名也。」未知買鬼是否即族鬼。㉕胡畫　古代博戲之一種。具體不詳。㉖數倉　古代博戲之一種。具體不詳。㉗賭快　古代博戲之一種。具體不詳。然似為比賽速度。㉘鄙俚　粗野、庸俗。㉙藏酒　為藏鉤之另一名稱。《采蘭雜志》：「每月下九，置酒為婦女之歡，女子以夜為藏鉤諸戲，以待月明，至有忘寢而達曙者。」《藝文類聚》卷七四〈巧藝部〉引《風土記》：「義陽臘日飲祭之後，叟嫗兒童，為藏鉤之戲，分為二曹，以效勝負。若人偶即敵對，人奇即人為遊附，或屬上曹，或屬下曹，名為飛鳥，以齊二曹人數。一鉤藏在數手中，曹人當射知所在，一藏為一籌，三籌為一都。」㉚摴蒱　也作「摴蒲」。古代博戲之一。漢代即有之，晉時尤盛行。以擲骰決勝負，得采有盧、雉、犢、白等稱，視擲出的骰色而定。後為擲骰的泛稱。㉛蹙融　亦作「蹙戎」。古代弈戲之一。漢時稱「格五」。唐李匡乂《資暇集》卷中：「今有奕局，取一道，人行五棋，謂之蹙融。『融』宜作『戎』。此戲生於黃帝蹙鞠，意在軍戎也，殊非圓融之義。庾元規著《座右方》，所言蹙戎者，今之蹙融也。」唐段成式《酉陽雜俎續集・貶誤》：「小戲中於弈局一枰，各布五子角遲速，名『蹙融』。」㉜選仙　古代一種賭錢之戲。宋王珪〈宮詞〉之八一：「盡日閑窗賭選仙，小娃爭覓到盆錢。上籌得占蓬萊島，一擲乘鸞出洞天。」清西厓《談徵・事部・選仙圖》：「今俗集古仙人作圖為賭錢之戲，用骰子比色，先為散仙，次陞上洞，以漸而蓬萊、大羅等，列則眾仙慶賀……」此戲宋時已有。㉝加減插關火　古代博戲。具體不詳。㉞質魯　質樸笨拙。㉟任命　碰運氣。㊱大小象戲　古代博戲之一，類似象棋。北周庾信〈進象經賦表〉：「臣伏讀聖制《象經》，并觀象戲，私心踴躍，不勝抃舞。」宋程顥〈象戲〉詩：「大都博弈皆戲劇，象戲翻能學用兵。」明謝肇淛《五雜俎・二部二》：「象戲視圍棋較易者，道有限而算易窮也。至其棄小圖大，制人而不制於人，則一而已。」㊲弈棋　即圍棋。㊳采選　也作「彩選」，全稱為「彩選格」。唐宋時的一種博戲。宋徐度《卻掃編》卷下：「彩選格起於唐李郃。本朝踵之者，有趙明遠、尹師魯。元豐官制行，有宋保國，皆取一時官制為之。至劉貢父獨因其法，取西漢官秩陞黜，次第為之；又取本傳所以陞黜之語注其下。局終，遂可類次其語為一傳。博戲中最為雅馴。……貢父晚年，復稍增而自題其後。今其書盛行於世。」此戲至明清時仍流行。而所謂采選，即陞官圖。唐宋以還，歷代皆有其戲。其法乃列大小官位於紙上，另擲骰子，計點數彩色以定陞降。㊴宣和　宋徽宗年號（西元一一一九～一一二五年）。㊵使兒輩圖之　李清照本人未曾生育，當指其弟李迒之子。

【語　譯】聰慧則通達，通達則無所不至；專一則精通，精通則無所不妙。所以像庖丁之解牛，郢人之運斤，師曠之善聽，離婁之善視，大至於堯舜之仁德，桀紂之凶惡，小至於擲豆擊蠅，巾角拂棋，都達到了最高的境界，這是為什麼？只是精妙而已。後世之人，不只是學聖人之道學不到聖處，即使是那些玩樂嬉戲之事，也不能學到一些粗淺的本領就止步不前，這樣的人是太多了。對於類似下棋一類的遊戲，沒有其他竅門，就是要爭得先機，故爾專一者能擅長此道。我生性喜歡博戲，各種各樣的博戲我都很投入，往往不分晝夜而廢寢忘食。而且我平時參加各種博戲，不論多少，沒有不贏的，這是什麼原因？只是精通而已。

自從南渡以來，顛沛流離，不斷遷徙，各種博戲用具全都散失，因而極少再作此戲，然而在我心中卻實在是從來未曾忘懷。今年冬十月初一日，傳來金兵侵犯淮河的警報，江浙一帶的百姓，自東逃難到西，自南避難至北，居住在山林的人想遷入城市，居住在城市之人則想避入山林，紛紛奔走於道，絡繹不絕，百姓無不流離失所。我亦從臨安雇船溯流而上，經過險急的嚴陵瀨，抵達金華，借居於陳姓人家。忽然間離開舟船而入住軒窗明淨的居室，心中頗感舒適。夜長燭明，如何度此長夜？於是，在夜深人靜之時，探究博弈之戲。

像長行、葉子、博塞、彈棋，近世以來已經失傳，而像打揭、大小豬窩、族鬼、胡畫、數倉、賭快之類的博戲，又都粗俗而不常見。藏酒、摴蒱、雙蹙融，近來也漸趨廢絕。選仙、加減、插關火之類博戲，又簡單笨拙而靠碰運氣，無從施展人的機智巧慧。大小象棋、圍棋，又只能由二人遊戲。惟獨采選、打馬，專為閨房雅戲。常恨采選之戲既多又繁，苦於檢看查閱，因而精通的人很少，很難遇到勁敵；而打馬之戲簡要，卻又苦於沒有文彩。

打馬之戲流行的有兩種：一種，有一將十馬，叫做「關西馬」；另一種無將而有二十馬，叫做「依經馬」。此兩種博戲流行已經很久，各自又有圖經凡例可以查考；遊戲時的規則和賞罰辦法，互有異同。而宣和年間，時人將「關西馬」、「依經馬」加以摻雜加減，大致是相互求利，古意盡失，這就是所謂的「宣和馬」。我只愛「依經馬」，於是採取其相互間的賞罰規則，每一順序，寫下數語，隨遊戲規則附見於後，並使兒輩將其畫成圖。這樣，不僅能供博戲之徒使用，也足以送給諸位愛好此道之人，使千百年之後也能知道為打馬之戲留下文字的，始自易安居士。時紹興四年十一月二十四日，易安室序。

【賞析】李清照此文，是《打馬圖經》的序文。

我國古代的博戲形色，種類頗多。僅就此文看，就有如長行、葉子、博塞、彈棋、打揭、大小豬窩、族鬼、胡畫……等不下二十種。在這些博戲中，有的「近世無傳」，有的「鄙俚不經見」，有的「質魯任命」，有的僅「可容二人」。而采選、打馬，「特為閨房雅戲」，李清照對此情有獨鍾，她不僅精通「打馬」，且作《打馬圖經》，對打馬的每一步驟、方法，「取其賞罰互度，每事作數語，隨事附見」，以使後世之人「知命辭打馬，始自易安居士」。

李清照作《打馬圖經》，看似悠閒，但從文中，我們卻能看出，此也實屬無奈之舉。本文寫於宋高宗紹興四年（西元一一三四年）。李清照「自南渡來，流離遷徙」，過著顛沛流離的生活。而當年十月，「聞淮上警報」，江南百姓為防金兵南下，四處躲避而「莫不失所」，李清照也自臨安輾轉奔波，徙居金華，稍覺安定。然而，面對「更長燭明」的漫漫長夜，李清照無法排解心中的苦悶，於是作《打馬圖經》以為消遣，這或許就是此文透給我們的消息。

打馬賦❶

予性專博，晝夜每忘食事。南渡金華，僑居陳氏，講博弈之事，遂作〈依經打馬賦〉❷曰：

歲令云徂❸，盧或可呼❹。千金一擲，百萬十都❺。樽俎具陳，已行揖讓之禮；主賓既醉，不有博弈者乎❻？打馬爰興，摴蒲遂廢。實小道之上流，乃閨房之雅戲。齊驅驥騄，疑穆王萬里之行❼；間列玄黃，類楊氏五家之隊⑧。珊珊⑨珮響，方驚玉鐙⑩之敲；落落星羅⑪，忽見連錢⑫之碎。

若乃吳江楓冷⑬，胡山葉飛⑭；玉門關⑮閉，沙苑⑯草肥。臨波不渡，似惜障泥⑰。或出入用奇，有類昆陽之戰⑱；或優游仗義，正如涿鹿之師⑲。或聞望久高，脫復⑳庾郎㉑之失；或聲名素昧，便同凝叔之奇㉒。亦有緩緩而歸㉓，昂昂而出㉔。鳥道㉕驚馳，蟻封㉖安步。崎嶇峻坂㉗，未遇王良㉘；跼促鹽車㉙，難逢造父㉚。且夫邱陵云遠，白雲在天㉛，心存戀豆㉜，志在著鞭㉝。止蹄黃葉，何異金錢㉞。用五十六采㉟之間，行九十一路㊱之內。明以賞罰，覈其殿最㊲。運指麾於方寸之中，決勝負於幾微㊳之外。

且好勝者人之常情，游藝者士之末技㊴。說梅止渴㊵，稍疏奔競之心；畫餅充饑㊶，少謝㊷騰驤㊸之志。將圖實效，故臨難而不迴；欲報厚恩，故知機而先退。或銜枚㊹緩進，已踰關塞之艱；或賈勇㊺爭先，莫悟穽塹[46]之墜。皆由不知止足[47]，自貽尤悔。當知範我之馳驅[48]，勿忘君子之箴佩[49]。況為之賢已，事實見於正經[50]；用之以誠，義必合於天德[51]。牝乃叶地類之貞[52]，反亦記魯姬之式[53]。鑒髻墮於梁家[54]，溯滸循於岐國[55]。故遶床大叫，五木皆盧[56]；瀝酒[57]一呼，六子盡赤[58]。平生不負，遂成劍閣之師[59]；別墅未輸，已破淮淝之賊[60]。今日豈無元子[61]，明時不乏安石[62]。又何必陶長沙博局之投[63]，正當師袁彥道布帽之擲[64]也。

辭[65]曰：佛貍[66]定見卯年死，貴賤紛紛尚流徙。滿眼驊騮雜騄駬[67]，時危安得真致此？木蘭[68]橫戈好女子！老矣誰能志千里[69]，但願相將[70]過淮水。

【注　釋】❶打馬賦　係為《打馬圖經》而作。❷依經打馬賦　即〈打馬圖經序〉一文中所云之「依經馬」。詳見該文。❸歲令云徂　謂一年將盡。徂，去；往；消逝。❹盧或可呼　摴蒱五子俱黑謂之盧。《太平御覽》卷七五四〈工藝部〉引《晉書》曰：「劉毅於東府聚摴蒱大擲，一判應至數百萬，餘人並黑犢以還，唯劉裕及毅在後。毅次擲，得雉，大喜，褰衣繞床叫，謂同座曰：『非不能盧，不事此耳。』裕惡之，因挼五木久之，曰：『老兄試為卿答。』既而四子皆黑，其一子轉躍未定，裕喝之，即成盧焉。」❺千金二句　言其賭注之大。唐吳象之〈少年行〉：「一擲千金渾是膽，家無四壁不知貧。」百萬十都，《晉書・何無忌傳》：「劉毅家無儋石之儲，摴蒲一擲百萬。」都，計籌單位。唐段成式《酉陽雜俎續集》卷四：「又魏（彈棋）戲法，先立一棋於局中，餘者鬥白黑圍繞之，十八籌成『都』。」十都，即一百八十籌。❻不有句　《論語・陽貨》：「飽食終日，無所用心，難矣哉！不有博弈者乎，為之猶賢乎已。」❼齊驅二句　《逸周書》：「穆王乘八駿，賓於西王母，觴於瑤池之上，一日行萬里。」驥、騄，八駿之二。❽間列二句　玄黃，喻棋子之色。楊氏五家，以楊國忠兄妹為喻。《舊唐書・楊貴妃傳》：「玄宗每年十月幸華清宮，國忠姊妹五家扈從，每家為一隊，著一色衣，五家合隊，照映如百花之煥發。」❾珊珊　形容玉珮的撞擊聲。❿玉鐙　馬鞍兩旁用以踏足者。⓫落落星羅　喻棋子之分佈。⓬連錢　花紋似相連之銅錢。《南史・梁本紀・簡文帝》：「項毛左旋，連錢入背。」也指馬之飾品。南朝梁元帝蕭繹（西元五〇八～五五四年）〈紫騮馬〉：「長安美少年，金絡錦連錢。」⓭吳江楓冷　用唐崔信明斷句：「楓落吳江冷。」⓮胡山葉飛　唐喬彝〈渥洼馬賦〉：「一噴生風，下胡山之亂葉。」⓯玉門關　在今甘肅敦煌西北，為古代通西域要道。⓰沙苑　舊址在今陝西大荔南洛、渭之間，宜放牧，唐代在此置沙苑監，宋置龍坊，為屯兵牧馬之所。⓱臨波二句　南朝宋劉義慶《世說新語・術解》：「王武之（濟）善解馬性，嘗乘一馬，著錢障泥，前有水，終日不肯渡。王云：『此必是惜障泥。』使人解去，便徑渡。」障泥，墊在馬鞍下，垂於馬腹兩旁之布。⓲昆陽之戰　昆陽，漢縣名，屬潁川郡，今河南葉縣地。更始元年（西元二三年）漢劉秀（光武帝）在此擊敗王莽軍隊。是中國歷史上以少勝多的著名戰例。⓳涿鹿之師　涿鹿，古山名，在今河北涿鹿東南。《史記・五帝本紀》「蚩尤作亂，不用帝命。於是黃帝乃徵師諸侯，與蚩尤戰於涿鹿之野，遂禽殺蚩尤。」⓴脫復　或許；倘使。《世說新語・賞譽》「王汝南既除所生服」注引鄧粲《晉紀》：「兄子濟往省湛，見床頭有《周易》，謂湛曰：『叔父用此何為？頗曾看不？』湛笑曰：『體中佳時，脫復看耳。』」㉑庾郎　晉庾翼。《世說新語・雅量》：「庾小征西嘗出未還，婦母阮，是劉萬安妻，與女上安陵城樓上。俄頃，翼歸，策良馬，盛輿衛。阮語女：『聞庾郎能騎，我何由得見？』婦告翼。翼便為於道開鹵簿，盤馬，始兩轉，墜馬墮地，意色自若。」庾翼與兄庾亮皆官征西將軍，故稱「小征西」。㉒或聲名二句　王湛、王濟叔侄故事。《世說新語・賞譽》：「（王湛）對答甚有音辭，出濟意外……濟雖儁爽，自視缺然，乃喟然歎曰：『家有名士三十年而不知！』濟去，叔送至門。濟從騎有一馬絕難乘，少能騎者。濟聊問叔：『好騎乘不？』曰：『亦好爾。』濟又使騎難乘馬，叔姿形既妙，回策如縈，名騎無以過之。濟益歎其難測，非復一事……武帝每見濟，輒以湛調之，曰：『卿家痴叔死未？』濟常無以答。既而得叔後，武帝又問如前，濟曰：『臣叔不痴。』稱其實美。帝曰：『誰比？』濟曰：『山濤以下，魏舒以上。』於是顯名。」「家有名士三十年而不知」，即指「聲名素昧。王湛善騎「難乘」之馬，即「痴叔之奇」也。㉓緩緩而歸　指不緊不慢。㉔昂昂而出　指志行高尚之貌。㉕烏道　謂山路險絕。㉖蟻封　螞蟻在巢穴上之封土。㉗峻坂　即峻阪，陡坡也。㉘王良　春秋時晉國之善御馬者。㉙鹽車　《戰國策・楚策四》：「君亦聞驥乎？夫驥之齒至矣，服鹽車而上太行。蹄申，膝折，尾湛，漉汗汁洒地，白汗交流，中阪遷延，負轅不能上。」㉚造父　古代傳說中的善御者。《史記・秦本紀》：「造父以善御幸於周繆（穆）王，得驥、溫驪、驊騮、騄耳之駟，西巡狩，樂而忘歸。」㉛且夫二句　《穆天子傳》卷三：「乙丑，天子觴西王母於瑤池之上。西王母為天子謠曰：『白雲在天，山陵自出。道路悠悠，山川間之。將子無死，尚能復來。』」㉜戀豆　謂留戀祿位。《三國志・魏書・曹爽傳》「乃通宣王奏事」注引干寶《晉紀》：「桓範出赴爽，宣王謂蔣濟曰：『智囊往矣。』濟曰：『範則智矣。駑馬戀棧豆，爽必不能用也。』」㉝著鞭　喻先人一步。《世說新語・賞譽》劉琨稱祖車騎」注引《晉陽秋》：「劉琨與親舊書曰：『吾枕戈待旦，志梟逆虜，常恐祖生先吾著鞭耳。』」祖生，即祖逖。㉞止蹄二句　語本宋黃庭堅詩。宋胡仔《苕溪漁隱叢話》前集卷五〇引《王直方詩話》云：「少游嘗以真字題『月團新碾淪花甆，飲罷呼兒課《楚詞》。風定小軒無落葉，青蟲相對吐秋絲』一絕於邢敦夫扇上。山谷見之，乃於扇背作小草題『黃葉委庭觀九州，小蟲催女獻功裘。金錢滿地無人費，百斛明珠薏苡秋』一絕，皆自所作詩也。少游後見之，復云『逼我太甚』。」金王若虛《滹南詩話》卷三：「少游所謂相逼者，非謂其詩也，惡其好勝而不讓耳。」此以「黃葉」、「金錢」喻賭資之多，兼寓「好勝、不讓」之意。㉟五十六采　據下文《打馬圖經・采色例》，全戲共有五十六采。其中賞色十一采，罰色二采，雜色四十三采。㊱九十一路　據《打馬圖譜》，自赤岸驛上馬，至尚乘局下馬，行馬凡九十一路。㊲殿其殿最　《文選》班固〈答賓戲〉：「猶無益於殿最也。」李善注引《漢書音義》：「上功曰最，下功曰殿。」本指考核官員的政績，此指考核勝負名次。㊳幾微　細微的徵兆。此指能見微知著，預知勝負。㊴末技　猶言雕蟲小技。㊵說梅止渴　《世說新語・假譎》：「魏武（曹操）行役，失汲道，軍皆渴，乃令曰：『前有大梅林，饒子，甘酸可以解渴。』士卒聞之，口皆出水，乘此得及前源。」後多作「望梅止渴」。㊶畫餅充饑　《三國志・魏書・盧毓傳》：「選舉莫取有名，名如畫地作餅，不可啖也。」㊷謝　消失；凋謝。引申為減少。㊸騰驤　飛騰；奔騰。㊹銜枚　橫銜枚於口中，以防喧嘩或叫喊。枚，形如筷子，兩端有帶，可繫於頸上。《周禮・夏官・大司馬》：「群司馬振鐸，車徒皆作，遂鼓行，徒銜枚而進。」㊺賈勇　謂有餘勇可待售。《左傳・成公二年》：「齊高固入晉師，桀石以投人，禽之，而乘其車，繫桑本焉，以徇齊壘，曰：『欲勇者，賈余餘勇。』」㊻穽塹　猶陷阱。宋王得臣《塵史》卷下引《摴蒱經》：「凡進關及後一子謂之塹，近關及前一子謂之坑。落坑塹非貴采不出。凡一馬打一馬，如遇退六踏馬，則一馬可踏三馬。故世指不循理者，謂之踏坑塹云。」㊼不知止足　即不知足。《老子》四十四章：「知足不辱，知止不殆，可以長久。」㊽當知句　語出《孟子・滕文公下》。此指按規範打馬。㊾箴佩　佩帶的箴言。箴，規諫；告誡。此謂打馬須謹慎。㊿正經　指《論語》。見本文注❻。(51)用之二句　指用之以誠，便能合於變化規律。天德，《荀子・不苟》：「變化代興，謂之天德。」(52)牝乃句　《易・坤》：「坤，元亨，利牝馬之貞，君子有攸往，先迷後得……牝馬地類，行地無疆，柔順利貞。君子攸行，先迷失道，後順得常。」此謂打馬先迷後順。(53)反亦句　《春秋・宣公五年》：「秋九月，齊高固來逆淑姬……冬齊高固及子淑姬來。」杜預《集解》：「淑姬寧，固反馬。」又《左傳》：「冬，來，反馬也。」《集解》：「禮，送女留其送馬，謙不敢自安。三月廟見，遣使返馬。高固遂與淑姬俱寧，故經、傳具見以示譏。」按，淑姬即魯姬。此借用《左傳》中事，調打馬時先留馬而後送馬，注意禮節。式，規格；榜樣。(54)鬡髻句

《後漢書・梁統傳附梁冀》：「詔遂封冀妻孫壽為襄城君……壽色美而善為妖態，作愁眉，嗁粧，墮馬髻，折腰步，齲齒笑，以為媚惑。」注引《風俗通》：「墮馬髻者，側在一邊。」此喻打馬落塹。55溯游句 《詩・大雅・大明》：「古公亶父，來朝走馬。率西水滸，至於岐下。」此借用《詩經》中事，謂打馬時轉移陣地。56遶床二句 見本文注4。57瀝酒 灑酒於地。58六子盡赤 《新五代史・吳世家・徐溫》：「江西劉信圍虔州，久不克，使人說譚全播出降……人有誣信逗留陰縱全播，言信將反者。信聞之，因自獻捷至今陵見溫。溫與信博，信斂骰子厲聲祝曰：『劉信欲背吳，願為惡彩；苟無二心，當成渾花。』溫遽止之。一擲，六子皆赤。」59劍閣之師 劍閣，縣名，三國時蜀置，晉沿用。《世說新語・識鑒》：「桓公（溫）將伐蜀，在事諸賢，咸以李勢在蜀既久，承藉累葉，且形據上流，三峽未易可克。唯劉尹曰：『伊必能克蜀。觀其蒲博，不必得則不為。』」注引《語林》曰：「劉尹見桓公每嬉戲必取勝，謂曰：『卿乃爾好利，何不焦頭？』及伐蜀，故有此言。」此用桓溫故事，喻指百戰百勝。60別墅二句 《晉書・謝安傳》：「（苻）堅後率眾，號百萬，次於淮淝，京師震恐。加安征討大都督。（謝）玄入問計，安夷然無懼色，答曰：『已別有旨。』既而寂然。玄不敢復言，乃令張玄重請，安遂命駕出山墅，親朋畢集，方與玄圍棋賭別墅。安常棋劣於玄，是日玄懼，便為敵手而又不勝。安顧謂其甥羊曇曰：『以墅乞汝。』安遂游涉，至夜乃還，指授將帥，各當其任。玄等既破堅，有驛書至，安方對客圍棋。看書既竟，便攝房床上，了無喜色，棋如故。客問之，徐答曰：『小兒輩遂已破賊。』」此用謝安故事，喻指下棋十分鎮定。61元子 桓溫字元子。62安石 謝安，字安石。63陶長沙 指晉代陶侃，曾任長沙太守。《晉書・陶侃傳》：「諸參佐或以談戲廢事者，乃命取其酒器、蒱博之具，悉投之於江，吏將則加鞭扑，曰：『摴蒱者牧豬奴戲耳！』」64袁彥道 《晉書・袁瓌傳附準孫耽》：「耽字彥道，少有才氣，倜儻不羈，為士類所稱。桓溫少時游於博徒，資產俱盡，尚有負進……欲求濟於耽。而耽在難，試以告焉。耽略無難色，遂變服，懷布帽，隨溫與債主戲。耽素有藝名，債者聞之而不相識，謂之曰：『卿當不辦作袁彥道也。』遂就局，十萬一擲，直上百萬。耽投馬絕叫，探布帽擲地，曰：『竟識袁彥道不？』」其通脫若此。」65辭 即「亂辭」。《楚辭》、漢賦中正文之後，多有「亂曰」或「辭曰」，古稱「亂辭」，乃卒章見志、曲終奏雅之常規。[66]佛貍　北魏太武帝拓跋燾之字。《宋書．臧質傳》引童謠：「虜馬飲江水，佛貍死卯年。」拓跋燾事跡載《書．索虜傳》。宋辛棄疾〈水調歌頭〉：「憶昔鳴髇血污，風雨佛貍愁。」又〈永遇樂．京口北固亭懷古〉：「可堪回首，佛貍祠下，一片神鴉社鼓。」可知宋人常以佛貍指代金人。[67]滿眼句　《打馬圖經．下馬例》：「凡馬二十匹，用犀象刻成，或鑄銅為之，如大錢樣，刻其文為馬文，各以馬名刻之，如『驊騮』之類。」另據《事林廣記》等所載〈打馬圖〉，上列六十四馬，一一有名字。[68]木蘭　北魏太武帝時（西元四二四～四五二年）女子，曾扮男裝，代父從軍。南朝陳釋智匠《古今樂錄》始載有〈木蘭詩〉，詩中稱天子為「可汗」，可知為北朝人。[69]志千里　三國魏曹操〈龜雖壽〉：「老驥伏櫪，志在千里。烈士暮年，壯心不已。」[70]相將　相偕；相共。

【語　譯】我生性專一於博戲，夜以繼日，每每連吃飯都忘了。南渡以後，輾轉到達金華，借居在陳姓人家，研究博弈之事，於是作〈依經打馬賦〉云：

一年又將過去，摴蒲之戲或許可睹。出手千金一擲，百萬僅作十都。美酒佳肴一一陳列，相互行揖讓之禮；主人賓客俱已酒醉，不是還有博弈者乎？打馬之戲於是興起，摴蒲之賭逐漸衰落。打馬之戲實可稱小道中的上流，也確是閨房中的雅戲。棋枰上驥騄齊驅，疑是周穆王應邀萬里之行；行列間玄黃分列，類似楊妃家五色之隊。紋枰對弈，珊珊如佩環之響，正驚異於玉鐙的敲擊；棋子排列，落落似星羅棋布，忽看見那連錢的散列。

棋枰風雲，有時如吳江楓冷，有時似胡山葉飛，有時如玉門關閉，無法突破對方防線；有時如沙苑草肥，任憑棋子馳騁縱橫。有時如臨波不渡，愛惜障泥的俊馬。或則出奇制勝，類似昆陽之戰以少勝多；或則優游仗義，恰似涿鹿之師大破對手。有人聲望很高，偶爾如庾郎失手而神色自若；有的不為人知，卻如同痴叔之奇而出人意料。有的棋手下棋不緊不慢，似緩緩而歸，有的則意氣風發，如昂昂而出。有的棋藝高超，如在險絕的鳥道上驚馳，或如在蟻穴的封土上安步。面對複雜的棋局，猶如在崎嶇的陡坡上，未遇善馭的王良；沉重跼促的鹽車，難逢善御的造父。況且邱陵遙遠，白雲在天，內心依然戀戰，意在搶得先機。雙方博弈，互有勝負，一方止蹄於黃葉，一方不計於金錢。使用在五十六采之間，行走於九十一路之內。明確賞罰之數，考核勝負名次。運指揮於方寸之間，決勝負於幾微之外。

況且好勝乃人之常情，遊藝是士之末技。說梅止渴，稍為疏解奔競之心；畫餅充饑，略為減少爭勝之志。為求得實效，故而臨難而不迴避；欲報答厚恩，所以知機而先退卻。或如銜枚緩進，不動聲色中已踰關塞之艱；或如賈勇爭先，不知不覺中莫悟穽塹之墜。棋局之負，皆由不知止足，因而自遺尤悔。所以打馬時要知道約束自己的衝殺，更勿忘君子的告誡。何況博弈之事，為之賢已，事實見於正經；用之以誠，義必合於天德。打馬時有時如利牝馬之貞，先迷後順，反之如記魯姬之式，中規中矩。吸取墮馬髻落於梁家，打馬落塹的教訓，及時溯水滸來到岐國，及時轉移陣地。如劉裕遶床大叫，五木皆黑；似劉信灑酒一呼，六子盡赤。如劉裕百戰百勝，遂成劍閣之師；似謝安別墅未輸，已破淮淝之賊。今日豈無如劉裕之人，明朝不乏如謝安之輩。又何必如陶侃將博具投於江中，正當如袁瓌將布帽擲於地下。

亂辭云：佛貍定當死於卯年，貴賤紛紛輾轉流徙。滿眼騂騮間雜騄駬，時危怎能真正致此？木蘭橫戈巾幗女子。年老誰能志在千里，但願一起北渡淮水。

【賞　析】李清照是我國歷史上著名的才女，不僅詩詞俱佳，賦同樣寫得十分出色，這篇〈打馬賦〉便是明證。

在這篇賦中，李清照對「打馬」的描述極為傳神。在李清照看來，打馬之戲，係「小道之上流」，「閨房之雅戲」，兩軍對壘，猶如「珊珊珮響，方驚玉鐙之敲；落落星羅，忽見連錢之碎」。棋盤上瞬息萬變，「若乃吳江楓冷，胡山葉飛，玉門關閉，沙苑草肥」，有時可以少勝多，「有類昆陽之戰」，有時如秋風掃落葉，「正如涿鹿之師」。棋局上有時如「烏道驚馳」，也可以如「蟻封安步」，正可謂「運指麾於方寸之中，決勝負於幾微之外」。李清照還由此引出了對「打馬」的認識：「將圖實效，故臨難而不迴；欲報厚恩，故知機而先退」，打馬時的失利，「皆由不知止足，自貽尤悔」，因而「當知範我之馳驅，勿忘君子之箴佩」。如果沒有高超的技藝和對「打馬」的深入鑽研，是絕寫不出如此生動的賦來的。

〈打馬賦〉從體製上看，承繼了六朝以來賦體的特色，講究辭藻的華美，句式的駢偶，音韻的和協，本文的另一顯著特點，是通篇用典，且十分貼切，顯示了李清照淵博的學識。

〈打馬賦〉固然是在寫打馬之戲，但其實在李清照心中，故土的淪陷，始終是她心頭之痛。在這篇賦中，也表現出李清照對恢復中原的渴望：「平生不負，遂成劍閣之師；別墅未輸，已破淮淝之賊」。在「亂辭」中，這一情感表現得尤為明顯：「佛貍定見卯年死」，「木蘭橫戈好女子！老矣誰能志千里，但願相將過淮水」，正是她內心情感的真實反映。

打馬圖經命詞

打馬世有二種：一種一將十馬者謂之「關西馬」；一種無將二十馬者，謂之「依經馬」。流行既久，各有圖經凡例可考。行移賞罰，互有異同。李易安獨取為閨房雅戲，乃因依經馬，取其賞罰互度，每事作數語，精妍工麗，世罕其儔，不僅施之博徒，實足貽諸同好，韻事奇人，兩垂不朽矣。

【語譯】打馬之戲民間有兩種：一種為一將十馬，叫做「關西馬」；一種為無將二十馬，叫做「依經馬」。此兩種打馬之戲流行已經很久，各自都有圖經、凡例可以查考。它們的行走、賞罰，互有異同。李易安特將其取為閨房雅戲，於是依照依經馬，採用它的賞罰規則，每一事寫數語，語言精妍工麗，世間罕有其比，不僅可以傳授給博戲之徒，也足以贈送給諸位同好，韻事奇人，兩者均可流傳不朽了。

鋪盆[1]

凡置局，二人至五人，鈞聚錢置盆中，臨時商量，多寡從眾；然不可過四五人之數，多則本采交錯，多至喧鬧矣。詞曰：

既先設席，豈憚攫金，便請著鞭❷，謹令編埒❸。罪而必罰，已從約法之三章❹；賞必有功，勿效遶床之大叫❺。凡不從眾議喧鬧者，罰十帖入盆。

【注　釋】❶鋪盆　開始設局時，在盆中鋪錢，作為賞罰之資。❷著鞭　見頁二〇六〈打馬賦〉注㉝。❸編埒　《晉書・王濟傳》：「時洛京地甚貴，濟買地為馬埒，編錢滿之，時人謂『金溝』。」埒，馬射場；邊界。❹約法之三章　《史記・高祖本紀》：「吾與諸侯約，先入關者王之，吾當王關中。約，法三章耳：殺人者死，傷人及盜抵罪。」此指打馬規則。❺遶床之大叫　見頁二〇四〈打馬賦〉注❹。

【語　譯】凡是設打馬之局，可由二至五人，平均聚錢置於盆中，臨時商量，出錢多少，服從多數。然而人數不要超過四五人，人太多則本采交錯，以至喧鬧了。詞云：

既已先設下打馬之席，又豈能懼怕金錢輸贏，便請先手，謹守邊界。有過錯而必加處罰，當遵從約法三章；有成效而必加獎賞，勿仿效繞床大叫。凡是不遵從眾人議定的規則而大聲喧鬧者，罰金十帖入盆。

本　采❶

凡第一擲，謂之本采。如擲賞罰色，即不得認作本采。詞曰：

公車射策之初，記其甲乙❷；神武掛冠❸之日，定彼去留。汝其有始有終，我則無偏無黨❹。

【注釋】❶本采　《馬戲圖譜》：「凡第一擲，初下馬之色，謂之本采。」❷公車二句　原指漢代用公車接送舉人應試。公車，漢官署名。《史記·東方朔傳》：「朔初入長安，至公車上書，凡用三千奏牘。」射策，漢代取士，有對策、射策之制。附策由主試者將試題書於簡策，分甲乙科，應試者隨意取答，主試者評定優劣。《後漢書·順帝紀》陽嘉元年：「試明經下第者補弟子，增甲、乙科員各十人。」即其例。❸掛冠　指辭官。《南史·陶弘景傳》：「永明十年，脫朝服，掛神武門，上表辭祿。」❹無偏無黨　不偏袒；不結伙。《書·洪範》：「無偏無黨，王道蕩蕩。」

【語譯】凡是第一擲，叫做本采。如果是擲賞罰色，就不能認作本采。詞云：

每人的第一擲，就如公車射策之初，記其甲乙；猶如神武掛冠之日，定彼去留。如果你能有始有終，那麼我也無偏無黨。

下馬

凡馬每二十匹用犀象刻成，或鑄銅為之如大錢樣，刻其文為馬，文各以馬名別之；或只用錢，各以錢文為別，仍雜采染其文。詞曰：

夫勞多者賞必厚，施重者報必深。或再見而取十官❶，或一門而列三戟❷。又昔人君每有賜，臣下必先乘馬焉。秦穆公悔赦孟明，解左驂而贈之是也❸。豐功❹重錫❺，爾自取之，予何厚薄焉？

【注　釋】❶十官　《管子・七法・選陣》：「故兵也者，審於地圖，謀十官。」注：「地圖謂敵國險易之形，軍之部置十官，必伍什則有長，故曰十官，又須謀得其人也。」此指馬戲中士卒之長。❷三戟　唐制三品以上官員可在邸院門前立戟。《舊唐書・張儉傳》：張儉及兄大師、弟延師「三院門皆立戟，時人榮之，號為『三戟張家』。」此指一方陣容強大。❸秦穆公二句　《左傳・僖公三十三年》：「夏四月辛巳，（晉軍）敗秦師於殽，獲百里孟明視、西乞術、白乙丙以歸。」晉襄公從文嬴之請，赦三將還秦。既而襄公悔之，「使陽處父追之，及諸河，則在舟中矣。釋左驂，以公命贈孟明。」此作秦穆公，誤。當為晉襄公。❹豐功　大功。❺錫　通「賜」。

【語　譯】每一邊的馬各二十匹，用犀牛角、象牙之類材料刻成，或者用銅澆鑄而成，大小如大錢，在上面刻上馬的字樣，每一枚的文字，均以馬的名稱加以區別；或者只用銅錢來代替，各用銅錢上的文字加以區別，且用不同顏色染錢上文字，以示區別。詞云：

功勞多的所得賞賜必定厚重，施予重的所獲回報必定深厚。或則兩見而取對方之長，搶得先機，或則一門而列三戟，陣容整齊。而往昔人君每有賞賜，臣下則必先乘馬而行。晉襄公後悔釋放孟明，解下左驂贈送給他，就是一例。建立豐功而獲得重賞，這是你自己本該得到的，我又怎能對人有厚薄不一樣的對待呢？

行馬之一

凡馬局十一窩，遇入窩不打，賞一擲❶。詞曰：

九，陽數也❷，故數九而立窩；窩，險途也，故入窩❸而必賞。既能據險，以一當千；便可成功，寡能敵眾❹。請回後騎，以避先登。

【注釋】❶賞一擲　《說郛》卷一〇二下〈打馬圖〉：「凡自擲諸渾花、諸賞采、真傍本采、打得馬、疊得馬、飛得馬，皆賞一擲。」❷九二句　《易》以陽爻為九，如初九、上九等。《藝文類聚》卷四魏文帝〈與鍾繇書〉云：「歲月往來，忽復九月九日，九為陽數，而日月並應，俗嘉其名，以為宜於長久。」❸窩　馬戲中營壘。《馬戲圖譜》：「凡馬局十一窩。遇入窩不打，賞一帖。後來者即多馬不許越，亦不許打。」❹寡能敵眾　《逸周書・芮良夫》：「寡不敵眾，後其危哉！」此處反其意而用之。

【語譯】馬局共有十一窩，遇到馬入窩就不能再打，還要獎賞一擲。詞云：

九，是最大的陽數，所以按九的方位立窩。窩，處於險要的地位，故而馬入窩必予獎賞。既能佔據險地，以一當千；就能獲得成功，寡能敵眾。遇上這樣的情況，則應撤回後來之馬，以避開先據窩之馬。

行馬之二

凡疊成十馬，方許過函谷關❶。十馬先過，然後餘馬隨多少得過。自至函谷關，則少馬不許踰別人多馬。詞曰：

行百里者半九十❷，汝其知乎？方茲萬勒爭先，千羈競輳❸，得其中道，止以半途。如能疊騎先馳，方許後來繼進。既施薄效，須稍旌甄❹，可倒半盆。

【注釋】❶函谷關　在今河南靈寶南。此指打馬之關口。❷行百里者半九十　《戰國策・秦策》：「《詩》云：『行百里者，半於九十。』此言末路之難也。」喻指事情越接近成功往往越艱難。❸方茲二句　此指群馬聚集一處。萬勒、千羈，均指馬戲中之馬。競輳，謂車輻集於軸心。❹旌甄　表彰；獎賞。

【語譯】凡是能疊成十馬，方才允許越過打馬之關口。十馬先過，然後餘下之馬不論多少都能過關。如果到了打馬之關口，那麼，馬少的不能越過別人馬多的。詞云：

行百里者半九十，這個道理，你知道嗎？正當這萬馬爭先，千騎競馳的局面，能夠到達關口，只能算是走完了一半路途。如能做到疊騎先進，才允許後面的馬繼續前進。既然取得一些成效，就要稍加表彰，可從聚錢的盆中倒出半盆。

行馬之三

凡疊足二十馬到飛龍院❶，散采不得行，直待自擲真本采，堂印、碧油、雁行兒、拍板兒、滿盆星諸賞采等❷，及別人擲自家真本采，上次擲罰采，方許過。詞曰：

萬馬無聲，恐是銜枚❸之後；千蹄不動，疑乎立仗❹之時。如能翠幕張油❺，黃扉❻啟印；雁歸沙漠，花發武陵❼。歌筵之小板初齊，天際之流星暫聚。或受彼罰，或旌己勞。或當謝事之時，復過出身之數。語曰：鄰之薄，家之厚也❽。以此始者，以此終乎？皆得成功，俱無後悔。

【注　釋】❶飛龍院　打馬之戲中的名稱。❷堂印句　皆打馬術語。下文中「翠幕張油」諸語，皆就此立論。❸銜枚　見頁二〇七〈打馬賦〉注㊹。❹立杖　帝王儀仗，分立於皇宮諸門及殿廷。❺翠幕張油　晉潘岳〈藉田賦〉：「青壇蔚其嶽立兮，翠幕黕以雲布。」張，施也。❻黃扉　猶黃閣。宰相官署。❼花發武陵　用晉陶淵明〈桃花源記〉事。〈記〉云：「晉太元中，武陵人捕魚為業，緣溪行，忽逢桃花林。夾岸數百步，中無雜樹，芳草鮮美，落英繽紛。」❽語曰三句　《左傳・僖公三十年》載燭之武見秦伯曰：「秦晉圍鄭，鄭既知亡矣。若亡鄭而有益於君，敢以煩執事，越國以鄙遠，君知其難也，焉用亡鄭以陪鄰？鄰之厚，君之薄也。」此處反用其意。

【語　譯】凡疊足了二十馬來到飛龍院，如果擲出散采就不能前進，一直要等到自己擲出真本采，堂印、碧油、雁行兒、拍板兒、滿盆星等各種賞采，以及別人擲出了自己的真本采，或上次擲出罰采，才允許通過。詞云：

萬馬無聲，恐怕是在銜枚之後；千蹄不動，懷疑是在立仗之時。如能像翠幕張油，黃扉啟印；或如雁歸沙漠，花發武陵。抑或如歌筵上的小板剛剛匯齊，如天空中的流星暫時聚集。或則受到對方的懲罰，或者表彰自己的成功。或許正當謝事之時，又超過出身之數，形勢撲朔迷離，無法預料。俗語說：對方實力的減弱，就是自己實力的增加。由此開始，也由此結束？如果努力，都有可能取得成功，大家也都沒有後悔。

打馬之一

凡多馬遇少馬，點數相及，即打去馬。馬數同，亦許打去，任便再下❶。

詞曰：

眾寡不敵，其誰可當？成敗有時，夫復何恨？或往而旋返，有同虞國之留❷；或去亦無傷，有類塞翁之失❸。欲刷孟明五敗❹之恥，好求曹劌一日之功❺。其勉後圖，我亦不棄汝。

【注釋】❶凡多馬六句　此為打馬規則。見《馬戲圖譜》。❷虞國之留　《穀梁傳・僖公二年》：「晉獻公欲伐虢，荀息曰：『君何不以屈產之乘（指馬）、垂棘之璧，而借道於虞也？』公曰：『此晉國之寶也。如受吾幣而不借吾道，則如之何？』荀息曰：『此小國之所以事大國也。彼不借吾道，必不敢受吾幣；如受吾幣而借吾道，則是我取之中府，而藏之外府，取之中廄，而置之外廄也。』……獻公亡虢五年，而後舉虞。荀息牽馬操璧而前曰：『璧則猶是也，而馬齒加長矣。』」此喻指打馬中圖一時便宜而留下後患。❸塞翁之失　《淮南子・人間》：「近塞上之人，有善術者，馬無故亡而入胡，人皆弔之。其父曰：『此何遽不為福乎？』居數月，其馬將胡駿馬而歸，人皆賀之。其父曰：『此何遽不能為禍乎？』家富良馬，子弟好騎，墮而折其髀，人皆弔之。其父曰：『此何遽不為福乎？』居一年，胡人大入塞，丁壯者引弦而戰，近塞之人，死者十九。此獨以跛之故，父子相保。故福之為禍，禍之為福，化不可及，深不可測也。」此喻指打馬中損失局部利益而有意外收穫。❹孟明五敗　孟明，秦穆公時大夫孟明視。《春秋》僖公三十三年殽之戰中被晉軍所俘，釋歸，復使為政。文公二年春，又率師伐晉，再敗於殽，秦伯猶用孟明，增修國政。三年夏，秦伯用孟明伐晉，取王官及郊，封殽屍而還。又文公七年夏四月戊子，晉人敗秦人於令狐；十二年冬十二月，秦晉戰於河曲，秦師夜遁。合上凡五戰，秦軍四敗一勝，而孟明視所參與者僅三戰兩敗。李清照所記誤。❺曹劌一旦之功　劌，一作「沫」。《史記・刺客列傳》：「齊桓公與魯會於柯而盟。桓公與莊公既盟於壇上，曹沫執匕首劫齊桓公，桓公左右莫敢動，而問曰：『子將何欲？』曹沫曰：『齊強魯弱，而大國侵魯亦甚矣。今魯城壞即壓齊境，君其圖之。』桓公乃許盡歸魯之侵地。」又見《公羊傳・莊公十三年》。

【語譯】凡是多馬遇到少馬，如果擲出的點數相等，即將少馬打去。如果雙方馬數相等，擲出的點數相同，也可以將對方的馬打去，隨後再下。詞云：

眾寡不敵，有誰可以阻擋？成敗有時，又有什麼遺恨？或則前行而旋即返回，有同虞國之留；或者離去而不受損傷，有類塞翁之失。有人欲洗刷孟明五敗的恥辱，有人想求得曹劌一旦之功勞。

再加努力，以圖日後取勝，我也不會丟下你不管。

打馬　之二

凡打去人全垛馬，倒半盆。被打人出局，如願再下者亦許。詞曰：

趙幟皆張❶，楚歌盡起❷。取功定霸，一舉而成。方西鄰責言❸，豈可蟻封❹共處？既南風不競❺，固難金埒❻同居。便請回鞭，不須戀廄。

【注釋】❶趙幟皆張　《史記・淮陰侯列傳》：「韓信夜半傳發，選輕騎二千人，人持一赤幟，從間道萆山而望趙軍，誡曰：『趙見我走，必空壁逐我。若疾入趙壁，拔趙幟，立漢赤幟。』……趙軍已不勝，不能得信等，欲還歸壁，壁皆漢赤幟，而大驚，以為漢皆以得趙主將矣。」此喻指智取對方營壘。❷楚歌盡起　《史記・項羽本紀》：「項王軍壁垓下，兵少食盡，漢軍及諸侯兵圍之數重。夜聞漢軍四面皆楚歌，項王乃大驚曰：『楚皆已得楚乎？是何楚人之多也！』」此喻打馬時形勢告急。❸西鄰責言　謂不吉之兆。《左傳・僖公十五年》：「初，晉獻公筮嫁伯姬於秦，遇〈歸妹〉䷵之〈睽〉䷥。史蘇占之曰：『不吉。其繇曰：士刲羊，亦無衁也。女承筐，亦無貺也。西鄰責言，不可償也。』」杜預《集解》：「將嫁女於西，而遇不吉之卦，故知有責讓之言，不可報償。」❹蟻封　見〈打馬賦〉注㉖。❺南風不競　謂南方音樂音調微弱，喻勢衰難勝。《左傳・襄公十八年》：「晉人聞有楚師，師曠曰：『不害。吾驟歌北風，又歌南風。南風不競，多死聲。楚必無功。』」杜預《集解》：「歌者吹律以詠八風，南風音微，故曰不競也。師曠唯歌南風者，聽晉楚之強弱。」❻金埒　以金錢鋪成界溝。《晉書・食貨志》：「於是王君夫（愷）、武子（王濟）、石崇等更相誇尚，輿服鼎俎之盛，連衡帝室，布金埒之泉，粉珊瑚之樹。」《世說新語・汰侈》：「（王）濟好馬射，買地作埒，編錢匝地竟埒，時人號曰金溝。」注：「溝，一作埒。」

【語　譯】凡是能將對手的馬全垛打去，可倒半盆銅錢。一旦被人打出局，如果願意再下的話也可以。詞云：

趙幟皆張，智取對方營壘；楚歌盡起，形勢岌岌可危。有時也能取功定霸，一舉而成。如果出現不吉之兆，豈能在蟻穴封土上共處？一旦形勢衰敗難勝，無法與編錢鋪地者同居。便須審時度勢，撤回人馬，不可戀戰。

打馬　之三

被打去全馬，人願再下。詞曰：

虧於一簣❶，敗此垂成。久伏鹽車❷，方登峻坂❸，豈期一蹶，遂失長塗。恨群馬之皆空❹，忿前功之盡棄。但素蒙剪拂❺，不棄駑駘；願守門闌，再從驅策。溯風驤首，已傷今日之障泥❻；戀主銜恩，更待明年之春草❼。

【注　釋】❶虧於一簣　《書・旅獒》：「為山九仞，功虧一簣。」❷鹽車　見〈打馬賦〉注㉙。❸峻坂　見

〈打馬賦〉注㉗。❹群馬之皆空　唐韓愈〈送溫處士序〉：「伯樂一過冀北之野，而馬群遂空。」❺剪拂　原指剪鳥羽之惡者，拂而理之，意猶照拂。《文選》劉孝標〈廣絕交論〉：「至於顧盼增其倍價，剪拂使其長鳴。」❻障泥　見〈打馬賦〉注⑰。❼戀主二句　三國曹植〈上責躬詩表〉：「踴躍之懷，瞻望反側，不勝犬馬戀主之情。」春草，化用結草報恩故事。《左傳・宣公十五年》：「初，魏武子有嬖妾，無子。武子疾，命顆曰：『必嫁是。』疾病，則曰：『必以為殉。』及卒，顆嫁之，曰：『疾病則亂，吾從其治也。』及輔氏之役，顆見老人結草以亢杜回，杜回躓而顛，故獲之。夜夢之曰：『余，而所嫁婦人之父也。爾用先人之治命，余是以報。』」

【語　譯】被打去全馬，而願意再下。詞云：

形勢陡轉，虧於一簣，功敗垂成。猶如久伏鹽車，正攀登陡峭的山坡；豈料一旦失手，遂失去大好的形勢。可嘆群馬之皆空，惱恨前功之盡棄。但一向承蒙照拂，不棄駑劣；甘願再守門闌，再從驅策。昂首逆風而上，已損傷今日之障泥；銜草報主之恩，更期待明年之春草。

倒行

凡遇打馬，過疊馬，遇入窩，許倒行❶。詞曰：

唯敵是求，唯險是據。後騎欲來，前馬反顧。既將有為，退亦何害。語不云乎：日暮途遠，故倒行而逆施之也❷。

【注　釋】❶凡遇四句　見《馬戲圖譜》。❷日暮二句　《史記・伍子胥列傳》：「吾日暮途遠，吾故倒行而逆施之。」《索隱》：「顛倒疾行，逆理施事。」

【語譯】凡遇到打馬，或經過對方疊馬，或遇對方已入窩，則允許倒行。詞曰：

打馬就是為了與敵作戰，就是為了佔據要津。後面之馬欲來，前面之馬反顧。既想有所作為，暫時退卻又有何妨。俗語不是說：「日暮途遠，故倒行而逆施」嗎？

入夾

凡遇飛龍院，下三路，散采不許行。遇諸夾采，方許行❶。詞曰：

昔晉襄公以二陵而勝者❷，李亞子❸以夾寨而興者，禍福倚伏❹，其何可知？汝其勉之，當取大捷。

【注釋】❶凡遇五句　亦見《馬戲圖譜》。❷昔晉襄公句　《左傳‧僖公三十二年》：冬，晉文公卒，秦穆公興兵伐鄭，晉襄公禦之。秦大夫蹇叔諫穆公，不聽。「蹇叔哭之，曰：『孟子，吾見師之出而不見其入也。』（穆）公使謂之曰：『爾何知？中壽，爾墓之木拱矣。』蹇叔之子與師，哭而送之，曰：『晉人禦師必於殽。殽有二陵焉：其南陵，夏后皋之墓也；其北陵，文王之所辟風雨也。必死是間。余收爾骨焉。』秦師遂東。」終為晉襄公所敗。❸李亞子　後唐莊宗李存勗小名。《新五代史‧唐本紀》第五：「天祐五年正月，即王位於太原……梁夾城兵聞晉有大喪，德威軍且去，因頗懈。王（李存勗）謂諸將曰：『梁人幸我大喪，謂我少而新立，無能為也。宜乘其怠擊之。』乃出兵趨上黨，行至三垂崗，歎曰：『此先王置酒處也！』會天大霧晝暝，兵行霧中，攻其夾城，破之。梁軍大敗，凱旋告廟。」此喻指乘人不備，出奇制勝。❹禍福倚伏 《老子》五十八章：「禍兮福之所倚，福兮禍之所伏，孰知其極？」

【語　譯】凡是遇到飛龍院，則下三路，擲出散采不許前行。要擲出各種夾采，方許前行。詞云：昔年晉襄公因二陵而戰勝秦軍，李亞子憑夾寨而大破梁師，其中禍福倚伏，其中的天機豈可預知？你當努力進取，自當取得大捷。

落　塹

凡尚乘局，下一路謂之塹，不行不打，雖後有馬到亦同。落塹謂之同處患難，直待自擲諸渾花賞采、真本采、傍本采；別人擲自家真本采、傍本采，上次擲罰采，下次擲真傍撞方，許依元初下馬之數飛出。飛盡為倒盆，每飛一匹，賞一帖❶。詞曰：

凜凜臨危，正欲騰驤而去；駸駸❷遇伏，忽驚穽塹之投。項羽之騅，方悲不逝❸；玄德之驥，已出如飛❹。既勝以奇，當旌其異。請同凡例，亦倒金盆。

【注　釋】❶賞一帖 《說郛》卷一〇一下〈打馬圖〉：「凡謂之賞帖者，臨時商量用錢為一帖……各打馬得一馬賞一帖，被打人供落塹，飛出馬一匹，賞一帖。」又云：「別人擲自家真傍本采，上次擲罰采，皆賞一帖。」❷騤騤　馬疾行貌。《詩・小雅・四牡》：「駕彼四駱，載驟騤騤。」❸項羽二句　《史記・項羽本紀》：「項王則夜起，飲帳中。有美人名虞，常幸從；駿馬名騅，常騎之。於是項王乃悲歌慷慨，自為詩曰：『力拔山兮氣蓋世，時不利兮騅不逝。騅不逝兮可奈何，虞兮虞兮奈若何！』」❹玄德二句　劉備字玄德，屯樊城時，劉表遣人追捕，「所乘馬名的盧。騎的盧走，墮襄陽城西檀溪水中，溺不得出。備急曰：『的盧，今日危矣，可努力！』的盧乃一踴三丈，遂得過。」見《三國志・蜀書・先主傳》裴松之注引《世語》。

【語譯】凡是尚乘局，下一路叫做塹，在塹中，不行也不打，即使後面有馬到也一樣。落塹叫做同處患難，一直要到自己擲出諸渾花賞采、真本采、傍本采；或別人擲出自家真本采、傍本采，或上次擲罰采，下次擲真傍撞方，才允許按原先下馬之數飛出。飛盡落塹之馬為倒盆，每飛一匹，賞一帖。詞云：

凜凜然面臨危險，正欲昂首奔騰而去；騤騤然遭遇埋伏，忽驚落入陷阱深塹。項羽的烏騅，正悲嘆牠不肯奔馳；劉備的的盧，已躍出溪飛馳而去。既然能出奇制勝，就當表彰其卓異。則應按照凡例，也可倒金盆。

倒盆

凡十馬先到函谷關，倒半盆；打去人全馬，倒半盆。全馬先到尚乘局為細滿，倒倍盆，遇尚乘局為麤滿，倒一盆。落塹馬飛盡，同麤滿，倒一盆。詞曰：

瑤池宴罷，騏驥皆歸❶；大宛凱旋，龍媒並入❷。已窮長路，安用揮鞭。未賜弊帷❸，尤宜報主。驥雖伏櫪，萬里之志常存❹；國正求賢，千金之骨不棄❺。定收老馬，欲取奇駒。既以解驂，請拜三年之賜❻；如圖再戰，願成他日之功。

【注釋】❶瑤池二句　《穆天子傳》卷三：「乙丑，天子觴西王母於瑤池之上，西王母為天子謠。」又，穆天子謠曰：「予歸東土，和治諸夏。」參見本書頁二〇三〈打馬賦〉注❼。❷大宛二句　《漢書・武帝本紀》：太初四年春，「貳師將軍廣利斬大宛王首，獲汗血馬來。作〈西極天馬之歌〉。」注引應劭曰：「大宛舊有天馬種，蹋石汗血。汗從前肩膊出，如血，號一日千里。」又《漢書・禮樂志・天馬歌》：「天馬徠，龍之媒。」❸弊帷　《禮記・檀弓》下：「仲尼之畜狗死，使子貢埋之，曰：『吾聞之也，敝帷不棄，為埋馬也；敝蓋不棄，為埋狗也。』」❹驥雖伏櫪二句　見本書頁二〇七〈打馬賦〉注(69)。❺國正求賢二句　《戰國策・燕策一》：「燕昭王收破燕即位，卑身厚幣，以招賢者，欲將以報讎。故往見郭隗……郭隗先生曰：『臣聞古之君人，有以千金求千里馬者，三年不能得。涓人言於君曰：請求之。君遣之。三月得千里馬，馬已死，買其首五百金，反以報君。君大怒曰：所求者生馬，安事死馬而捐五百金？涓人對曰：死馬且買之五百金，況生馬乎？天下必以王能市馬，馬今至矣。於是不能期年，千里馬至者三。今王誠欲致士，先從隗始。』」❻既以解驂二句　《晏子春秋》卷五〈內篇雜上〉：「晏子之晉，至中牟，睹弊冠反裘、負芻息於塗側者……對曰：『我越石父者也。』

晏子曰：『何為至此？』曰：『吾為人臣僕……』晏子曰：『為僕幾何？』對曰：『三年矣。』晏子曰：『可得贖乎？』對曰：『可。』遂解左驂以贈之，因載而與之俱歸。」

【語　譯】凡是十馬先到打馬關口，可倒半盆；打去別人全馬，也可倒半盆。全部馬先到尚乘局為細滿，可倒倍盆，遇尚乘局為麤滿，可倒一盆。如果落塹之馬飛盡，與麤滿一樣，可倒一盆。詞云：

瑤池之宴已罷，騏驥皆歸；大宛之師凱旋，龍媒並入。已經走完長路，何用揮鞭。未獲弊帷之賜，尤宜報主。老驥雖然伏櫪，萬里之志常存；國家正求賢才，千金之骨不棄。定要收伏老馬，更欲獲取奇駒。既已解下左驂，請求三年之賜；如想再決勝負，願成他日之功。

【賞　析】「打馬」這一博戲，因無實物，究竟如何玩法，已不大清楚。但細讀〈打馬圖經命詞〉，揣以己意，「打馬」之戲，或許似我們幼時玩的那種設置各種障礙、也有許多機會的以擲骰子按點數多少前行的棋子類的遊戲，可以由數人參與，以自己一方的所有棋子先到終點為勝。但是，對古時的「打馬」的總的格局、具體的形式及玩法卻不甚了了。

李清照的〈打馬圖經命詞〉，實際上，只是對「打馬」的一些規則和要領作了簡略的介紹。與〈打馬賦〉一樣，〈打馬圖經命詞〉也是用駢體文寫成，文中運用了大量的典故，使文字頗為典雅，且形象地寫出了打馬的特點。

在李清照的集子中，與其他詩詞文不同，本文純粹是寫博戲的最為特別的文字，與全書其他內容風格不一。然而，我們應該看到，這是李清照在特殊的環境下，為排遣心中的愁苦而寫下的，這或許能使我們對李清照有更多一些理解。

漢巴官❶鐵量銘❷跋尾注

此盆色類丹砂。魯直❸石刻云：「其一曰秦刀，巴官三百五十戊，永平❹七年第二十七酉。」余紹興庚午❺歲親見之。今在巫山縣❻治。韓暉仲云。

【注釋】❶巴官　巴地（今屬重慶市）長官。❷鐵量銘　鐵製量器所刻的銘文。❸魯直　黃庭堅（西元一〇四五～一一〇五年），字魯直，號山谷，晚號涪翁。分寧（今江西修水）人。英宗治平四年（西元一〇六七年）進士，授葉縣尉。後知太和縣。哲宗時，任祕書郎，遷著作郎，加集賢校理，與秦觀、張耒、晁補之同為「蘇門四學士」。擢起居舍人，被劾，貶涪州別駕。徽宗時，編管宜州。有《豫章黃先生集》、《山谷琴趣外編》。其石刻文字見匯評陸游〈入蜀記〉引。❹永平　漢明帝年號（西元五八～七五年）。趙明誠《金石錄》卷一四〈巴官鐵量銘〉：「右〈巴官鐵量銘〉云：『巴官，永平七年，三百五十斤，弟二十七。』前代以『永平』紀年者凡五：漢明帝、晉惠帝、後魏宣武、李密、後蜀王建。惟明帝至十八年，其他皆無及七年者，以此知為明帝時物也。此銘王無競見遺。」❺紹興庚午　紹興二十年（西元一一五〇年）。❻巫山縣　今屬重慶市。

【語譯】此盆的顏色頗似丹砂。黃魯直石刻云：「其中一件叫做秦刀，巴官三百五十戊，永平七年第二十七酉。」我在紹興庚午年親眼所見。此物今在巫山縣治。此為韓暉仲所云。

【賞　析】李清照與趙明誠一生極愛金石書畫，這為人所共知。

李清照此文，有人以為李清照從未曾至蜀地，無由親見此器，或非李清照所加注。明人曹學佺《蜀中廣記》即作韓暉仲跋。此可備一說。然而，我們以為，此「漢巴官鐵量銘跋尾」所云「紹興庚午歲」，乃紹興二十年（西元一一五〇年），雖然趙明誠已去世二十餘年，而李清照尚在。在此前後，李清照曾訪米友仁，求為米芾〈靈峰行記〉、〈壽時宰詞〉題跋，可見李清照對金石書畫的興趣愛好絲毫未減，以其鍾愛的金石書畫的執著，此文當有可能為李清照所作。

賀人孿生啟❶

無午未二時之分❷，有伯仲兩喈❸之侶。既繫臂而繫足❹，實難弟而難兄❺。玉刻雙璋❻，錦挑對褓❼。

【注　釋】❶賀人孿生啟　此文錄自元伊自珍《瑯嬛記》。此文是否李清照所作，向有爭論。孿生，俗稱雙胞胎。❷無午未句　《瑯嬛記》原注：「任文二子孿生，德卿生於午，道卿生於未。」此指幾乎同時出生。❸伯仲兩喈　《瑯嬛記》原注：「張伯喈、仲喈兄弟，形狀無二。」又，《太平御覽》卷三九六引《風俗通》云：「陳國張伯喈，弟仲喈婦炊於灶下，至井上，謂喈曰：『我今日粧好不？』伯喈曰：『我伯喈也。』婦大慚愧。其夕時，伯喈到更衣，婦復逐，牽其衣曰：『今旦大誤，謂伯喈為卿。』答曰：『我故伯喈也。』蓋親密無過夫婦，然尚如此，況於初未相見而責先識之乎？」❹繫臂繫足　《瑯嬛記》原注：「白汲兄弟，母不能辨，以五綵繩一繫於臂，一繫於足。」❺難弟難兄　《世說新語・德行》：「陳元方子長文有英才，與季方子孝先，各論其父功德，爭之不能決，咨於太丘（陳寔）。太丘曰：『元方難為兄，季方難為弟。』」此本指兄弟二人功德不分上下，李清照此句借指難以區別孰為兄，孰為弟之意。❻玉刻雙璋　一雙寶玉。《詩・小雅・斯干》：「乃生男子，載寢之床，載衣之裳，載弄之璋。」朱熹《集注》：「半圭曰璋……弄之以璋，尚其德也。」後遂以生男曰「弄璋」。❼對褓　一對襁褓。襁褓為背負嬰兒所用之布兜或小被。一作「繈緥」。

【語　譯】沒有午時、未時的區別，而有伯喈、仲喈之手足。就像白汲兄弟無法區分，以五彩繩一繫於臂，一繫於足。日後亦當如陳長文、陳孝先兄弟德行高潔，難分上下。兄弟二人實如一雙寶玉，置於錦繡的襁褓。

【賞　析】這是李清照寫的祝賀友人喜得孿生子的賀信。

此信很短，但李清照在信中通篇用典，且十分得體。「無午未二時之分」，是說兄弟二人幾乎同時出生，「有伯仲兩喈之侶」，則說二人非常相像，難以區分，因此要像白汲兄弟「既繫臂而繫足」。李清照還預祝兄弟二人日後如「難兄難弟」一樣，德行高潔，表達了李清照對主人及孩子的良好祝願。

殘文

祭趙湖州文❶

白日正中，嘆龐翁之機捷❷；堅城自墮，憐杞婦之悲深❸。

【注釋】❶祭趙湖州文　建炎三年（西元一一二九年）夏五月，趙明誠在池陽，被旨知湖州；六月十三日赴建康，過闕上殿。途中奔馳，感疾，至行在，病重，八月十八日卒。參見〈金石錄後序〉。此為李清照所作祭文，僅存斷句。❷白日二句　宋釋道原《景德傳燈錄》卷八載龐蘊居士：「將入滅，令女靈照出，視日早晚，及午以報。女遽報曰：『日已中矣，而有蝕也。』居士出戶觀次，靈照即登父坐，合掌坐亡。居士笑曰：『我女鋒捷矣。』於是更延七日（而亡）。」機捷，猶機敏、敏捷。❸堅城二句　用春秋齊大夫杞梁妻故事。《左傳．襄公二十三年》：「莒子親鼓之，從而伐之，獲杞梁。莒人行成，齊侯歸，遇杞梁之妻於郊，使吊之。」《古列女傳．貞順》：「齊杞梁殖之妻也。莊公襲莒，殖戰而死。莊公歸，遇其妻，使使者吊之於路。杞梁妻曰：『令殖有罪，君何辱命焉。若令殖免於罪，則賤妾有先人之弊廬在，下妾不得與郊吊。』於是莊公乃還車，詣其室，成禮然後去。杞梁之妻無子，內外皆無五屬之親，既無所歸，乃枕其夫之屍於城下而哭。內誠動人，道路過者，莫不為之揮涕。十日而城為之崩。」後演變為孟姜女哭長城故事。

琴銘

□山之桐，斫其形兮❶。冰雪之絲❷，宣其聲兮。□□□□，和性情❸兮。廣寒之秋，萬古流兮❹。

【注釋】❶□山二句　《漢書・蔡邕傳》：「吳人有燒桐以爨者，邕聞火烈之聲，知其良木，因請而裁為琴，果有美音，而其尾猶焦。故時人名曰焦尾琴。」□山，疑為衡山。漢馬融〈琴賦〉：「唯梧桐之所生，在衡山之峻坂。」❷冰雪之絲　此指琴弦。❸和性情　漢李尤〈琴銘〉：「琴之在音，盪滌邪心。雖有正性，其感亦深。存邪卻鄭，浮侈是禁。條暢和正，樂而不淫。」❹廣寒二句　宋王灼《碧雞漫志》卷三：「《異人錄》云：『開元六年，上皇與申天師中秋夜同游月中，見一大宮府，榜曰廣寒清虛之府，兵衛守門不得入。天師引上皇躍超烟霧中，下視玉城，仙人、道士乘雲駕鶴，往來其間，素娥十餘人，舞笑於廣庭大樹下。樂音嘈雜清麗。上皇歸，編律成音，製〈霓裳羽衣曲〉。』……要皆荒誕，無可稽據。」

古籍今注新譯叢書

書種最齊全
注譯最精當

哲學類

新譯四書讀本	謝冰瑩等編譯
新譯學庸讀本	王澤應注譯
新譯孝經讀本	賴炎元等注譯
新譯論語新編解義	胡楚生編著
新譯易經讀本	郭建勳注譯
新譯周易六十四卦經傳通釋：上經	黃慶萱注譯
新譯周易六十四卦經傳通釋：下經	黃慶萱注譯
新譯乾坤經傳通釋	黃慶萱注譯
新譯易經繫辭傳解義	吳　怡著
新譯禮記讀本	姜義華注譯
新譯儀禮讀本	顧寶田等注譯
新譯孔子家語	羊春秋注譯
新譯老子讀本	余培林注譯
新譯帛書老子	趙　鋒注譯
新譯老子解義	吳　怡著
新譯莊子讀本	黃錦鋐注譯
新譯莊子讀本	張松輝注譯
新譯莊子本義	水渭松注譯
新譯莊子內篇解義	吳　怡著
新譯列子讀本	莊萬壽注譯
新譯管子讀本	湯孝純注譯
新譯墨子讀本	李生龍注譯
新譯公孫龍子	丁成泉注譯
新譯晏子春秋	陶梅生注譯
新譯鄧析子	徐忠良注譯
新譯荀子讀本	王忠林注譯
新譯尹文子	徐忠良注譯
新譯尸子讀本	水渭松注譯
新譯鶡冠子	趙鵬團注譯
新譯鬼谷子	王德華等注譯
新譯韓非子	傅武光等注譯
新譯呂氏春秋	朱永嘉等注譯
新譯韓詩外傳	孫立堯注譯
新譯淮南子	熊禮匯注譯
新譯春秋繁露	朱永嘉等注譯
新譯新書讀本	饒東原注譯
新譯新語讀本	王　毅注譯
新譯潛夫論	彭丙成注譯

新譯論衡讀本　蔡鎮楚注譯
新譯申鑒讀本　林家驪等注譯
新譯人物志　吳家駒注譯
新譯張載文選　張金泉注譯
新譯近思錄　張京華注譯
新譯傳習錄　李生龍注譯
新譯呻吟語摘　鄧子勉注譯
新譯明夷待訪錄　李廣柏注譯

文學類

新譯詩經讀本　滕志賢注譯
新譯楚辭讀本　林家驪注譯
新譯楚辭讀本　傅錫壬注譯
新譯文心雕龍　羅立乾注譯
新譯六朝文絜　蔣遠橋注譯
新譯世說新語　劉正浩等注譯
新譯昭明文選　周啟成等注譯
新譯古文觀止　謝冰瑩等注譯
新譯古文辭類纂　黃　鈞等注譯
新譯樂府詩選　溫洪隆注譯
新譯古詩源　馮保善注譯
新譯千家詩　邱燮友等注譯
新譯詩品讀本　成　林等注譯
新譯花間集　朱恒夫注譯
新譯南唐詞　劉慶雲注譯
新譯絕妙好詞　聶安福注譯
新譯唐詩三百首　邱燮友注譯
新譯宋詩三百首　陶文鵬注譯
新譯宋詞三百首　汪　中注譯
新譯宋詞三百首　劉慶雲注譯
新譯元曲三百首　賴橋本等注譯
新譯明詩三百首　趙伯陶注譯
新譯清詩三百首　王英志注譯
新譯清詞三百首　陳水雲等注譯
新譯唐人絕句選　卞孝萱等注譯
新譯唐才子傳　戴揚本注譯
新譯拾遺記　石　磊注譯
新譯搜神記　黃　鈞注譯
新譯唐傳奇選　束　忱等注譯
新譯宋傳奇小說選　束　忱注譯
新譯明傳奇小說選　陳美林等注譯
新譯容齋隨筆選　朱永嘉等注譯
新譯明散文選　周明初注譯
新譯明清小品文選　鄭　婷注譯
新譯人間詞話　馬自毅注譯
新譯白香詞譜　劉慶雲注譯
新譯幽夢影　馮保善注譯
新譯菜根譚　吳家駒注譯
新譯小窗幽記　馬美信注譯
新譯圍爐夜話　馬美信注譯
新譯郁離子　吳家駒注譯
新譯歷代寓言選　黃瑞雲注譯
新譯賈長沙集　林家驪注譯
新譯揚子雲集　葉幼明注譯
新譯曹子建集　曹海東注譯
新譯建安七子詩文集　韓格平注譯
新譯阮籍詩文集　林家驪注譯
新譯嵇中散集　崔富章注譯
新譯陸機詩文集　王德華注譯
新譯陶淵明集　溫洪隆注譯
新譯江淹集　羅立乾等注譯
新譯庾信詩文選　歸　青注譯
新譯初唐四傑詩集　李福標注譯
新譯駱賓王文集　黃清泉注譯
新譯王維詩文集　陳鐵民注譯
新譯孟浩然詩集　楊　軍注譯
新譯李白詩全集　郁賢皓注譯
新譯李白文集　郁賢皓注譯
新譯杜甫詩選　張忠綱等注譯

新譯杜詩菁華　林繼中注譯
新譯高適岑參詩選　孫欽善等注譯
新譯昌黎先生文集　周啟成等注譯
新譯劉禹錫詩文選　閻　琦注譯
新譯柳宗元文選　卞孝萱等注譯
新譯白居易詩文選　陶　敏等注譯
新譯元稹詩文選　郭自虎注譯
新譯李賀詩集　彭國忠注譯
新譯杜牧詩文集　張松輝注譯
新譯李商隱詩選　朱恒夫等注譯
新譯范文正公選集　王興華等注譯
新譯蘇洵文選　羅立剛注譯
新譯蘇軾文選　滕志賢注譯
新譯蘇軾詞選　鄧子勉注譯
新譯蘇轍文選　朱　剛注譯
新譯曾鞏文選　高克勤注譯
新譯王安石文選　沈松勤注譯
新譯唐宋八大家文選　鄧子勉注譯
新譯柳永詞集　侯孝瓊注譯
新譯李清照集　姜漢椿等注譯
新譯陸游詩文集　韓立平注譯
新譯辛棄疾詞選　聶安福注譯
新譯歸有光文選　鄔國平注譯

新譯唐順之詩文選　馬美信注譯
新譯徐渭詩文選　周　群等注譯
新譯薑齋文集　平慧善注譯
新譯顧亭林文集　劉九洲注譯
新譯方苞文選　鄔國平等注譯
新譯鄭板橋集　朱崇才注譯
新譯袁枚詩文選　王英志注譯
新譯李慈銘詩文選　潘靜如注譯
新譯聊齋誌異選　任篤行等注譯
新譯閱微草堂筆記　嚴文儒注譯
新譯浮生六記　馬美信注譯
新譯弘一大師詩詞全編　徐正綸編著

歷史類

新譯史記　韓兆琦注譯
新譯漢書　吳榮曾等注譯
新譯後漢書　魏連科等注譯
新譯三國志　吳樹平等注譯
新譯資治通鑑　張大可等注譯
新譯史記—名篇精選　韓兆琦注譯
新譯尚書讀本　吳　璵注譯
新譯尚書讀本　郭建勳注譯
新譯周禮讀本　賀友齡注譯

新譯逸周書　牛鴻恩注譯
新譯左傳讀本　郁賢皓等注譯
新譯公羊傳　雪　克注譯
新譯穀梁傳　顧寶田注譯
新譯春秋穀梁傳　周　何注譯
新譯戰國策　溫洪隆注譯
新譯國語讀本　易中天注譯
新譯說苑讀本　左松超注譯
新譯說苑讀本　羅少卿注譯
新譯新序讀本　葉幼明注譯
新譯吳越春秋　黃仁生注譯
新譯西京雜記　曹海東注譯
新譯列女傳　黃清泉注譯
新譯越絕書　劉建國注譯
新譯燕丹子　曹海東注譯
新譯東萊博議　李振興等注譯
新譯唐六典　朱永嘉等注譯
新譯唐摭言　姜漢椿注譯

宗教類

新譯金剛經　徐興無注譯
新譯高僧傳　朱恒夫等注譯
新譯碧巖集　吳　平注譯

新譯百喻經　顧寶田注譯
新譯楞嚴經　賴永海等注譯
新譯梵網經　王建光注譯
新譯圓覺經　商海鋒注譯
新譯法句經　劉學軍注譯
新譯六祖壇經　李中華注譯
新譯禪林寶訓　李中華注譯
新譯維摩詰經　陳引馳等注譯
新譯經律異相　顏洽茂注譯
新譯阿彌陀經　蘇樹華注譯
新譯無量壽經　邱高興注譯
新譯無量壽經　蘇樹華注譯
新譯妙法蓮華經　張松輝注譯
新譯景德傳燈錄　顧宏義注譯
新譯大乘起信論　韓廷傑注譯
新譯釋禪波羅蜜　蘇樹華注譯
新譯八識規矩頌　倪梁康注譯
新譯永嘉大師證道歌　蔣九愚注譯
新譯華嚴經入法界品　楊維中注譯
新譯地藏菩薩本願經　李承貴注譯
新譯悟真篇　劉國樑等注譯
新譯无能子　張松輝注譯
新譯坐忘論　張松輝注譯

新譯列仙傳　張金嶺注譯
新譯抱朴子　李中華注譯
新譯神仙傳　周啟成注譯
新譯性命圭旨　傅鳳英注譯
新譯老子想爾注　顧寶田等注譯
新譯周易參同契　劉國樑注譯
新譯道門觀心經　王　卡注譯
新譯養性延命錄　曾召南注譯
新譯樂育堂語錄　戈國龍注譯
新譯冲虛至德真經　張松輝注譯
新譯長春真人西遊記　顧寶田等注譯
新譯黃庭經・陰符經　劉連朋等注譯

軍事類

新譯司馬法　王雲路注譯
新譯尉繚子　張金泉注譯
新譯三略讀本　傅　傑注譯
新譯六韜讀本　鄔錫非注譯
新譯吳子讀本　王雲路注譯
新譯孫子讀本　吳仁傑注譯
新譯李衛公問對　鄔錫非注譯

教育類

新譯爾雅讀本　陳建初等注譯
新譯顏氏家訓　李振興等注譯
新譯聰訓齋語　馮保善注譯
新譯曾文正公家書　湯孝純注譯
新譯三字經　黃沛榮注譯
新譯百家姓　馬自毅等注譯
新譯幼學瓊林　馬自毅注譯
新譯增廣賢文・千字文　馬自毅注譯
新譯格言聯璧　馬自毅注譯

政事類

新譯商君書　貝遠辰注譯
新譯鹽鐵論　盧烈紅注譯
新譯貞觀政要　許道勳注譯

地志類

新譯山海經　楊錫彭注譯
新譯水經注　陳橋驛等注譯
新譯佛國記　楊維中注譯
新譯大唐西域記　陳　飛等注譯
新譯洛陽伽藍記　劉九洲注譯
新譯徐霞客遊記　黃　珅注譯
新譯東京夢華錄　嚴文儒注譯